PASSAGE DU GUÉ

DU MÊME AUTEUR

Accès direct à la plage, Delphine Montalant, 2002, Pocket, 2004
1979, Delphine Montalant, 2004, Pocket, 2005
Juke-Box, Robert Laffont, 2004, Pocket, 2006
Un minuscule inventaire, Robert Laffont, 2005

Jean-Philippe Blondel

PASSAGE DU GUÉ

roman

ROBERT LAFFONT

ISBN 2-221-10720-9

À ma femme et à mes filles
À G., F. et M.
À D. M. et E. H.
À Martha Davis et Raphaël Haroche

« Street wet tonight, lovers touch
It's pure delight
Always certain, any moment
Maybe even you
Stay in bed, stained sheets
My head hurts, I repeat
Maybe you, maybe you, maybe even you. »

The Motels, *Total Control*

« Et dans cent cinquante ans, on s'en
souviendra pas
De la vieillesse qui prend, de leurs signes de croix
De l'enfant qui se meurt, des vallées du tiers-monde
Du salaud de chasseur qui descend la colombe
De ce que t'étais belle, et des rives arrachées
Des années sans sommeil, cent millions d'affamés
Des portes qui se referment, de t'avoir vue pleurer
De la cour solennelle qui condamne sans ciller
Alors souris. »

Raphaël, *Et dans cent cinquante ans*

Janvier 2006

Je suis allé aux magasins d'usine tout à l'heure. Nous sommes en janvier et les soldes battent leur plein. Les voitures s'entassent sur les parkings. Les bus déversent toute la journée des hordes de touristes prêts à faire voler les étalages et flamber les cartes de crédit. Les magasins d'usine, c'est la principale attraction de la ville dans laquelle mes parents habitent, séparément. C'est aussi la principale raison pour laquelle Violette et Ugo acceptent de venir rendre visite à leurs grands-parents et à leurs conjoints. Nous leur promettons monts et merveilles, euros par dizaines, sweat-shirts XXL et baskets de marque pour obtenir enfin leur assentiment agacé. Oui, nous viendrons. Oui, nous serons polis. Oui, nous ferons bonne figure.

Je ne sais pas pourquoi nous déployons tant d'efforts, ma femme et moi. Je ne suis pas sûr que mes parents soient si enchantés que ça de voir ces deux grandes gigues de dix-sept et quinze ans pour les entendre soupirer tout le temps que dure la visite. Mais je ne veux pas me poser la question, parce que, autrement, je serais obligé de me demander aussi dans quelle mesure cela leur fait réellement plaisir de voir leur belle-fille. Et, surtout, leur fils.

Mes parents sont divorcés depuis des lustres. J'avais dix ans, j'en ai quarante-trois. Trente-trois ans de feinte ignorance, de fausses réconciliations et de rejets sans appel. Leur relation me fatigue. Mes enfants ne voient pas ce qu'ils avaient en commun, et moi, je ne m'en souviens plus. Ils viennent nous voir une fois par an chacun de leur côté et, lorsque je retourne dans la ville de ma jeunesse en traînant derrière moi ma caravane familiale, nous nous devons de rendre visite à l'un puis à l'autre et même parfois aux deux ensemble. Le pompon, c'est que pour pouvoir subir cette épreuve, il nous faut subir avant l'épreuve des magasins d'usine. Notre fille, boudeuse et méprisante, jugeant que toutes ces frusques ne valent pas tripette, mais s'en tirant quand même pour deux à trois cents euros d'achats. Notre fils, très enthousiaste, voulant tout essayer, tout contrôler, tout tenter, pour au final une somme assez similaire à celle dépensée pour sa sœur.

Je déteste revenir dans la ville qui m'a vu grandir.

J'en suis parti à l'âge de vingt-deux ans et c'est probablement la meilleure chose que j'ai faite de ma vie. Je commençais à m'enliser dans un marécage. Je n'avais que peu de visions de l'avenir. Les portes se refermaient les unes après les autres, j'allais bientôt disparaître, happé par l'existence des autres. J'ai réussi le concours de prof, je me suis retrouvé muté à Chartres, à plus de trois cents kilomètres, forcé à me frotter au monde du travail, à reconstruire un réseau de relations humaines. À demander de l'amitié. À chercher l'amour. J'ai changé. J'ai beaucoup changé.

J'avais pensé rester à Chartres ou dans les environs quelques années, le temps de me rôder et d'accumuler des points, puis m'expatrier. La Chine, les pays de l'Est qui allaient s'ouvrir, le Canada. Le monde m'appelait. J'ai rencontré Lucie lors d'une soirée chez un ami commun. Elle revenait d'un voyage au long cours en Asie. Elle cherchait du travail dans la région. Un emploi dans le domaine des langues et de la communication. Dans l'événementiel. Elle a rapidement trouvé. Elle avait les facultés pour. De l'adaptation. De la repartie. Une vraie maîtrise des langues et des cultures étrangères. Un pouvoir de décision. Elle s'est installée chez moi six mois après notre rencontre. Ensemble nous formons une équipe huilée et fluide. Nous déjouons les pièges et nous prenons les problèmes à bras-le-corps. Nous envisagions de nous poscr dcux ou trois ans avant de prendre congé de la France. L'univers nous tendait les bras.

Nous sommes restés à Chartres, finalement.

Nous rions souvent ensemble de ce pied de nez que nous a adressé la vie, comme elle a joué des tours à la plupart de nos amis, les obligeant à changer de direction personnelle ou professionnelle, à redécouvrir sans cesse les attraits de la province ou du poste de comptable qu'ils abhorraient. Les obligeant parfois à virer leur cuti ou à abandonner derrière eux tout ce en quoi ils avaient cru.

Nous en rions, parce que nous allons bien. Nous en rions parce que ce qui nous a fait rester est devant nous, une matière vivante bien que léthargique, radieuse bien que bougonne. Des adolescents dans toute leur splendeur. Violette et Ugo. Qui ne rêvent maintenant que d'une chose : s'expatrier. Nous en sommes fiers. Nous sommes un peu moins fiers du fait que, s'expatrier, c'est avant tout pour eux vivre loin de nous.

Nous sommes arrivés hier soir. Nous dormons chez ma mère. Je n'imaginerais même pas dormir chez mon père. Il y a bien longtemps que nous sommes des étrangers l'un pour l'autre. Pendant toute une période de ma vie, d'ailleurs, il n'existait carrément plus pour moi. Ce n'est qu'à la naissance de Violette que j'ai eu envie de retrouver un lien, une origine. Une lignée, quelle qu'elle soit.

Comme chaque fois, ma mère a préparé des pizzas surgelées qu'elle a fait trop cuire. Devant les pizzas carbonisées, elle a encore blâmé le four. Violette et Ugo la mimaient derrière son dos et je fronçais les sourcils tout en m'efforçant de réprimer un sourire.

J'ai mal dormi.

Nous étions allongés sur le canapé pliant, Lucie et moi. J'avais mal au dos. Je regardais le plafond et je me demandais comment on peut survivre aux visites parentales, à quarante ans passés. Je me suis reproché de ne pas avoir réservé une chambre d'hôtel.

Aux heures du petit matin, j'ai bloqué les images issues de l'enfance et les questionnements qui suintaient de l'adolescence. Je me suis levé. Dans l'appartement, les radiateurs étaient poussés au maximum. Il faisait une chaleur anormale. J'ai collé mon front sur la vitre de la cuisine. En bas, le parking était gelé. Au loin, la masse sombre des immeubles de la zone d'urbanisation prioritaire où j'ai habité, durant les dernières années que j'ai passées dans cette ville. Je résidais dans une tour à côté du collège où j'étais surveillant. C'était des années étranges. En continuant tout droit, le regard sort de la ville et meurt doucement sur les deux collines qui accompagnent mollement la campagne environnante. L'une d'entre elles n'a pas de nom. L'autre se nomme Montaigu. J'y allais parfois avec ma mère, lorsque j'étais enfant. Je voulais cueillir des iris. Ma mère s'y refusait. Les iris résistent mal à la cueillette, disait-elle. Ils meurent rapidement dans les vases. Ils s'étiolent et s'assèchent. *Les iris sont des fleurs fragiles.*

Les mots se sont mis à tourner dans l'espace vide de la cuisine. Je les avais prononcés à voix haute. Ils se sont calés en haut du réfrigérateur. Ils me regardaient d'un œil goguenard. J'ai haussé les épaules.

Je me suis servi un verre d'eau et j'ai récité la table de multiplication des 7. La plus difficile. Il faut toujours se concentrer au moment où les choses se compliquent. Sept fois six quarante-deux, sept fois sept quarante-neuf, sept fois huit cinquante-six. Généralement, l'infime effort de concentration suffit à faire disparaître l'étourdissement passager.

Mais les iris se sont accrochés. Ils se balançaient dans la brise. J'entendais l'infime crissement du papier qui les emballait. Je sentais la douceur de l'air et le soleil de mai sur ma nuque. *C'est une belle journée. Je suis allé chez le fleuriste...*

Non.

Je n'avais pas envie de me laisser dériver et de remonter le cours. Ni l'envie ni l'énergie. Je suis la somme de ce qui m'est arrivé mais je n'ai pas besoin de détailler par le menu les événements de ma vie, si importants qu'ils puissent être. Je suis un bloc humain de plus de quarante ans, je m'aime raisonnablement. *Je suis là où j'ai toujours voulu être.*

Une fois de plus, les mots ont empli l'espace sonore, mais cette fois-ci, je me suis mis à rire. Prononcer les mots « Je suis là où j'ai toujours voulu être » au milieu de la cuisine de l'appartement de ma mère, c'était tragique ou risible, selon l'angle choisi. J'ai préféré le prendre à la légère et j'ai décidé de retourner me coucher. À peine allongé, je me suis endormi, cette fois. La dernière image consciente qui me soit restée, ce sont les iris. Les iris dans mes mains. Le contact du papier transparent qui les entoure. Ces sensations qui traversent intactes les années et nous sculptent.

Au début de l'après-midi suivant, Ugo et Violette ont commencé à montrer des signes d'impatience et de narcissisme. Ils s'imaginaient déjà devant les miroirs, dans les cabines d'essayage. Ma mère m'a fait comprendre qu'elle ne verrait pas d'inconvénient à ce que nous déguerpissions un moment. Elle avait besoin de retrouver un peu son ordinaire et sa solitude. Elle allait préparer un gâteau infâme et plâtreux que nous nous acharnerions à trouver délicieux. Nous avons pris la voiture. Nous avons patienté dans les embouteillages. En ce dimanche de janvier, les magasins d'usine étaient ouverts et les parkings débordaient.

En sortant de la voiture, les détails m'ont assailli et je me suis cabré. D'un seul coup, les couleurs étaient plus violentes, les propos plus tranchés, l'arête des architectures plus incisive. J'ai remarqué une petite fille avec un bonnet rouge qui tentait de glisser sur une plaque de verglas salée. Une femme blonde en manteau vert au regard perdu. Un vieil homme fatigué assis sur un banc dans le froid. Un vendeur en train d'allumer une cigarette derrière une des boutiques, il entourait la flamme à venir de sa main pour lui permettre de s'épanouir.

Nous nous sommes engouffrés dans le magasin le plus proche. Mes impressions se sont diluées dans la valse des prix et des étoffes. Assis dans un fauteuil en rotin, j'ai vu mes enfants se transformer en produits de consommation courante. Ils n'étaient plus qu'assemblage plus ou moins réussi de tee-shirts à manches longues, pulls délavés, pantalons savamment défraîchis, vestes de velours vieilli. Je me suis peu à peu extrait de moi-même.

C'est pour ça que je ne l'ai pas reconnue tout de suite.

Elle regardait placidement une jeune fille qui farfouillait furieusement entre les cintres.

Elle souriait.

C'est l'eau qui m'a mis la puce à l'oreille. L'eau qui monte dans les yeux, le regard comme une salle de bains qui s'inonde, les robinets qu'on a laissés ouverts sans prendre garde et les cils qui battent dangereusement de l'aile. À l'aide. À l'aide. J'ai eu un soubresaut. Mon corps rejetant l'irruption du liquide. Les rides au-dessus du nez qui se plissent. Les sourcils qui se froncent. Le torse qui se redonne une posture. Les jambes qui se campent dans le sol et affirment l'existence.

Il est arrivé derrière elle, doucement. Il était accompagné d'un garçon d'une quinzaine d'années, l'air blasé et absent.

Tous les bruits se sont éteints.

Je ne voyais plus qu'eux deux. Deux plus deux. Et je n'arrivais pas à faire taire les mots dans ma tête. Les cris, les hurlements, la peine, la peur, l'envie mais surtout, surtout mon Dieu, la joie.

Une joie rare.

Une joie pleine.

Une joie si puissante qu'elle embue à nouveau les yeux et que les muscles semblent fondre. Une vague de joie si profonde qu'elle soulève les entrailles et les déplace – le cœur se retrouve au milieu de la gorge, la jugulaire le sent battre à tout rompre.

Ils sont ensemble. Ils sont quatre.

L'espace d'un instant, tout s'est brouillé. J'ai visité les couloirs d'un collège, les pièces d'une maison à la campagne, les routes de l'Écosse, les sentiers vers les collines et puis, ce matin-là, les iris dans les mains, le plastique qui crisse entre mes doigts.

Thomas, Myriam.

Les prénoms comme des flèches. Elles se sont décochées toutes seules et elles filent à travers le magasin, elles vont se perdre dans le ciel plombé de neige, dehors. Elles se sont détachées de moi, j'en ai encore les marques sous le sein gauche. Je ne suis pas la cible. Je suis le point de départ.

Je les ai regardés pendant une éternité.

J'ai souvent rêvé, lorsque j'étais enfant, que je possédais quelques gouttes d'un philtre magique qui permettait de suspendre le temps. Le monde s'arrêtait de tourner et je déambulais au milieu des statues. Je pouvais prendre mon temps, emprunter le corrigé de la dictée que je ne réussissais pas, embrasser les lèvres de Corinne qui ne voulait pas se laisser embrasser, tirer la langue à la maîtresse, faire un tour au centre-ville, chiper la crêpe au chocolat que le crêpier s'apprêtait à tendre à un client, et puis rentrer sagement en classe en attendant que les autres reprennent vie.

Hier, j'ai versé une goutte de la fiole que je possédais depuis si longtemps que j'avais même oublié qu'elle existait.

Elle, avec ces rides profondes le long des commissures des lèvres, mais aussi avec ces gestes vifs et ces yeux mobiles, partout à la fois, ils vérifient la couleur, la texture, les conditions de lavage et le prix.

Lui, avec ce nez droit que j'ai tant envié et les joues moins creuses que dans mon souvenir, et aussi avec cette douceur dans les mains qui se posent sur la laine ou le coton, cette tendresse dans la façon d'incliner la tête pour mieux voir les siens. Les siens. Sa femme. Sa fille. Son fils. Nous sommes deux familles à l'identique. Nous nous en sommes sortis.

Toutes ces larmes que j'ai refoulées, tous ces tremblements que j'ai maîtrisés tout à l'heure, cette sécheresse dans la gorge et ces picotements dans les phalanges, c'est moins de la nostalgie que de la gratitude. Oui, de la gratitude. Une envie de remercier. De s'adosser à un mur et de se passer une main sur le front en se disant qu'on l'a échappé belle. On a failli y rester, hein, et tu vois, en fin de compte, on s'en est sortis.

La fille – un savant mélange des deux – le front vient d'elle, mais la bouche est plus petite et plus ronde, un héritage du père.

Le fils – l'incertitude dans le regard, c'est la mère, mais cette démarche déterminée, c'est celle de son père.

Ils sont beaux.

Je les ai trouvés beaux.

Je me suis trouvé beau, moi aussi, en train de les observer.

Si nous avons réussi à survivre, alors, la vie miroite et lance des éclats dorés.

Ugo s'est interposé entre le spectacle et le spectateur.

J'ai sursauté. Il m'a fait remarquer que c'était la troisième fois qu'il m'appelait. J'ai répondu que j'étais désolé. Que j'étais ailleurs. Ugo a pincé les lèvres et il a demandé si j'allais bien.

« Oui. Je vais bien. Je vais très bien. »

Il n'a pas pu s'empêcher de froncer les sourcils et il s'est retourné. Il n'a rien vu. La famille de quatre venait de partir à l'autre bout du magasin, vers les caisses. Mon fils m'a parlé de problème, d'argent qu'il n'avait pas, de tee-shirt qu'il devait absolument acheter. J'ai dit oui. Oui à tout. Ugo en est resté coi. Il a pris l'air inquiet. Il m'a demandé si j'étais vraiment sûr. J'ai hoché la tête.

De quoi veux-tu que je sois sûr, Ugo ?

C'était il y a tellement longtemps, maintenant. C'était avant toi, bien avant toi. Avant ta sœur. Avant ta mère. Avant Chartres. Juste avant Chartres. Je tournais en rond sans faire de bruit, la vie me coulait entre les doigts. À un moment donné, j'ai fait une belle action. C'est ça, une belle action. Quelque chose qui m'a empli le cœur et qui m'a vidé les sens. J'ai cambré mon corps dans un mouvement qu'on appelle le flip, dans les exercices de gymnastique au sol. Le flip. Il faut tendre son corps à l'extrême et le plier de façon à créer un pont. Une arche. Et au moment où les mains touchent le sol, se relever. Dignement. Avec élégance.

Je ne suis pas allé jusque-là.

J'ai manqué d'élégance.

J'avais probablement trop mal pour être élégant – même si pour rien au monde je ne l'aurais avoué. Parfois, être jeune, c'est une calamité.

Je pose la main sur l'épaule de mon fils. Je descends le long du bras. Il tressaille, il est surpris, mais il sourit quand même. Il se dégage tout doucement de l'étreinte. Je baisse les yeux. Depuis deux ou trois ans maintenant, nos contacts physiques sont très épisodiques, et je sais qu'ils le seront de plus en plus, jusqu'au moment où je lui annoncerai une maladie mortelle et la renonciation. Je pense à ma main dans ses cheveux, à son visage enfoui dans mes bras, à son corps endormi que je portais dans la nuit quand nous rentrions tard de soirées où il s'était assoupi, épuisé. Ugo à un an sur le cheval à bascule dans la cuisine. Sa sœur lui chante une comptine. Ugo à trois ans qui monte tout seul sur le manège et refuse mon aide. Ugo à sept ans, dans la cour de l'école primaire, l'œil rouge et les joues égratignées, fier parce que celui avec lequel il s'est battu ne reviendra pas lui chercher des noises. Ugo en larmes devant un feuilleton éculé, le héros est mort, mon fils est inconsolable.

D'Ugo à Violette, bien sûr. Violette. Lorsqu'on appelle une enfant Violette, on l'imagine petite et discrète, levant le doigt timidement pendant le cours de lettres pour donner une réponse pertinente qui va trancher d'un coup décisif le silence pétrifié. On ne pense pas qu'un jour Violette aura dix-sept ans, qu'elle mesurera un mètre soixante-treize, qu'elle aura les cheveux tressés en dreadlocks avec des fils de couleur, qu'elle portera des vestes de l'armée et des pantalons lâches, qu'elle tiendra tête aux profs en utilisant toutes les facettes du mépris. Parfois, je me demande où s'en est allée la Violette dont j'ai rêvé. Elle a peut-être rejoint Pierre.

Je suis obligé de me rasseoir brutalement dans le fauteuil en osier. Plié en deux. L'uppercut que le prénom m'a décoché m'a coupé le souffle. J'ai mal aux tripes. Ugo panique, il crie « maman, maman » et Lucie accourt. Elle répète qu'est-ce qui se passe ? qu'est-ce qui se passe ? Violette est là aussi, plus inquiète qu'elle ne voudrait le faire croire. Je lève la main droite, je réponds que ce n'est rien, j'ai eu une douleur violente, mais c'est passé, ce doit être la cuisine de ma mère, chaque fois c'est pareil. Violette voudrait paraître soulagée, elle n'y parvient pas mieux que sa mère. Ugo me passe le bras autour des épaules, comme on le fait à un vieux, comme il le fera régulièrement dans vingt ou trente ans. Est-ce que j'aurais imaginé un jour avoir quarante-trois ans quand j'en avais vingt-deux ? Est-ce que je crois qu'un jour j'en aurai soixante-quatre et peut-être même quatre-vingt-cinq ?

Je me relève. Je redresse la tête. Je m'étire. Je rassure la compagnie. Je dis « Tout va bien » et je demande s'ils ont fini. Oui. Je ne sais même pas si c'est vrai – en tout cas, ils ont perdu le goût des achats, brusquement. Ugo ne prendra rien. Violette a quand même déniché un tee-shirt improbable, une phrase de Bowie barre le tissu et proclame que nous pouvons tous être des héros, juste pour une journée.

Il y a beaucoup de monde aux caisses. Nous prenons notre place dans la queue de la caisse n° 3. La caissière a l'air harassé. Je ne peux pas détacher mon regard de la file d'attente de la caisse n° 5. Ils vont bientôt passer. Ils ont acheté un pull-over, un gilet en laine, deux pantalons et une ceinture. Thomas est en train d'inspecter la ceinture, le nombre de trous, l'emplacement de la boucle. Il la repose. D'où je me tiens, je peux voir les traces des années qui se sont écoulées. Un certain relâchement des tissus. Une teinte un peu moins cuivrée sur la peau. Un visage qui a perdu de sa détermination et de sa fierté. Une tonalité neutre qui n'existait pas et qui se fait jour, dans les mouvements, dans les attitudes.

Je suis si près d'eux.

À quatre mètres, cinq peut-être.

Je m'entends respirer.

Il y a du monde qui entre et qui sort, un ballet de sacs et de vêtements, un feu d'artifice de couleurs.

Celles qui me traversent sont vives, et leur vivacité m'étonne. Je les pensais passées, doucement délavées, mais elles n'ont rien perdu de leur cruauté.

Myriam se retourne pour parler à sa fille et ses yeux balaient les caisses. Son regard passe sur moi sans s'arrêter. Elle ne m'a pas reconnu. Le temps. Les circonstances. La géographie. L'oubli. L'oubli est sans doute ce que nous avons de plus précieux.

Elle arrête le mouvement circulaire. Le faisceau de ses yeux se bloque sur les rangées de vêtements derrière elle et puis revient en arrière, très lentement. Son visage à livre ouvert. Les émotions contraires comme des nuages un jour de grand vent. Les paupières se ferment plusieurs fois, elle cligne des yeux, les cils s'affolent, les pupilles me retrouvent.

Elles ne me lâchent plus.

Je suis dans leur champ. C'est un champ d'iris et, si les iris sont des fleurs fragiles, ils résistent finalement bien à l'assaut du temps. Je sens mes lèvres s'ouvrir, prêtes à former un cercle, hésitantes, et puis finalement elles optent pour l'horizontal allongé, le sourire qui se dessine. Une femme qui s'étire dans la pénombre. J'entends les échos distants. Des bruits de pas dans le couloir. Une porte qui s'ouvre. La voix qui fredonne qu'elle vendrait son âme pour avoir le contrôle absolu sur son amant.

Elle ne sourit pas, elle.
Elle est figée.
Je voudrais être dans le vortex de ses pensées.

Sa fille se retourne et me fixe. Son fils lui touche le bras, comprend qu'elle n'est pas en état de répondre et dirige à son tour son regard vers moi. Je suis une lumière sous la véranda. J'attire les éphémères. Elles viennent tournoyer et se brûler autour de mes lueurs. À la caisse n° 5 le mouvement s'est arrêté. J'entends la voix de Thomas. Il dit doucement « Myriam... Myriam ». Elle ne bouge pas d'un pouce. Alors, lui aussi, il lève les yeux. Il plonge en moi, à quelques mètres de distance. Il rompt le sortilège. Sa femme peut se remettre en marche. Se secouer. Feindre une absence. S'excuser auprès de la caissière et des clients qui attendent. Enfourner les articles dans le sac en plastique. Sortir la carte de crédit. Ses enfants accompagnent le mouvement, mais ils ne peuvent s'empêcher de se poser des questions et de froncer les sourcils. Ils jettent aussi, par moments, des coups d'œil furtifs à leur père qui s'est écarté de la file, comme je l'ai fait moi-même, sans m'en rendre compte. Nous nous sommes rapprochés l'un de l'autre, une dizaine de pas nous séparent maintenant. Nous ressemblons à des statues de sel. Des chiens de faïence sur le manteau d'une cheminée.

Je voudrais toucher sa joue.

Je voudrais lui dire que tout va bien, désormais.

Je voudrais lui dire que tout cela en valait la peine.

Parce que ça en valait la peine, non ?

Je ne suis pas sûr de la réponse.

Dans ses yeux, il y a des après-midi dans la maison de campagne, des soirées écossaises, et puis il y a ce jour-là. J'apportais des iris à Myriam. Il faisait chaud. C'était le mois de mai. Le crissement du papier transparent autour du bouquet. Le soleil sur ma nuque.

Ugo et Violette s'interposent et bloquent le champ de vision. La voix de Violette est altérée. Sa colère est sourde. Elle ne comprend rien, elle a questionné sa mère qui n'a pas répondu, elle s'énerve, elle imagine tout à coup que son père a vécu une vie avant elle et avant sa mère, et elle en est malade. Elle voudrait savoir et, en même temps, elle souhaite tout ignorer. Elle m'en veut. Elle dit « Ça y est, on a terminé, tu viens ? » et c'est plus une menace qu'une invitation. Je me laisse fléchir par l'intimidation de sa tonalité. Je débloque la situation par un sourire nerveux. Je détache mes yeux de ses yeux et je ressens une brûlure aiguë. J'ai perdu les couleurs. Je marche dans un noir et blanc cotonneux. Un réveil de coma. Je suis les silhouettes de mes enfants, mais ce sont peut-être des infirmiers. Je longe les bâtiments des magasins d'usine, mais ce pourrait être un hôpital. Il y a beaucoup de monde. Il y a un monde fou. Tout le monde est fou.

Les mots tournent dans ma tête et ne trouvent pas d'issue. Ils font mine de s'échapper par les conduits auditifs mais ils rebroussent chemin au dernier moment et replongent dans la gorge et dans le nez. Ils dévorent tout sur leur passage. On dit qu'il y a dans le fleuve Amazone des petits poissons argentés microscopiques qui, lorsqu'ils entrent par inadvertance dans le corps d'un être vivant, tracent un chemin rectiligne vers la sortie la plus proche, en avalant tout sur leur chemin. On voit des hommes s'écrouler sur la rive, la matière grise aspirée, les orbites creuses, les oreilles dévastées.

Les mots sont mes petits poissons argentés du fleuve Amazone.

Mais je souris. Je m'entends sourire. Le grincement de mes lèvres lorsqu'elles s'ourlent et se déplient. Les poissons me dévorent mais je suis au sommet de la plénitude. Je suis rayonnant. Je darde mes feux sur tous ceux qui m'entourent et, tandis que les couleurs me désertent, je révèle à mes proches tous leurs chatoiements, tous leurs éclats dorés, toutes les teintes qu'ils cachent. Nous cheminons côte à côte, et je suis leur énergie.

Ugo respire profondément. Il tente de se calmer. Violette marche trop vite. Elle pense que j'ai gâché l'après-midi. Lucie est derrière moi. Je la devine songeuse. Elle émet des hypothèses. Elle met des noms probables sur les visages. Elle a tout compris. Nous croisons un homme d'une trentaine d'années qui parle dans un téléphone portable jaune. Il crie « Arrête, je suis sûr que tu ne sais même pas comment je m'appelle ».

Comment je m'appelle.

Pendant une fraction de seconde, j'ai un doute.

Ma première réponse est Pierre.

Je m'appelle Pierre et mon monde est en noir et blanc. Il est peuplé d'ombres et de zones plus claires. J'cntcnds dcs voix quc je ne comprends pas mais que je connais. Elles me sont familières. Elles me sont familiales. Je m'appelle Pierre et...

Un choc frontal. Un corps contre mon corps. Des cheveux dans mon cou. Une voix étouffée. Des lèvres sur ma peau. Et puis des mots échappés, sourds. Des mots qui résonnent sur mon épaule et descendent se nicher sous la pomme d'Adam. « Merci. Merci. Merci. » Des dizaines de mercis comme des guirlandes lumineuses dans les rues. Des chapelets de mercis que je vais égrener jusqu'à la fin de ma vie. Des mercis qui se noient dans l'eau qui soudain humidifie mon col tout d'un coup.

Je passe ma main dans des cheveux courts.

Et soudain, c'est un arrachement. Le corps se détache de mon corps. La voix s'est tue. Les lèvres ont lâché la peau. Les mots tournent encore dans l'air de janvier. Une silhouette se met à courir. Je ne vois que le dos, dans une parka beige. Je le reconnais tout de suite. Thomas est entré en collision volontaire. Thomas m'a dit merci. Thomas s'est évaporé.

Mes enfants se précipitent. Cette fois-ci, ils veulent des explications, des justifications. Leurs phrases me bousculent et m'obligent à bouger. Je promets tout à l'heure, tout à l'heure. J'assure que tout va bien, tout va bien. Je double chacune de mes phrases pour leur donner plus de consistance. Je parviens à m'asseoir dans le siège du passager. J'ai passé la clé de la voiture à ma femme. Elle est silencieuse. Elle mordille doucement sa lèvre inférieure. Au moment de desserrer le frein à main, elle murmure « Thomas et Myriam ? » et je hoche la tête. Elle me pétrit le genou, elle demande elle aussi si ça va aller. Je souris, je réponds bien sûr. Bien sûr, tout va bien. Sa voix s'étrangle un peu quand elle formule la question suivante. Elle veut savoir, combien de temps déjà. Les années se posent en soustraction. Vingt et une. Trois septennats. Elle propose de s'arrêter. De courir. De demander des numéros de téléphone, des e-mails, des adresses, des coordonnées. Je hausse les épaules. Pour quoi faire ? Pour se retrouver dans un salon inconnu, à regarder par la fenêtre un panorama qui ne m'évoquera rien ? Pour parler de tout ce que le temps balaie et de tout ce qu'on n'a pas vécu dans la vie des autres ? Non. Je préfère les garder au chaud, comme ils étaient, comme ils sont peut-être encore et, surtout, comme je les perçois. Comme je les façonne. Comme les iris fragiles que je tiens entre mes mains et dont l'habillage craque doucement dans le soleil.

Comme nous étions.

Quand je ferme les yeux, la première chose dont je me souviens, c'est le collège où j'étais surveillant. Mes allées et venues dans les couloirs. Dans la cantine. Le bruit de mes semelles sur le carrelage rouge et blanc. Un crissement. Le même que celui du bouquet d'iris, un peu plus tard.

Non.

Il y a encore avant.

La victoire de Boris Becker à Roland-Garros.

Et l'impression désagréable en le regardant qu'il fallait déjà faire des choix.

Passage du gué

L'idée en le voyant lever les bras au ciel que je ne serais jamais Boris Becker. Ni Bob Geldof. Ni Léos Carax. Personne d'autre que moi.

Ce sentiment étrange de l'identité.
Et puis celui de l'altérité, reçu de plein fouet.

La voiture démarre et roule lentement vers la sortie du parking. Lucie a allumé l'autoradio. Je n'entends rien. Je ne suis pas là, à ses côtés. Je suis en octobre. Nous sommes en octobre. 1985. Le milieu de la décennie. Nous sommes déjà là, tous les trois, mais nous ne le savons pas encore.

Je ne le sais pas encore.

Tout ce que je sais, c'est que je m'appelle Fred.

1985

OCTOBRE

Fred

En juin dernier, Boris Becker est devenu le plus jeune vainqueur de l'histoire de Roland-Garros. Il a dix-sept ans. J'ai grimacé quand je l'ai vu gagner. Je me suis dit que j'avais cinq ans de plus que lui et que je n'avais encore rien fait de ma vie. Je traîne une licence d'anglais et ses listes d'UV à compléter comme un boulet au bout d'une chaîne. Je m'incruste dans le poste de surveillant à temps complet que le rectorat a bien voulu m'octroyer – mais si je ne me décide pas à réussir mes examens l'année prochaine, il se pourrait bien que mon contrat ne soit pas renouvelé.

Je regarde par la fenêtre de l'immeuble – les réverbères de l'avenue Jean-Moulin viennent de s'allumer. Dans un des appartements de la tour d'en face, quelqu'un a allumé un spot vert – comme tous les soirs. Parfois, j'imagine la tête, la vie et les rêves du garçon – parce que ça ne peut pas être une fille – qui possède un spot vert. Un jour, il faudra que j'aille voir son nom et son visage.

Que je lui parle. Nous deviendrons peut-être les meilleurs amis du monde.

Mon problème, c'est que je bouge à peine.

J'ai tout un tas de choses à faire – réparer le robinet qui fuit dans la salle de bains, fixer le volet de la chambre qui tient par une ficelle, racheter des filtres à café avant d'être obligé d'utiliser de l'essuie-tout, trouver une direction générale, une épine dorsale, une véritable activité professionnelle, un attachement sentimental durable. Et ce n'est que le début de la litanie. Devant la longueur de la liste, je baisse les bras. Je me décourage. Facilement.

« Vous vous découragez trop facilement. » C'est une remarque qui revenait souvent, quand j'étais au lycée. Je ne « m'accrochais » pas assez, je n'avais pas assez de « mordant », je manquais « d'ambition et d'énergie ». Je hochais la tête. Je compatissais avec les profs que mon inertie désespérait. C'est vrai – pas de chance. Ils se démenaient pour faire passer le message (en gros, la vie n'est pas un lit de roses et il faut lutter pour s'en sortir), ils suaient à grosses gouttes pour que le savoir s'immisce dans les pores de ma peau – et les résultats étaient décevants, « par manque de motivation ». Ils ont été très étonnés que j'obtienne le bac du premier coup. Moins surpris néanmoins de ma décision de poursuivre en fac – le refuge des glandeurs de toute la planète, ils en savaient quelque chose, ils étaient passés par là.

Je me décourage aussi dans les relations amoureuses. Je souris après l'amour, mais les filles en demandent généralement davantage. Elles veulent savoir ce que nous allons faire ensemble, ce que nous pourrions bâtir de concert. Elles échafaudent des projets qu'elles appellent « nos projets » et elles s'énervent parce que je ne réagis que mollement. Elles se mettent à crier – parfois même elles hurlent, elles réclament des explications et des éclaircissements, mais je suis incapable de leur fournir quoi que ce soit parce que je n'ai toujours pas compris le motif de la dispute. Elles sortent en claquant la porte et en me traitant de tocard. De naze. De connard aussi, souvent.

Pourtant, quand elles me recroisent, alors qu'elles se promènent au bras d'un mec cravaté et sûr de lui, elles me serrent dans leurs bras, elles affirment qu'elles sont extrêmement contentes de me voir et que ça fait une paye. Elles tiennent absolument à savoir ce que je deviens et elles ajoutent qu'il faut vraiment qu'on se fasse une bouffe un de ces soirs. La plupart du temps, le type qui les accompagne est plus méprisant que hargneux. J'ai peu de problèmes avec les mecs. Je suis un gars sans histoire, plutôt tranquille et qui ne fait d'ombre à personne. Assez mignon, certes, mais dans le genre fluet et gauche qui ne saurait être un concurrent sérieux. Pédé, peut-être, va savoir – il paraît qu'il y en a de plus en plus. Un gamin qui a du mal à sortir de son adolescence – on lui presse le nez et il en sort encore du lait.

Je leur souhaite bonne chance – à mes ex et à leurs nouveaux amants. Je leur serre la main chaleureusement. Je prends congé. Je ne voudrais pas être à leur place pour un empire.

Le dimanche midi, lorsque je déjeune avec ma mère, c'est le mur des lamentations. « Mais quand est-ce que tu vas te fixer, tu te rends compte un peu, pas de boulot stable, pas de copine, tu es vraiment une pierre qui roule. » Je me marre, je lui dis que j'aime bien l'expression – et là, elle se fâche vraiment. Elle gesticule, elle atteint les octaves supérieures, toujours avec la même rengaine. Je lui fais remarquer que je n'ai que vingt-deux ans, que j'ai toute la vie devant moi. Elle rétorque qu'elle, à vingt-deux ans, elle était déjà mariée et enceinte de ma sœur. Je ne réponds rien. Je pourrais parler du divorce déjà ancien, de la solitude dépressive, du déménagement de ma sœur à l'autre bout de la France. Je pourrais lui dire qu'elle n'est pas une référence. Mais cela ne servirait à rien. Elle le sait. L'entendre lui ferait plus de mal que de bien.

N'empêche. Parfois, les mots dominicaux résonnent.

Le 13 juillet, j'ai regardé les concerts du Live Aid à la télévision. Tous ces chanteurs qui, non contents de gagner plein de blé, se piquent d'avoir une conscience. Désirent faire de bonnes actions. Pendant que moi, dans ma tour, toutes fenêtres ouvertes, je suis allongé sur la moquette grise en train de bouffer des chips. Boris Becker et Bob Geldof me rongent à petit feu.

Mais pas autant qu'elle. Non. Certainement pas autant qu'elle.

Parce que, sans que personne le sache, c'est à cause d'elle que quelque chose s'est mis à bouger. À cause d'elle et du jeudi.

Le jeudi, c'est ma plus longue journée au collège Pierre-Brossolette. J'arrive à sept heures et quart le matin pour ouvrir les grilles et attendre les cars de ramassage qui viennent de la campagne. C'est bizarre de se dire qu'il y a dans cet établissement des élèves qui habitent dans d'anciennes fermes. Le collège a été construit il y a une vingtaine d'années, au milieu des tours déjà existantes. Depuis, elles n'ont cessé de proliférer. Elles ont grignoté les champs alentour jusqu'à border la rocade. Le quartier est devenu une ZUP. Les couleurs s'y succèdent et s'y mélangent. Ça n'a pas toujours été le cas. Au début des années soixante-dix, les gars de la mairie, ça les faisait mourir de rire d'envoyer les Africains dans la tour noire, les Maghrébins dans la tour marron et les Asiatiques dans la tour jaune. Quand ma mère se retrouvait à leur table pendant les soirées dansantes des pompiers, ils rigolaient un grand coup en disant que c'était plus facile de s'y retrouver. À un moment donné, ils se sont fait taper sur les doigts et puis les parents ont eu des enfants – et d'autres pays sont venus se joindre à la danse. Depuis peu, il y a des Yougos et même des Albanais qui fuient leur pays, alors même que ça commence à respirer, à l'Est, avec Gorbatchev et sa perestroïka.

J'aime bien le jeudi.

C'est ma journée la plus longue, mais au fur et à mesure que les heures s'épuisent, je vois se dessiner la fin de la semaine et je respire mieux. Je ne travaille que trois heures le vendredi matin et, quand je passe les grilles, à midi, je sais que j'ai toute la vie devant moi. Je me dis que, ce week-end, tout peut changer. Je peux rencontrer l'amour de ma vie dans cette discothèque où je me rends tous les samedis soir avec Christophe – je peux trouver mon bonheur professionnel dans les annonces hebdomadaires – je peux entendre une mélodie qui me fera décoller dans le magasin de disques des parents de Christophe. Je peux m'absenter aussi. Prendre le premier train pour Paris, vendredi 14 h 12 arrivée 15 h 43 et de là – le monde. Parfois, je vais jusqu'à la gare. Je reste quelques minutes planté devant les horaires – je me laisse embarquer. J'attends que le charme se rompe. Je suis persuadé qu'un jour je disparaîtrai comme ça.

Enfin, maintenant, j'en suis moins sûr. Maintenant, c'est un peu le brouillard et ça ne m'aide pas. J'aurais besoin de certitudes et la seule qui se fasse jour plonge tout le reste dans l'obscurité.

C'était jeudi soir.

Je quitte tard, le jeudi. À 18 h 30. À cette heure-là, il n'y a plus que les agents de service dans le bâtiment C et la principale dans le bâtiment O. Le bâtiment L est vide. Trois bâtiments construits en U autour de la cour. COL. Les trois premières lettres du mot « collège ». Les constructeurs ont trouvé ça constructif. Ils doivent être copains avec les gars de la mairie. Depuis peu, l'administration s'inquiète. Le collège est de type Pailleron. Si un jour un incendie se déclare, il ne restera rien et la plupart des gens grilleront à l'intérieur des salles.

À 18 h 30, le jeudi, je fais le tour des salles pour vérifier qu'aucun sac n'a été oublié, qu'aucune trousse ne traîne – qu'aucun élève terrorisé par son père ne se cache dans les toilettes en espérant passer la nuit là – qu'aucun prof n'est occupé à se pendre dans les couloirs – qu'aucune lumière n'est encore allumée. Ce n'est pas dans mes attributions, à proprement parler. Normalement, c'est à l'un des agents de faire ce boulot-là, mais on m'a demandé gentiment si ça ne me dérangeait pas, parce qu'ils sont un peu courts en personnel, cette année. Des restrictions budgétaires et un embrouillamini avec la mairie. J'ai haussé les épaules. Rien ne me dérange jamais.

Je suis un cauchemar pour les syndicalistes.

Le représentant d'une génération vite désabusée, plutôt marquée à gauche mais déçue par le gouvernement, qui se déplace de moins en moins vers le bureau de vote et qui commence à croire que la seule action qui vaille, c'est l'action caritative. Qui trouve que le Band Aid, c'est une belle idée. Qui propulserait bien Coluche au pouvoir, mais qui est gênée aux entournures par le côté populiste du bonhomme. Qui est plutôt paumée et incapable d'assumer ses choix. Qui trouve normales les grèves et qui participe aux manifestations mais qui ne crache pas sur les heures supplémentaires et accepte sans broncher de faire le boulot des autres parce que le nombre de postes créés ne correspond pas aux besoins.

Dans le bâtiment L, aucun couloir n'était allumé. J'étais sur le point de fermer la porte d'accès sans vérifier si personne ne traînait quand j'ai entendu la musique.

Un filet de musique en provenance du premier étage. Je me suis dit qu'un agent avait peut-être oublié d'éteindre sa radio portative.

En gravissant les marches, les notes se sont faites plus claires. J'ai reconnu la chanson. Un groupe américain qui a eu un succès d'estime il y a cinq ou six ans. Une chanteuse à la voix ébréchée qui psalmodie sur un rythme lancinant.

Martha Davis. Les Motels. « Total Control ».

C'est un morceau que ma sœur a beaucoup écouté à un moment donné. Elle avait fondu pour ce grand brun aux cheveux bouclés au mariage de notre cousin. Je la vois encore sur la piste de danse au début de la soirée, distante, souriant à peine, la main légèrement posée sur l'omoplate de son cavalier. Et plus tard dans la nuit, avachie sur son épaule, la bouche collée à son cou – et lui, il en rit. Il n'en rira pas longtemps. Quelques semaines plus tard, il l'exclut – elle s'enferme dans sa chambre, elle ne veut plus voir personne et elle passe le disque en boucle – la chanteuse qui vendrait son âme pour avoir le contrôle sur son amant.

Ma sœur l'écoute une quinzaine de jours – la douleur s'estompe. Elle revient s'asseoir à la table de la cuisine – elle passe à autre chose. Un jour, moi aussi, je passerai à autre chose.

Mais, pour l'instant, je ne peux pas.

Je reste immobile, les aiguilles bloquées sur l'heure de l'horloge du bâtiment L, 18 h 23. Je continue à marcher, à communiquer, à faire mes courses, à obliger les élèves à se mettre en rang pour aller à la cantine – mais soudain, au milieu du quotidien, quelques notes me reviennent et tout s'arrête. Tout s'efface. Il n'y a plus qu'elle, dans cette salle de classe désertée, la *L 129*, le soir qui tombe sur la cour du collège.

J'ai eu un moment d'hésitation avant d'entrer. Comme si je sentais qu'à l'intérieur, il n'y aurait pas seulement une radio esseulée. Je ne voulais pas déranger – mais la curiosité était trop forte. J'ai ouvert la porte silencieusement – une effraction de douceur. Elle était presque allongée – les pieds sur le bureau et la tête renversée sur la chaise – elle fermait les yeux – j'ai cru un moment qu'elle s'était évanouie. Mais j'ai vu ses doigts qui bougeaient en rythme. Sa poitrine qui se soulevait doucement. À côté d'elle, tout son attirail – des pinceaux, des crayons, des feuilles de papier de taille différente – un désordre coloré. Un peu plus loin, le petit magnétophone noir. *« And I'd sell my soul for total control / Yes, I'd sell my soul for total control / Over you ».*

J'avais déjà entendu parler des moments de grâce – le temps suspendu à un fil et le décor qui s'abolit dans l'instant – j'en avais lu dans les livres, j'en avais vu dans les films – mais je n'en avais jamais vécu. Quand mon copain Christophe parle de l'immobilité des paysages irlandais au petit matin, alors qu'il déploie sa canne pour pêcher les saumons, il évoque la magie et je me moque gentiment de lui. Je ne sais pas comment il peut le supporter. Je ne pourrais pas encaisser qu'on raille et qu'on dénigre les quelques minutes que j'ai passées à la regarder, cette fin d'après-midi-là. Mais cela ne risque pas de se produire. Je n'en parlerai à personne.

Elle s'appelle Myriam.

Myriam Lebrun. Et même s'il n'y a aucune raison qu'elle prenne une autre place dans mon existence que celle qu'elle occupe aujourd'hui – la luminosité d'un soir, la lenteur d'un rêve – je ne peux pas m'empêcher d'espérer.

Myriam Lebrun est professeur de dessin dans le collège. Elle est arrivée cette année mais elle a déjà enseigné ailleurs dans le département. Elle est titulaire depuis trois ans. Elle a été inspectée l'année dernière – le rapport est correct mais laisse apparaître quelques manquements dans la gestion de classe. *Mlle Lebrun pourrait affirmer davantage son autorité.* Elle a vingt-huit ans, elle habite à une demi-heure du collège, dans la campagne. J'ai lu tous les documents administratifs la concernant. J'ai toutes les clés de l'établissement.

Vingt-huit ans – à des années-lumière de moi. Lorsqu'elle passait le bac, j'étais en 5e, je découvrais le Moyen Âge, les verbes irréguliers et les équations du premier degré.

Les cheveux de Mlle Lebrun, qu'elle coiffe généralement en queue de cheval ou qu'elle remonte en chignon, sont d'un châtain très clair et ses yeux, autant qu'il m'en souvienne, d'un marron tirant vers le vert. Rien ne semble encore très défini dans les couleurs de l'enseignante de dessin. J'en dresse mon propre portrait. Et, dans mes teintes, il y a la lueur du soir qui descend – une ligne d'un rose orangé mangée par l'ocre et le gris des nuages. Octobre. Mlle Lebrun est imprégnée d'octobre.

Elle s'est étirée, les yeux fermés, au son de cette batterie obsédante. Elle a articulé silencieusement les paroles de la chanson. Elle a murmuré avec la chanteuse américaine que le toucher des amants est un plaisir rare. Elle a suggéré à son partenaire virtuel de rester dans le lit, dans les draps. *« Je vendrais mon âme pour que tu acceptes. »*

J'ai vu ses lèvres bouger et le sourire qui se dessinait. Elle imaginait le ventilateur au plafond dans cette chambre de motel. Le volet roulant, bancal, que le vent soulevait et qui laissait entrer la lumière d'un soleil implacable. La forme des corps dans la pénombre. Les gouttes de sueur à la naissance de la nuque. J'ai vu ses cuisses frémir doucement et battre la mesure – un mouvement imperceptible qui faisait onduler les muscles et la chair – une brise sur l'océan. Ses mains portées à ses tempes – la douceur de la voix, la chaleur des cuivres – les images étaient d'une sensualité presque insupportable.

Ma gorge s'est asséchée. Je ne voulais plus rien avaler d'autre qu'elle. J'étais sur le point de me laisser glisser le long du mur – une faiblesse – un arrêt.

Au rez-de-chaussée, une porte a claqué et le charme s'est rompu. Elle a sursauté – moi aussi – nous étions dans le même mouvement. Elle a écarquillé les yeux et puis elle a voulu bredouiller une excuse – moi aussi – nous avons bafouillé de concert. Une cacophonie de mots. Et puis son rire – un de ces rires cristallins qui illuminent les pièces sombres. Son rire et la rougeur de son visage, que je devinais malgré la pénombre. Elle a éteint le magnétophone. La voix américaine a disparu. Elle n'arrêtait pas de répéter « excusez-moi, excusez-moi » et moi, je voulais lui dire que ce n'était rien, que tout allait bien, que nous pouvions rester ensemble dans cette salle toute la nuit si elle le désirait – nous pourrions nous raconter nos vies, assis sur l'estrade, sa tête sur mon épaule – et puis ensuite, nous irions dîner au restaurant, nous prendrions sa voiture ou ma moto, celle que j'ai achetée d'occasion l'année dernière et que j'ai mis un temps fou à réparer – à la fin de la nuit, nous serions ensemble, comme les doigts de la main, comme le bras gauche et le bras droit, comme deux yeux sur un visage. Mais je ne suis parvenu qu'à murmurer que j'aimais beaucoup la chanson.

Elle s'est arrêtée – son sourire était lumineux.

« Elle est magnifique, non ? » – « La voix surtout. » – « Et la batterie. » – « Et la basse. » – « C'est très sensuel. » – « Et puis triste en même temps, je ne sais pas comment expliquer. » – « Elle voudrait le garder pour toujours, mais elle sait que c'est illusoire. » – « Vous comprenez les paroles ? » – « Un peu, je fais des études d'anglais. » – « Vous êtes surveillant ici, non ? » – « Oui, je m'appelle Fred. » – « Myriam. » – « Mademoiselle Lebrun. » – « Je déteste, je trouve que ça fait vieille fille, avec une jupe écossaise et des cheveux mal lavés. » – « Personne ne penserait de vous que vous êtes une vieille fille. »

Elle est près de moi. Elle rougit. Elle baisse les yeux. Elle ne répond pas. Elle dit qu'il faut qu'elle rentre chez elle, maintenant. Elle brode des excuses. Elle prétend qu'elle est restée longtemps après la sortie des cours parce qu'elle remplissait son cahier de textes et qu'elle préparait ses cours, mais il n'y a pas un seul stylo devant elle – il n'y a que des pinceaux et des brosses. Je lui demande si elle se plaît dans le collège. Elle se fige et regarde le plafond, le majeur de la main gauche sur le menton. Oui – pourtant, elle ne l'aurait pas parié au départ. Avec cet environnement. Mais on s'y fait finalement. Elle frissonne un peu. Je réplique que je suis né là, dans la cité. Elle hoche la tête. Elle, elle vient d'une toute petite ville de Bretagne et tout y est très différent. Ici, elle habite à la campagne. Elle ne sait pas ce qu'elle préfère, entre la ville et la campagne, déjà quand on lui posait la question, dans les rédactions de français, elle ne savait pas quoi répondre.

Elle s'empourpre encore. Elle ajoute qu'elle ne sait pas pourquoi elle me dit tout ça, elle s'excuse de nouveau. Je suis sur le point de lui dire que c'est parce qu'elle se sent bien en ma compagnie et que nous pourrions peut-être poursuivre la conversation ailleurs, avant qu'elle ne retourne dans son village – mais les mots n'arrivent pas à se frayer un chemin parce qu'ils ne sont pas les miens, je ne suis pas comme ça, je n'ai jamais réussi à draguer, à baratiner, à enfiler des boniments comme des colliers de perles. Je touche sa main et le contact me renvoie un courant électrique presque douloureux. J'entends toujours la voix de la chanteuse. *« Je vendrais mon âme pour que tu acceptes. »*

Nous descendons les escaliers ensemble – nous ne nous regardons pas. Je porte le petit magnétophone noir. J'oublie de lui rendre la cassette. Consciemment. Ce sera une occasion de la revoir. Au moment de nous séparer, elle dit que c'est très gentil de ma part de l'avoir réveillée si gentiment (« parce que, vous savez, j'étais complètement ailleurs »), elle espère ne pas m'avoir trop dérangé. Elle ajoute qu'elle a cours le lendemain à 9 heures, elle me fera un petit signe en passant devant le bureau des surveillants. Je souris. Je réponds qu'un café l'attendra. Je me fais une note mentale. Il faut que je trouve un prétexte pour faire déguerpir les autres. Envoyer Kheira s'occuper de la salle d'étude, dépêcher Michaël à l'inspection de la cour et des couloirs. Persuader Béatrice d'aller ramasser les feuilles de présence.

Elle sourit. Elle semble contente. Apaisée. Elle ne se retourne pas en franchissant la grille. Elle retrouve sa vie – avec un léger décalage. Je reste là, les bras ballants, le trousseau dans mes mains, je suis le maître des clés – je viens de trouver ma raison de vivre.

Je ferai tout pour la séduire.

Myriam

Mon corps m'échappe.

Je me souviens que ma cousine disait ça, mais, à l'époque, je répondais oui sans bien comprendre de quoi il retournait. Maintenant, c'est très clair. Parfois, je suis assaillie par des désirs qui me transpercent et me vrillent. Ma peau se transforme en pelure de pêche, mes mains se couvrent de fourrure et à l'intérieur, les organes se tordent en réclamant leur dû. Du pain de mie grillé avec du beurre et du chocolat en poudre, en ce moment. Tant que je n'ai pas assouvi les envies, je reste langue pendante et esprit en bataille. Si ce n'était que culinaire, ce ne serait pas bien sérieux. Le problème, c'est quand la sensualité s'en mêle. Je suis en train de parler à la voisine et, d'un seul coup, je déconnecte, je suis totalement ailleurs. Dans une alcôve discrète. Un hammam. Un champ de coquelicots. Et je ne suis pas seule.

Stop.

C'était l'un de ces moments-là, au collège, hier, quand le surveillant est arrivé. J'avais apporté une cassette pour me relaxer après les cours. Parce que le jeudi est une journée difficile. J'ai les 3e 5 de quatre à cinq, et ils arrivent très excités, ils ne veulent rien faire. Les arts plastiques, ils n'en ont rien à cirer. Pris un par un, ce ne sont certainement pas de mauvais bougres, mais ensemble, ils peuvent vraiment me faire passer un sale quart d'heure. Je sens la tension dans mon ventre dès le début de l'après-midi, alors que nous ne sommes rentrés que depuis quatre semaines. La seule chose qui me fasse tenir le coup, c'est la perspective de ne plus les revoir avant le jeudi suivant. Je me dis que nous ne sommes qu'en octobre et que tout peut encore arriver. Le pire comme le meilleur. Le meilleur, s'ils se calment une fois la routine totalement installée. Le pire, s'ils considèrent mon cours comme un défouloir. Mais je ne me laisserai pas démonter la santé par un groupe de petits morveux qui ne se rendent même pas compte de ce qu'ils peuvent faire subir aux autres. Si les choses se dégradent, j'irai voir le médecin. Je ne veux pas gâcher cette année. Cette année que je ne finirai d'ailleurs certainement pas. Quand j'y pense, j'en ai des haut-le-cœur. Comme lorsque je suis montée pour la première fois sur le plongeoir des cinq mètres, à la piscine. Je voyais le soleil se refléter sur l'eau, tout en bas, j'ai cru que j'allais m'évanouir.

Stop.

Respirer. Calmement. Tout ira bien. Voilà. Une grande lampée d'air. Et souffler, doucement.

Hier soir, donc. J'avais apporté cette cassette. Je l'avais trouvée à la maison, dans l'un des tiroirs du bureau. Dessus, de mon écriture d'étudiante, à l'encre violette, j'avais écrit « morceaux lents ». J'ai écouté, pour voir. J'ai reconnu le « Fool to Cry » des Stones et aussi « The Ballad of Lucy Jordan » de Marianne Faithfull. Des enregistrements qui dataient de la fin des années soixante-dix, l'émancipation, le lycée, les soirées jusqu'au petit matin à écouter les autres discourir dans la fumée des cigarettes et les effluves d'alcool. Juste ce dont j'avais besoin, le jeudi soir. Je ne veux plus repartir énervée comme il y a quinze jours. J'en ai pleuré au volant et j'ai failli me foutre en l'air, tout ça parce que Eddy Ferrer s'était passé la langue sur les lèvres en me fixant ostensiblement, pendant que j'expliquais les bases de la perspective. Ses copains le regardaient en ricanant. Je n'ai pas su comment réagir. C'est mon défaut. Je ne sais pas ce que je dois faire, dans ces cas-là. C'est pour ça que l'inspecteur a parlé de mes problèmes de discipline, l'an dernier. Mais ça aussi, maintenant, ça va peut-être changer. C'est pour ça qu'il me faut attendre. Être patiente. Je vais trouver ma place, tranquillement. Sans heurt et sans violence.

En tout cas, j'ai décrété que je ne quitterais plus le collège dans un tel état de nerfs. Il me faut un sas de décompression. Un moment de détente. Je pourrais aller prendre un café dans la salle des profs, mais je n'ai pas vraiment envie de discuter, le jeudi soir. J'ai envie de calme. Écouter les bruits assourdis de la circulation sur l'avenue Jean-Moulin. M'étirer comme un chat. J'ai entendu l'autre jour à la radio qu'il était important de s'étirer plusieurs fois par jour. Tendre les mains vers le haut et chercher à atteindre le plafond. Les jambes qui s'allongent, comme au moment du réveil, elles cherchent à sortir des draps. Revivre.

J'ai enclenché la cassette. Après « La Ballade de Lucy Jordan », il y avait un morceau de Ian Matthews qui parlait du roi de la nuit. J'ai posé mes pieds sur le bureau. Je regardais les immeubles de la ZUP, de l'autre côté de la fenêtre. J'ai remarqué, au troisième étage de l'un des bâtiments, un spot vert qu'on venait d'allumer. C'est étrange, un spot vert. Cela doit donner des allures fantomatiques à la chambre ou au salon. Je me demande bien qui peut avoir envie d'une lueur verdâtre chez lui. Un dépressif, peut-être. Ou un rêveur.

C'est après Ian Matthews que cela s'est gâté. J'ai reconnu d'emblée les premières notes de guitare, lancinantes, et cette batterie comme une boîte à rythmes. La ritournelle. « Total Control ». Les Motels.

Jc mc souvicns du crcux, à la naissancc dc l'omoplate. Je le léchais. De longues minutes. Le parquet dans le studio. La lucarne qui donnait sur la cour intérieure. Les tableaux retournés contre le mur. Son atelier. Son excuse. Son prétexte. Il cherchait des filles pour poser comme modèles, mais très vite il sortait de son devoir de réserve et il entamait la conversation. Il comprenait rapidement s'il avait une chance ou pas. Il glissait alors vers le privé. Il dérivait vers les couleurs, leur chaleur, leur fraîcheur, il trouvait avec une facilité déconcertante les mots du désir et de la frustration. L'habitude. J'étais prête à me laisser prendre. Je sortais d'une série d'histoires décevantes qui duraient entre trois et six mois avec des garçons hésitants et maladroits essentiellement préoccupés de leur propre plénitude. J'avais envie d'un professionnel. J'avais vingt et un ans. Nous nous retrouvions tous les jeudis soir, à 17 heures. Je ne sais pas dans quelle mesure la femme qui partageait sa vie était au courant. Je n'aurais pas pu partager la mienne avec quelqu'un comme lui. Je ne voulais que des moments volés, une parenthèse illuminée. Sa voix qui répète mon nom tandis qu'il me pénètre doucement puis ressort totalement. Attend les soubresauts du corps qui réclame à nouveau d'être empli. Et recommence. Je me mordais les lèvres pour ne pas hurler. Dans ces moments-là, j'aurais vendu mon âme pour avoir le contrôle total de son désir, mais c'était lui qui dictait. J'en ai parfois souffert. Je me suis rebellée. Cela ne durait pas longtemps. Je me sentais à sa merci. Le jeudi soir, en rentrant chez moi, je mettais sur la platine le disque des Motels et je prolongeais les caresses. Je l'ai écouté des dizaines de fois. Jusqu'à ce que les envies s'émoussent, jusqu'à ce que l'humidité s'efface et ne laisse place qu'à la sécheresse. La friabilité de l'argile. Et bientôt, la dureté du roc. Un jour, j'ai arrêté la musique et je ne suis plus retournée dans l'atelier. Peu après, j'ai changé de ville. Je sais que je ne le reverrai jamais. Je me dis parfois qu'il est peut-être mort aujourd'hui, parce qu'on ne sait pas ce que deviennent les amants qui sortent de nos vies. Peut-être que l'année suivante ils partent en vacances en montagne et leurs voitures plongent dans des ravins. Peut-être qu'une crise cardiaque calme brutalement leurs ardeurs. Et nous, nous continuons à les voir comme ils ont été. Et comme nous les avons quittés.

Hier soir, la chanson m'a saisie. Une plongée dans l'eau froide un jour de canicule. J'ai senti mes muscles se tétaniser. Les étirements n'étaient plus, brusquement, une façon de se détendre, mais une manière de survie. Les mains vers le plafond pour sortir du fleuve qui me happe vers le fond. Les jambes qui s'allongent pour donner un coup sec sur le fond sablonneux. Je ne me laisserai pas embarquer. Je ne me laisserai pas dériver. Les efforts physiques m'ont fait venir des larmes dans les yeux. Je voyais son visage. Il était si près. Et la douceur de sa queue en moi. Le va-et-vient de la peau. Le frisson de l'épiderme. La chair de poule. Une glaciation et un effet de serre tout à la fois. Un arc-en-ciel climatique.

Et là, une porte a claqué. J'ai sursauté. J'ai tourné les yeux. Quelqu'un était là, en train de me regarder atteindre un orgasme mental. J'ai pensé brièvement que c'était un élève, Eddy Ferrer ou un de ses collègues et je me suis dit que, cette fois, j'étais perdue. Alors quand, en recentrant mon regard, j'ai vu qu'il s'agissait d'un surveillant, je me suis d'abord sentie soulagée. C'est ça. Soulagée. Et puis la colère est montée. Contre moi-même. Contre lui. Je l'ai jugulée comme je pouvais. J'ai fait la conversation mais je ne me souviens plus très bien de ce que j'ai pu dire. Des platitudes sur le collège que j'ai prétendu beaucoup aimer, comme si le surveillant en face de moi s'était mué en principal ou en inspecteur et qu'il me fallait me justifier. Ce doit être le titre. « Surveillant ». Un établissement pénitentiaire. Une astreinte. Une absence de liberté. Je me rappelle avoir parlé aussi de la ville et de la campagne, j'étais prise d'une logorrhée embarrassée, je n'arrivais pas à calmer le flux des mots. Derrière leur paravent, je le voyais se déshabiller sur la musique des Motels. Et soudain, ce n'était plus l'atelier mais ma salle de classe. Et ce n'était plus lui mais celui qui me faisait face. Le surveillant. Ses muscles fins. Sa poitrine étroite contre mes seins. Le contact soyeux de la colonne de poils qui montent de son sexe jusqu'à sa gorge, en ligne serrée.

Nous nous sommes touchés et ça a été comme une décharge électrique. Je suis une pile radioactive. Je déclenche des réactions nucléaires à chaque contact. Je me suis écartée et puis, curieusement, j'ai eu envie de rire. Parce que j'ai compris d'où venaient toutes ces confusions et toutes ces dérives. Ce qui les faisait naître en moi, ce soir, ce jeudi soir d'octobre. Ce qui provoquait le souvenir sensuel. Et soudain, cela m'a rendue fière. Fière d'être pleine. Remplie. Comblée. Je me suis touché le ventre.

Je le sais depuis hier. Cinq semaines probablement. Ce sera pour mai. Nous passerons l'été dans la chambre d'enfant, à la bercer. J'ai décidé que ce serait une fille. Je sais que je ne devrais pas faire cela. Personnaliser. Mais je ne peux pas m'en empêcher. Et puis ce n'est pas si grave. Je serai aussi heureuse d'avoir un garçon. Il me suffira de changer les teintes de ma rêverie et de tourner autour du prénom. Je ne l'ai pas encore dit à Thomas. J'ai envie, pendant une semaine ou deux, de garder le secret. D'être la seule détentrice des clés et des serrures. De diriger le jeu. Je sais que c'est déloyal, mais de toute façon cela ne change pas grand-chose. Je n'avorterai pas. Je l'ai déjà fait et un deuxième avortement hypothéquerait mes chances d'être mère, par la suite. Et puis Thomas dit souvent qu'il aimerait que nous ayons un enfant. Dans un futur vague et brumeux : la révélation de l'ici et du maintenant va sans doute être un peu brutale, mais j'ai confiance en lui. Et surtout, j'ai confiance en moi. Je ne me laisse pas guider où je n'ai pas envie d'aller. Plus maintenant. Je prends le contrôle. J'ai souri au surveillant. Je l'ai remercié de m'avoir réveillée. De cela, oui, je me souviens. Et je me rappelle aussi lui avoir promis de lui faire signe ce matin, lorsque je passerai devant son bureau. La perspective est sympathique. Je connais encore peu de gens dans le collège. Je ne suis arrivée que le jour de la prérentrée, et il y avait tellement à faire entre les clés des salles, les craies pour le tableau, les tickets de cantine, la répartition des classes, la liste des élèves. Je n'ai pas eu le temps de lier connaissance. Je serai heureuse de dire bonjour à quelqu'un qui s'est glissé par inadvertance dans un moment intime. Dans une confession. Mon confesseur. Mon pasteur. Mon passeur.

Voilà. Il est 8 h 46 à l'horloge de la voiture. Je vais remonter la vitre, cesser de regarder la cité devant moi, tous ces immeubles par les fenêtres desquelles les femmes aèrent la literie et se parlent, d'un étage à l'autre. Je vais passer la grille et prendre de l'assurance tandis que je me dirige vers le bâtiment administratif. Avant d'aller en salle des profs, je pousserai la porte du bureau des surveillants et je lui adresserai un petit sourire. Je suis sûre que je le ferai sursauter, comme il m'a surprise hier soir. Et puis je l'inviterai. Oui, je viens de décider ça. J'ai envie d'organiser une soirée chez nous. Je sais que l'idée ne va que moyennement plaire à Thomas, mais cette maison, j'en suis locataire tout autant que lui. Et là, j'éprouve le besoin de lier des connaissances. De rencontrer des collègues ou des voisins. Je me sais habitée et je voudrais que notre fille, pardon notre fille ou notre fils, rencontre ceux et celles qui l'accompagneront dans les premiers temps. J'ai déjà mentalement convié les voisins et puis aussi Géraldine et Élisabeth, et les amis de Thomas qui nous ont aidés à déménager. J'enverrai un carton à mes amies bretonnes, même si je sais pertinemment qu'elles ne viendront pas, encore qu'avec Alice, rien n'est jamais certain. Elle est capable de prendre le train le matin même et de débarquer au début de la soirée. J'aimerais être comme ça. Mais on ne peut pas choisir d'être impulsive, si ? J'ajoute donc le surveillant, il faudrait vraiment que je retrouve son prénom, je l'ai sur le bout de la langue depuis hier soir, mais il m'échappe, pourtant il me l'a donné, j'en suis certaine. C'est un diminutif ou un prénom court, quelques lettres seulement, comme Tom ou Sam, un truc dans le genre. Lui, donc, et puis son amie. Il ne vit probablement pas seul.

J'ai rêvé de lui cette nuit.

Je m'en souviens au moment où je touche la grille verte du collège. La vision est d'une netteté dérangeante.

Il me soulevait. Sa main entre mes jambes. Il écartait doucement le tissu pour trouver mon sexe. Il le caressait avec une lenteur infinie. J'entendais son souffle de plus en plus court et de plus en plus rauque.

Stop.

D'abord, regarder le ciel, froncer un peu les sourcils, puis se concentrer sur le premier étage gauche du bâtiment d'en face. Par la fenêtre ouverte, j'aperçois une télévision et un bouquet de fleurs séchées.

J'ai lu dans un magazine féminin, récemment, que c'était tout à fait normal. La libido des femmes enceintes se trouve décuplée et elles font des rêves érotiques avec le facteur, le boucher, le chanteur à la télé, tout homme qui les croise ou les émeut dans la journée. Cela peut parfois s'avérer embarrassant, notait la journaliste, mais il vaut mieux en rire. Tous ces mâles ne sauront jamais à quel point ils nous ont fait du bien, de temps à autre, la nuit.

Je n'ai pas encore rêvé du facteur, mais je ne le vois jamais passer dans le village. C'est peut-être une factrice. J'achète ma viande préemballée au supermarché. Je ne vois pas quel chanteur pourrait éveiller ma sensualité. Moi, je commets l'adultère virtuel avec un surveillant qui doit à peine sortir de l'adolescence. Un gamin qui a près de dix ans de moins que moi. Et dont je ne me rappelle même pas le prénom. Joli tableau.

Pour couronner le tout, je vais l'inviter à une fête chez moi, à une date non précisée encore, au cours de laquelle nous annoncerons, Thomas et moi, que nous allons être parents. À moins que je ne le prenne par surprise, lui aussi. Et que je ne choisisse cette soirée-là pour lui révéler le pot aux roses. Le polichinelle dans le tiroir. La diablesse dans sa boîte.

Je raconte n'importe quoi. Cela ne me ressemble pas, mais je m'aime davantage. Ah, voilà le fameux Fred, oui c'est ça, j'ai retrouvé son prénom, Fred, enfin Frédéric probablement mais il doit détester se faire appeler Frédéric. Il n'y a sans doute que sa mère qui l'appelle encore comme ça, dans les moments de colère ou de tendresse. Mon petit Frédéric. *Ce que tu étais coquin quand tu étais loupiot, tu sais.* Il la laisse faire parce que c'est un gentil garçon. Mais au fond, les mots se rebellent. Il se dit que Frédéric, c'est sans doute le seul prénom qui ait cette curieuse particularité d'être à la fois androgyne et rigide. Camille, Dominique, ce sont des prénoms à deux sexes qui coulent, des ruisseaux dans la gorge ; Frédéric, avec ces sonorités sèches, presque rugueuses, une main sur le tronc d'un chêne-liège, une sensation désagréable. Il envie les Mathieu, les Antoine, les Philippe et leurs sons altiers, le chaloupé de leurs syllabes.

Je l'imagine en culottes courtes. J'ai de la tendresse pour lui. Ce pourrait être mon petit frère. Un petit frère incestueux qui se glisserait dans mes rêves.

Stop.

Je souris, je lance un bonjour tonitruant qui résonne dans le bureau désert. Je ne m'étais pas rendu compte qu'il n'y avait que lui dans la pièce. Cela me trouble un peu. Je le revois dans mon rêve. Il me caressait avec une lenteur infinie. Son souffle était de plus en plus court et de plus en plus rauque. Comme est rauque sa voix lorsqu'il me répond. Il est obligé de se racler la gorge. Je parle tout de suite de l'invitation. J'indique que je préciserai la date ultérieurement. Je veux savoir s'il est intéressé. Il répond que oui, bien sûr, avec plaisir. Il répète avec plaisir deux fois et presque une troisième. Et puis il s'arrête. Je m'éclipse. En m'éloignant je me demande si le surveillant est amoureux de moi, mais j'évacue l'idée prestement. On ne tombe pas amoureux comme ça, en un clin d'œil. Enfin, pas moi, en tout cas. Je me demande à quoi peut ressembler sa fiancée en date. Ou son fiancé d'ailleurs, je n'en sais rien après tout. Je me demande aussi comment il est, nu. Nu, campé devant moi, sa main sur mes épaules. Je me reprends. Je me concentre sur autre chose. Et Thomas m'apparaît. La façon qu'il a de laisser tomber sa chemise dans son dos et de s'asseoir sur le matelas, avant de se déshabiller.

Stop.

J'ai les 6e 4 dans une dizaine de minutes. Nous allons faire des dégradés de couleurs. Du bleu le plus violacé au blanc le plus laiteux. J'aimerais bien savoir ce que fait Thomas, en ce moment.

Thomas

Je regarde cette femme. Je m'efforce de ne pas lui inventer une vie. De ne pas penser aux enfants qu'elle a sans doute eus et qui doivent être grands maintenant. Elle a cinquante-trois ans, des mains crevassées et une bouche aux contours fissurés. Ses lèvres sont badigeonnées d'un rouge à lèvres bon marché, ses paupières de bleu et sa voix cassée à cause du tabac. Elle fume les moins chères des blondes.

Il ne faut pas se laisser avoir. Jean-Pierre Ledoux, le manager, a été très clair. Face au personnel ou aux futurs employés, il faut se montrer ferme et même sévère, comme un bon instituteur, parce qu'un entretien d'embauche ou une convocation à la direction, c'est comme à l'école. C'est un jugement. Une note consignée sur le cahier, en rouge ou en vert, selon le résultat de l'entrevue.

Il m'a cueilli ce matin, alors que je m'extrayais de la voiture. Il sait que c'est à ce moment-là que je suis vulnérable. Parce que notre voiture est trop vieille et que la carrosserie a des rayures. Parce qu'un pare-soleil qui clame « Je chante comme je respire » s'étale sur le pare-brise avant, et que je ne suis pas parvenu à le décoller quand nous avons acheté notre épave à une femme fatiguée, une sœur jumelle de celle qui est devant moi aujourd'hui.

Il a attendu que je sorte, suant et soufflant, le costume déjà fripé, pour me serrer la main en souriant et me dire « Ah, ce matin, je veux que tu m'accompagnes aux entretiens d'embauche, on recrute de nouvelles caissières, c'est important que tu voies ça, on sera trois, Jacques, toi et moi. Tu devais faire quoi, ce matin ? Négocier avec les fournisseurs ? Hervé s'en occupera. Sinon, tu vas bien ? »

Il me tutoie. Pas moi. Il clame que je l'agace avec mes vouvoiements, que je le fais se sentir vieux et dépassé, mais je devine qu'un tutoiement lui vrillerait les oreilles. Il cherche de la déférence. Le respect de la hiérarchie. L'entreprise comme une armée en marche. Une grande muette. Rien ne doit jamais sortir des murs de l'hypermarché. Il me croit en stage pour un an. Directeur adjoint du magasin le plus florissant de la région. Ils l'ont flatté. Ils lui ont dit qu'étant donné les résultats faramineux de ces derniers semestres, ils avaient pensé qu'il pourrait peut-être former les futurs cadres régionaux. Il ne fallait pas que son savoir se perde. Il deviendrait une référence au sein de la chaîne de distribution. On dirait « Ah, lui, il a été formé par Ledoux ». Et tout le monde hocherait la tête. On saurait ce que ça signifie. À la dure avec Ledoux. Le jeu de mots serait sur toutes les lèvres.

Par moments, quand je le vois, satisfait de lui-même, les babines légèrement retroussées, avec son regard condescendant et son attitude de propriétaire, j'ai envie de tout lui déballer. De lui révéler dans le plus grand calme et la plus grande douceur que je ne suis pas seulement là pour apprendre. Apprendre n'est que la première étape. La deuxième, c'est tuer le père. Limoger le patron. Prendre sa place. Être calife à la place du calife. Les dirigeants ont été très clairs, Ledoux a fait son temps, en plus, il traîne des casseroles gênantes, il aurait tendance à draguer les nouvelles venues et à leur proposer des parties de jambes en l'air contre des promotions potentielles. Juste au moment où le harcèlement moral et sexuel devient un sujet de débat dans les émissions de télévision. Juste au moment où la marque veut se faire un lifting et apparaître comme une société propre dans laquelle il fait bon être employé.

Parce que les dirigeants disent que les temps changent, que les années quatre-vingt sont en train de virer leur cuti, on commence à parler de morale et de bulle d'argent qui va éclater. D'après leurs études, dans quelques années, les clients iront davantage vers des produits promettant de respecter l'être humain, même si tout cela est illusoire.

Je sais que ce n'est qu'un discours de façade. Je ne suis pas né de la dernière pluie. Ils cherchent à m'amadouer mais leur charabia humaniste cadre mal avec leurs femmes manucurées, leurs voitures rutilantes et leurs vacances à l'autre bout de la terre, dans des pays où ils se comportent comme des porcs vis-à-vis des autochtones. Ils m'ont invité sur leurs yachts dans le Midi, une fin de semaine du mois de mai dernier, ils ont cru que le luxe m'impressionnerait, et j'ai joué l'impressionné. Je l'ai peut-être même été. Mais pas par la profondeur de la cale ni par la blancheur des voiles qui n'ont jamais vu le large. Ni par leurs coupés sport. J'ai été fasciné par l'inconsistance de leur conversation et la lourdeur des blagues auxquelles tous riaient de bon cœur. Même les femmes.

Je suis vieux jeu. Dans ma tête, les femmes ne rient pas des blagues au-dessous de la ceinture. Elles ont plus de classe que ça. Elles sourient rapidement et leur maquillage laisse apparaître leur lassitude. Et lorsqu'elles vous croisent sur le pont, elles vous frôlent et attendent que vous leur témoigniez un intérêt discret et de bon ton. Elles vous rejoignent à terre à 3 heures du matin, vous font l'amour sur les dunes sans un mot et, le lendemain, elles sont impeccables à la table du petit déjeuner, leur mari ne se doute de rien. Mais pas ces femmes-là. Ces femmes-là rient à gorge déployée et montrent ouvertement leur dédain pour les pauvres. Et encore plus pour les étrangers. Les bicots. Les crouilles. Les viets. Je me suis réjoui que Myriam ait décliné l'invitation.

Quand je l'ai retrouvée le dimanche soir, je l'ai serrée longtemps dans mes bras. Elle est ma planche de survie, ma bouée, mon gilet de sauvetage. J'oublie souvent de la remercier d'exister. J'oublie souvent parce que je suis dans l'action et que je m'autorise rarement la contemplation. Alors parfois, je la bouscule. Mais je crois qu'au fond elle aime être bousculée. Elle aime qu'on s'oppose à ses visions du monde et à ses convictions. Elle aime être dans la barque que je conduis.

Quand je lui ai raconté le week-end sur le yacht, elle a soupiré. Elle a demandé comment je pouvais supporter ça. Elle a dit qu'elle ne comprenait pas pourquoi je ne bifurquais pas, pourquoi je ne passais pas des concours administratifs.

Je n'ai pas su quoi lui répondre. Je suis fils de fonctionnaires. Un cuisinier de cantine et une guichetière des postes qui ont trouvé commode de se mettre ensemble et de demander à leurs collègues respectifs de réunir une cagnotte, le jour de leur mariage, pour partir en vacances une semaine à Venise et, comble de l'aventure, une autre à Majorque. Chez mes parents, l'étranger se résume à une ville italienne à pigeons et une île où l'espagnol semble banni. Ils ont beaucoup apprécié ce dépaysement mais ils ne repartiraient sous aucun prétexte. Ils aiment bien leur chez-eux. Ils font leur jardin, l'été ; quand on fait le jardin, on ne peut pas s'absenter longtemps. Et puis, la France offre tellement de jolies balades. Pas besoin d'aller à l'autre bout du monde pour trouver de quoi s'extasier.

Au tournant de l'enfance, vers douze ans, j'en ai eu ma claque des fonctionnaires. J'habitais dans un lotissement de fonctionnaires qui, le dimanche midi, organisaient des barbecues de fonctionnaires et qui achetaient tous des voitures de fonctionnaires, grises, un moteur moyen, un habitacle étriqué, un Feu Vert accroché au rétroviseur au bout d'une petite chaîne en fer, pour désodoriser le véhicule. Un allume-cigare dont on ne se sert jamais.

Je préfère notre épave à la voiture neuve de mes parents. Et surtout, je sais que l'épave va bientôt se transformer en paquebot. Dès que j'aurai pris la place de Ledoux, je change de standing. J'achète une grosse cylindrée. Spacieuse. Confortable. Tout électronique. Je ne veux pas de modèle sport, je ne suis pas dans la frime. Je suis dans la qualité allemande. La fiabilité suédoise. Le chic anglais. Une européenne du cossu. Ledoux en fera une crise cardiaque. Je sais celle que je vais acheter. Je suis allé la voir plusieurs fois. Je pourrais d'ores et déjà me la payer, j'ai économisé sans même prévenir Myriam, parce qu'elle ne serait pas d'accord et que je veux la mettre au pied du mur, c'est la parcelle égoïste de ma vie, le symbole de ma réussite, mon coup de menton dédaigneux, ma revanche sur les années de lotissement. Moi, je me servirai de l'allume-cigare. J'allumerai mes Dunhill à bague dorée avec.

Je suis ambitieux. Je le sais. Je veux de l'argent. Je crois que l'argent règle les problèmes et que ceux qui prétendent le contraire tentent de se persuader que leur existence n'est pas médiocre. Quand j'allais faire mes courses avec mes parents au Suma, le supermarché du coin, je bavais devant les balles de toutes les couleurs. Les boîtes de jeux de société sur lesquelles était inscrit « Vu à la télé ». Les assemblages de quarante-huit crayons de couleur allant du rose pâle au jaune orangé. De quoi ressentir toutes les nuances de la vie. Je ne demandais rien, parce que je savais que la réponse serait un non embarrassé et gentil, avec cette mimique propre aux gens de peu – ce sourire désolé qui signifie qu'on voudrait bien mais qu'on n'est pas assez en fonds.

J'ai ça de plus qu'eux. J'ai cet avantage-là sur les types qui m'ont invité à bord du yacht, et peut-être même sur Ledoux, encore que je ne sache pas exactement de quel environnement il vient. Je sais ce que c'est que la gêne. C'est un drôle de mot, non, la « gêne » ? La vraie gêne, c'est le manque de ronds et la vie monochrome. Ce n'est pas la timidité et le balbutiement devant une amoureuse. Cette rougeur-là, ce n'est que du cinéma. De la fausse humilité. De la honte mal placée. Le début d'un jeu. J'ai déjà été dans la gêne. Je n'ai jamais été gêné.

Myriam, je l'ai rencontrée il y a quatre ans. Elle préparait son concours. Elle était intérimaire dans le supermarché où je travaillais depuis deux ans, l'été. Je chargeais et je déchargeais les palettes. Parfois, je donnais un coup de main en caisse. Il y a des ménagères que ça faisait rire, un garçon près du tapis roulant. Je ne les écoutais pas. Le boulot de Myriam, c'était de dessiner. Je me souviens que nous avions tous souri quand nous avions appris pourquoi elle avait été embauchée. Elle devait colorier des fraises sur des morceaux de carton, à la saison des fraises. Des melons lors des promotions venues de Cavaillon. De jolis rosbifs pour le rayon boucherie. Et puis, quand elle avait du temps libre, elle était censée réfléchir à un logo. C'était une espèce de concours interne au niveau national. Elle avait peint une sorte de drapeau en jaune et bleu, les couleurs de la marque. Personne n'a jamais entendu parler des résultats. L'emblème n'a pas changé.

Un soir, nous sommes allés prendre un pot tous ensemble. Une idée de Stefano, l'Italien qui trouvait que ça manquait d'ambiance. Elle s'est vite retrouvée dans un coin. Elle avait l'air ailleurs. Je lui ai demandé à quoi elle pensait. Elle m'a répondu qu'elle était en train de chercher l'angle exact du tableau. « De quel tableau ? » – « Celui que j'ai dans la tête. » – « Et il représente quoi, ce tableau ? » – « Toute notre troupe, là. Avec Colette qui rit trop fort et Virginie qui fronce les sourcils. Avec Stefano qui raconte ses blagues et le vieux Roucard qui est en train de s'intoxiquer lentement mais sûrement. » Je suivais des yeux les visages et soudain, je l'ai vu, le tableau. Le cadre, la lumière qui venait de l'intérieur du bar, les gorges déployées, le carmin des joues. « Vous êtes sorti du tableau. » J'ai hoché la tête. J'ai cherché une réponse spirituelle qui n'est pas venue. Je me suis rabattu sur l'honnêteté. J'ai avoué que j'avais souvent l'impression de ne pas faire partie des cadres. Je ne me suis rendu compte du jeu de mots sur « cadre » qu'en le prononçant. Elle a étouffé un rire. Elle m'a demandé si c'était ce que je voulais devenir quand je serai grand, « cadre ». « Absolument. » Elle est restée songeuse. Elle a ajouté qu'elle, elle ne savait pas trop encore quel métier elle voulait exercer. Elle était inscrite à ce concours de l'Éducation nationale, mais il y avait peu de places et peu de chances d'être prise et puis, elle n'était pas sûre d'avoir assez d'autorité. Elle avait été monitrice de centre aéré, une fois, mais elle était en charge des quatre-cinq ans, elle jouait à la pâte à sel, elle lisait des histoires, elle donnait des câlins, en recevait aussi, c'était facile. Elle a dit qu'elle était peut-être faite pour ça, finalement, s'occuper d'enfants en bas âge. Alors il fallait plutôt se réorienter vers le concours d'instit ou en fabriquer soi-même, des enfants. Il y a eu une très légère pause dans la conversation et elle s'est retournée vers moi. Elle a voulu que je me dévoile aussi. Ce n'était pas juste qu'elle parle comme ça et que moi je ne pipe pas mot.

J'ai parlé des fonctionnaires, puisqu'elle rêvait d'en devenir une. J'ai ironisé sur le milieu duquel je venais. J'ai jeté du vitriol sur mes parents et leurs copains. Je me suis aussi moqué de moi, de mes emportements adolescents et de mon rêve d'être le plus grand crooner de tous les temps. J'ai parlé du groupe « Royal and Fine » que nous avions créé avec des camarades de classe et qui jouait dans les sous-sols des reprises asthmatiques de Ten CC et de Roxy Music. Le summum de la classe pop liquidé en quelques minutes par des riffs approximatifs, un rythme brisé et une puissance de chant étonnamment réduite.

Elle a ri. Souvent. Elle m'a demandé ensuite si c'était une technique de drague, l'autodérision ou si, généralement, j'avais une mauvaise image de moi-même.

Je me souviens de m'être dit « Nous y voilà » et avoir eu l'impression de me jeter du haut d'un rocher. L'océan était en contrebas. Je l'entendais mais je ne pouvais pas le voir. J'ai répondu que, si je voulais être honnête, il fallait que j'admette que j'étais plutôt sûr de moi.

Dans un souffle, elle a murmuré « C'est bien ». Et j'ai eu envie de la prendre dans mes bras et de la bercer. De lui avouer que je pouvais avoir de l'assurance et de l'aplomb pour deux. Qu'ensemble, nous ferions face à ses failles et à ma présomption. Je me souviens des douleurs intercostales qui transformaient le haut de mon corps en champ de bataille. Brusquement, Myriam m'était devenue indispensable. Il fallait que je le lui avoue. Il fallait que je lui prouve que l'ambition ne faisait pas de moi un être sec et dur. Que l'avidité ne prenait pas obligatoirement le pas sur l'humanité. Il fallait que je lui prenne la main, le bras, le cou. Mais c'est elle qui a fait le premier pas. Elle s'est glissée sous mon épaule et ses lèvres se sont posées sur mes lèvres. J'étais prêt à rompre.

Après notre première nuit, elle s'est relevée, elle a écarté les rideaux, le soleil est entré partout, elle m'a donné une pichenette sur l'épaule et, en fronçant les sourcils, elle a déclaré que ça ne pouvait pas marcher, nous deux, vu ma haine des fonctionnaires et mon dégoût de la fonction publique. Elle a ajouté que c'était bien dommage car nous étions sans doute faits l'un pour l'autre. Elle s'est rhabillée et j'ai paniqué comme je n'avais jamais paniqué de ma vie. Je ne voulais pas qu'elle s'éclipse de mes journées. Je me suis jeté sur elle. Je l'ai suppliée de rester. Elle m'a écarté doucement et elle a dit « Tu ne pensais quand même pas t'en tirer aussi facilement ? Je reviens, je vais juste chercher des croissants, j'ai horreur des hommes qui se montrent attentionnés les lendemains de sexe. C'est quand il n'y a pas d'ébats qu'il faut de la délicatesse ».

Je n'en suis pas revenu. Je ne suis toujours pas revenu d'elle. Même si avec les années je m'aperçois que je m'agace plus rapidement ou que je pourrais dresser une liste de ses manies qui m'insupportent. Sa façon de s'approprier les clés de la voiture en les glissant dans son sac. Sa manière de rincer les tasses que je viens de laver. Son refus de me laisser broder la vérité devant des invités. Même si nos étreintes sont parfois plus fatiguées maintenant et que surviennent des soirs où nous tanguons ensemble dans les draps comme un couple de danseurs exténués. Même si je suis négligent parce que je pense à tout ce qui nous attend. Le moment où j'annoncerai à Ledoux que tout est fini pour lui. Le moment où je toucherai les premiers chèques importants. Les virées dans la voiture de classe supérieure. Les soubresauts de notre statut social et ses conséquences. Les horaires surchargés et les responsabilités harassantes qui me feront saigner du nez. Elle me dira de tout arrêter et de ne pas me ruiner la santé mais je l'enverrai paître. Je répliquerai que je suis là où j'ai toujours voulu être. Les déménagements forcés. J'ai accepté d'être bougé. La mobilité sociale implique la mobilité géographique. Soit nous serons loin l'un de l'autre pendant quelques années, en attendant sa mutation ; soit elle se mettra en disponibilité jusqu'à la démission finale.

J'espère que nous serons assez forts pour résister à toutes nos différences. J'espère que nous saurons préserver tous les liens qui nous unissent et ignorer tout ce qui nous sépare et nous séparera de plus en plus. Une vitesse d'existence. Une conception du monde. Il faut que les deux nôtres coexistent. Dos à dos, elles ne valent rien. Ensemble, elles peuvent s'imbriquer et former une image chatoyante.

Lorsque je serai à la tête de l'hypermarché, en route vers des postes de responsable régional ou national, ma première mesure sera hautement populaire : je n'oublierai pas les Colette et les Stefano. Je n'oublierai pas ce que j'ai été. Je convoquerai la femme fatiguée aux lèvres badigeonnées de rouge à lèvres bon marché. Celle-là même qui est en train de se faire humilier devant moi et devant Ledoux parce qu'elle a fait des fautes d'orthographe sur sa lettre de motivation et parce que son CV n'est pas aux normes. Celle à qui Ledoux va refuser le poste sans ménagement. Celle qui va retourner dans son appartement à moitié vide et annoncer à ses enfants que non, ce n'est pas encore pour cette fois-ci. Celle qui pense que c'est foutu maintenant, à quarante-cinq ans, elle ne retrouvera rien, elle va tomber dans la misère lentement et sûrement. La déchéance.

J'ai une vision. Elle escalade le rebord de la fenêtre du sixième étage et elle se laisse tomber. Ce n'est même pas un saut. C'est une lassitude. Son corps fait un bruit mat au pied de l'immeuble. Je n'aurais pas dû regarder cette émission sur les nouveaux pauvres, hier soir.

Elle interrompt Ledoux qui s'est lancé dans un discours railleur sur l'assistanat, juste pour m'impressionner. Elle se lève, elle lui demande s'il a bientôt fini. Il manque s'étouffer. Elle ramasse son sac et elle s'en va. J'hésite et puis finalement je sors de la pièce à mon tour. Je la retrouve dehors, sur le parking. Je lui déballe tout. Ma prochaine promotion. Son embauche certaine à ce moment-là. Elle se méfie. Elle recule pour mieux me regarder. Elle me demande pourquoi je lui raconte tout ça. Elle soupçonne qu'il y a une caméra cachée quelque part et que des spectateurs se bidonnent de l'autre côté de l'écran. « Parce que je ne veux pas que vous fassiez une bêtise. » – « Me suicider ? Avec trois enfants à charge ? Pour un connard ? Ah, non merci, j'ai mieux à faire. » – « Merci. » – « De quoi ? » – « Comme ça. » – « Eh ben dites-moi, c'est vous qui n'allez pas fort, qu'est-ce qui se passe, je ressemble à votre mère ? Vous venez d'apprendre que vous allez être père ? Remarquez, rien que de travailler avec un crétin pareil toute la journée, ça doit user, c'est vous qui finirez par passer par la fenêtre. Ou alors par lui ressembler. Vous savez, c'est contagieux, la connerie, ça s'attrape. » – « Je ferai attention. » – « Oh, y a pas d'illusions à se faire, vous y passerez, comme les autres, on a beau dire, c'est quand même l'habit qui fait le moine. » – « On parie ? » – « Queue de chique. Mais vous savez quoi ? Ceux qui ont plein de pognon et font semblant de s'occuper des pauvres, c'est les pires... Bon, trêve de balivernes, vous le virez quand, le vieux ? » – « Six mois. Un an maximum. » – « Et vous me prenez ? » – « Oui. » – « C'est gentil. Je vais faire des exercices sur le Bled pour plus faire de fautes. » – « Mais motus, hein, il ne sait rien, alors je ne vous ai rien dit. » – « À propos de quoi ? » Elle part d'un grand rire caverneux qui sent la cigarette et la nuit blanche à tenter d'équilibrer les lignes de comptes. Elle me fait un clin d'œil. Cochon qui s'en dédit.

Je pense à Myriam. Je voudrais qu'elle voie ça. Des trucs comme ça, qui vont à l'encontre de ma voie, à rebours de ma carrière, à contre-courant des années quatre-vingt. Je voudrais qu'elle soit fière de moi.

Et sur le chemin de sa reconnaissance, je commence à m'aimer davantage.

NOVEMBRE

Fred

Je suis anéanti.

C'est drôle parce que, sur la route qui menait à son village, je pensais à ma sœur et à la manière qu'elle avait eue de se vider la tête pendant quinze jours en écoutant sans arrêt la même chanson, pour finalement sortir de sa chambre un soir, le visage ouvert et le sourire avenant – la douleur était passée, elle était redevenue elle-même. Je me demandais si je pourrais réagir comme ça. J'en doutais. Maintenant, je l'espère avec force. Nous sommes du même sang, il doit bien y avoir un atavisme. Je lui téléphonerai demain matin. Pour l'instant, je ne peux pas.

Pour l'instant, tout ce que je peux faire, c'est glisser le long du mur, me caler les fesses par terre, le dos contre un des fauteuils en tissu bleu, et sourire béatement parce que c'est ce qu'on attend de moi. Je suis une vague connaissance, un collègue de Myriam, le seul qui ait fait le déplacement. Elle avait invité deux profs du collège mais l'une devait retourner en Alsace et la seconde a accepté mais ne s'est pas montrée ce soir. Alors il n'y a que des gens qui me sont inconnus. Des membres de la communauté éducative venus des établissements que Myriam a fréquentés avant, une ou deux copines de fac, des amis de son mec aussi.

Évidemment, son homme, ça a été le premier coup de massue.

Mais curieusement je n'ai pas été assommé. Je m'y étais préparé. Je m'étais répété qu'une fille comme elle ne pouvait pas vivre seule, que sinon, elle n'aurait pas cette liberté dans la relation qu'elle entretient avec les hommes, avec moi notamment. Nous prenons notre café ensemble tous les matins, désormais, et nous nous retrouvons aussi le soir, quand le bureau des surveillants est désert. On nous a déjà vus ensemble. Des rumeurs circulent. À présent, elles vont mourir d'elles-mêmes. Bien sûr, j'ai été rapidement mis au courant de l'existence de Thomas. Elle en parle avec de la douceur, une vraie gentillesse. J'aime les filles qui évoquent leurs ex avec cette tendresse-là. Je me méfie de celles qui les insultent ou qui les maudissent – je me dis que mon tour viendra et que je ne serai pas mieux traité, alors je prends la tangente et je m'éclipse en silence.

Mais je ne sais pas ce qui a pu m'aveugler à ce point. Une fausse route. Un goulot d'étranglement. Elle évoquait Thomas avec cette distance amusée et cette ironie tendre propres aux amants qui s'éloignent. J'ai pensé qu'ils étaient sur le chemin de la rupture. J'ai cru que j'étais le chevalier servant qui allait supplanter le seigneur des lieux – je me suis persuadé que j'étais le remplaçant.

Alors, je laissais faire.

Je n'ai jamais évoqué la possibilité d'une affection autre qu'amicale entre nous. Je n'ai pas non plus décrit l'effet que provoque en moi sa présence à mes côtés, sa peau contre ma peau – parfois, quand elle s'en va, je reste à frissonner dans le bureau. Elle me plaît. Elle m'excite. Je rêve de lécher son cou, de laisser ma langue courir contre son poignet tandis que je m'enfonce en elle et qu'elle perd le contrôle.

Il faut que j'évacue toutes ces images, maintenant.

Pourtant, lundi dernier, j'ai pensé que les choses étaient bien engagées.

C'était la première fois que je rencontrais Thomas. Il était passé la chercher à la sortie du collège et il était un peu en avance. Il est venu jusqu'au bureau des surveillants. Sa poignée de main a été agressive, son regard acéré, les phrases qu'il m'a adressées tranchantes. J'ai reconnu l'empreinte de la jalousie. Elle avait dû parler de moi, de temps à autre. J'ai imaginé sa réaction. À la troisième mention de mon nom, il a fait une remarque. Elle a éclaté de rire et s'est approchée de lui. Elle lui a pincé les joues. Elle a dit « Tu es jaloux ? » et le point d'interrogation s'est envolé vers l'humour et la tendresse. Il a levé les yeux au ciel et il a voulu s'éloigner, mais elle l'a bloqué. Elle l'a enserré. Collé. Et puis elle s'est détachée en souriant et en lui adressant un clin d'œil qui ne l'a pas rassuré. Elle ne voulait pas le rassurer. Elle le voulait inquiet, nerveux – prêt à tout pour la garder.

Ce soir, en revanche, il semblait tellement détendu. Je me suis dit que ce n'était pas normal. Il n'a pas arrêté de me parler et de remplir mon verre. Il posait des questions sur le collège, sur l'ambiance, sur les perspectives d'embauche. Il m'a même offert un emploi à l'issue de mon contrat si je ne trouvais rien. J'ai trouvé ça louche. Il y a un moment où je me suis demandé s'il n'allait pas me proposer un truc glauque, en fin de soirée. Une partie de jambes en l'air à trois. Un échange des fluides corporels. J'ai joué avec l'idée d'être un appât pendant quelques minutes. Je n'étais pas sûr de ma réponse. Honnêtement. S'il voulait que je couche avec sa femme tandis qu'il regardait, je crois que j'aurais accepté. Et même s'il nous avait touchés. Du moment que j'étais en elle. Du moment que ses seins touchaient ma poitrine. Du moment que mes lèvres pouvaient errer sur son cou.

Je me suis mis à boire – lentement, sûrement. Je m'attendais au pire et au meilleur. Je n'ai pas eu le meilleur.

Maintenant, bien sûr, je comprends. Maintenant, je me mettrais des claques. Je ne sais pas comment j'ai pu échafauder des hypothèses aussi saugrenues alors que la réalité était aussi simple. Aussi crue.

J'étais sur la terrasse avec lui lorsqu'elle a arrêté la musique et qu'elle a déclaré à l'assistance qu'elle avait quelque chose à annoncer. Je me souviens de ses yeux fixés sur nous et de mon cœur qui s'est mis à cogner comme un taré parce que soudain, j'ai cru qu'elle allait tout déballer. Me déclarer son amour en public. Expliquer que, même si elle gardait des sentiments très tendres pour Thomas, il était clair qu'ils n'étaient plus amoureux, tous les deux, et qu'ils avaient décidé de se séparer. Ajouter qu'elle était également tombée sous le charme de quelqu'un d'autre, un garçon avec lequel elle espérait faire un bon bout de chemin, une vie entière peut-être. Elle s'avançait vers moi. Elle me prenait la main. Elle bravait l'incrédulité des invités. Elle lançait « C'est lui ».

Elle s'est avancée.

Je ne savais pas ce qu'était la chamade. J'en avais lu la description dans un roman, un jour, mais je n'en avais jamais fait l'expéricncc. Lc haut du corps comme une pierre qui chute de cinquante mètres. L'air qui manque dans une plongée en apnée mal engagée. L'appel du cerveau qui s'affole. Respire. Respire.

J'ai failli lui offrir ma main.

Tous les deux, nous aurions quitté la pièce sous les regards désapprobateurs, tandis que Thomas tombait à terre dans un bruit sourd et que ses amis se précipitaient vers lui. Nous aurions été un scandale ambulant.

J'ai failli lui offrir ma main mais, au dernier moment, j'ai retenu mon geste. Quelque chose ne tournait pas rond. Elle s'écartait à chaque pas de quelques millimètres. Elle n'était pas exactement dans ma trajectoire. Désaxée. C'est l'adjectif qui m'est venu à l'esprit. Elle est désaxée. Ce n'est pas ce chemin-là qu'elle doit emprunter. Il mène droit aux icebergs et à la calotte glaciaire.

Je suis resté à l'équateur.

Elle a posé ses doigts sur le bras de son homme et puis elle s'est retournée dans un geste que j'ai trouvé théâtral, pour faire face à l'assistance. Et là, elle a laissé tomber le couperet. La vie dans son ventre. La poche d'existence en train de se développer, on ne sait pas encore si c'est une fille à la vanille ou un gars au chocolat, les parents sont très heureux, les parents sont radieux. Ils étaient mignons à croquer avec leur air timide et leurs yeux rivés au sol, même lui, l'assurance faite homme, le roi de la poignée de main virile qui broie l'adversaire, il se dissimulait sous des allures de petit garçon qui n'ose pas se vanter, il rougissait un peu, il traçait des dessins avec la pointe de sa chaussure.

Le tableau était écœurant, mais j'étais le seul à être écœuré.

Pour le reste, ce fut un débordement d'émotions surjouées et de cris artificiels. Des tonnes d'adjectifs répétés comme pour persuader l'assistance qu'on est heureux. Moi aussi, j'y suis allé de mes « génial » et de mes « super », jusqu'à ce qu'ils se vident de tout sens. Les copines de fac ont pleuré dans les bras de la future maman. Un ami du papa à venir a poussé la sono à fond. La soirée qui s'annonçait tiédasse a monté en température, comme si tout le monde devait atteindre trente-sept degrés six ou sept pour une bonne fécondation nocturne. La fête est devenue hormonale. En criant par-dessus la musique avec force mimes et gestes, les filles ont raconté les accouchements de leurs sœurs ou de leurs collègues, elles ont effectué des calculs savants, tiré des plans sur la comète, déduit le signe et l'ascendant et lancé des prédictions astrales. Les garçons ont entouré Thomas de toute leur miséricorde virile, ils lui ont promis des nuits enfiévrées juste après la naissance, quand la mère serait à la maternité, histoire de profiter une dernière fois de la vie en solitaire. Ils ont également parlé des baby-sitters, toujours des bons coups, jeunes et souples, elles se plient au désir du père. Leurs vannes étaient grasses et j'ai remarqué que Thomas riait en play-back. Il ouvrait la bouche et se secouait, mais aucun son ne sortait. Un bon point pour lui.

Mais, à bien y réfléchir, il a beaucoup de bons points pour lui.

Il doit les collectionner depuis la naissance, les bons points. Il a passé des diplômes de commerce, il en a bavé dans les entrepôts l'été, il a monté les échelons en regardant droit devant lui, il a dû écraser deux ou trois personnes sans y prendre garde, désolé vieux, rien de personnel, mais je trace ma route. Il a une démarche féline, des cervicales qui se tiennent bien droit, des épaules comme un cintre, elles semblent nées pour la veste de costume. Il a sans doute de l'humour et peut-être même de l'autodérision. Des yeux clairs qui ne glacent pas. Une habitude du commandement et de la confiance en soi. Des mots qui sonnent avec clarté et qui imposent le silence alentour. Il a lu assez de livres et vu assez de films pour paraître cultivé. Il achète régulièrement des bouquins, cinq ou six par an, ceux dont on parle, pour pouvoir mettre son grain de sel dans les dîners en ville. Il a de nombreux amis, des connaissances multiples, ses relations sont simples et directes. Il sort avec d'autres mâles pour boire une bière ou jouer au tennis. Ensemble, ils parlent des filles en général mais jamais de celles qui partagent leurs vies.

Il collectionne les bons points, mais elle reste sa carte maîtresse.

Elle m'a parlé brièvement de leur rencontre, une fois. Ils travaillaient dans le même supermarché, l'été. Elle dessinait des fruits et des légumes, elle inventait un logo qui n'a jamais vu le jour. Il déchargeait des caisses et apprenait sur le tas. Ils ont été boire un verre. Elle a eu un moment de silence, après m'avoir raconté ça. Et moi, comme un imbécile, j'ai cru qu'elle était émue parce qu'elle se rendait compte que tout cela, c'était fini, que l'histoire battait de l'aile et qu'ils ne parviendraient jamais à la repriser – alors qu'elle mesurait simplement le chemin parcouru entre cette nuit-là, dans le bar, et aujourd'hui, cet enfant dans son ventre.

Je n'aurais jamais pu lui offrir ça.

Je suis trop jeune pour le passage de témoin. Je ne veux pas devenir père. Je veux encore rester fils. L'année dernière, j'ai eu des sueurs froides avec Nathalie lorsqu'elle m'a fait croire qu'elle ne prenait plus la pilule. Je n'ai pas su comment réagir. J'ai paniqué. J'ai battu en retraite. Elle s'est littéralement transformée en hyène. Son visage est devenu un masque de mépris. Elle m'a traité d'enculé de connard et elle m'a foutu dehors. C'était juste un test. Nous sortions ensemble depuis trois mois. Elle souhaitait connaître ma réaction. Elle a été servie. Depuis, je n'oublie jamais les préservatifs. Je joue l'homme prudent et responsable qui protège ses partenaires en se camouflant dans du latex. Mes rares conquêtes sont surprises, un peu dubitatives, mais finalement, elles se sentent rassurées. Je leur promets que dès que nous nous connaîtrons mieux et que nous saurons nous faire confiance, le plastique disparaîtra.

La relation ne dure jamais assez longtemps pour cela.

Alors, je ne dois pas avoir de regrets. Je n'aurais pas voulu de son ventre qui grossit. Je n'aurais pas voulu que mes mains accueillent et accompagnent les premiers mouvements de l'embryon. Je n'aurais voulu que mes doigts dans son sexe et son corps plaqué au mien. Ma salive sur sa peau. L'humidité des tissus.

Je suis assis sur la moquette, adossé au canapé. Je contemple l'étendue des dégâts intérieurs. J'ai l'estomac comme une pierre, je ne sais pas comment j'arrive à sourire encore. Pourtant, je souris. Je me vois dans le miroir, sur le mur d'en face. Je fais bonne figure. J'essaie d'imaginer les autres voies. Le visage des filles que je rencontrerai, nos conversations au milieu de la nuit, la familiarité de nos gestes, une intimité qui se crée. Je parviendrai à ça. Je serre les poings. Je suis déterminé. Je sens les ongles qui me rentrent dans la peau. Je vais maintenant me lever doucement, sans bousculer le groupe qui se trouve à ma gauche et qui pérore sur la maternité à venir. Je vais me fondre au papier peint et je vais faire une sortie discrète. Demain, je ne serai pas dans le bureau pour le café du matin et je rentrerai chez moi tôt. J'appellerai Christophe, cela fait longtemps qu'on ne s'est pas vus, je l'inviterai à boire une bière au centre-ville, nous sortirons bourrés comme des coings. Je dormirai d'un sommeil de plomb.

Je déplie une jambe, puis l'autre. Je pousse sur mes mains. Je suis accroupi. Je me relève. Elle est devant moi, elle plisse légèrement le front. Elle dit « Tu ne pars pas tout de suite, hein ? »

Myriam

Ce qui est étrange, au fond, c'est comment je peux anticiper les événements et chaque fois me planter. Pas sur la façon dont ils se déroulent, en fait, mais sur la façon dont moi, je réagis. Par exemple, cette soirée. Cette annonce. J'avais prévu les cris perçants de Géraldine et d'Élisabeth. Je connaissais d'avance les bourrades et les blagues lourdes de Laurent et d'Alain – même si je pensais qu'ils iraient encore plus gras, ils se sont finalement assez bien tenus. J'avais même imaginé la main bien intentionnée qui met d'un coup la musique plus fort, un titre entraînant, et tous les corps qui se mettent à bouger dans un beau mouvement d'ensemble. Il faut célébrer la vie qui va surgir. Il faut noyer les pensées dans le flot des notes.

C'est moi qui me surprends. Je pensais être pleine. Une lune. Une outre. Une otarie gavée de poissons. Un visage respirant la satisfaction et la sérénité. Je me voyais bien comme un de ces bouddhas asiatiques rondouillards et perpétuellement amusés, les yeux plissés par leur calme intérieur. La maison deviendrait un temple dans lequel les fidèles se rendraient pieds nus et simplement vêtus. Ils viendraient boire l'eau fraîche que je leur tendrais. Ensuite, nous marcherions dans le jardin de pierre et de bois, nous passerions par le petit pont qui enjambe le ruisseau. Nous n'aurions même pas besoin de deviser. Nous serions sur la même longueur d'ondes cérébrales.

Tout s'est passé comme je l'avais prévu. Sauf moi. Je n'ai pas ressenti le plaisir intense d'être en vie et je n'ai pas réussi à profiter de l'instant présent. Ce n'est pas faute de me l'être répété, pourtant. Je me suis posée dans un angle du salon et je me suis forcée à regarder mes invités, leurs mines réjouies, leurs rires, les lumières dans leurs yeux. Je me disais qu'il me fallait enregistrer les moindres détails, cette soirée devait rester dans mes annales et, à n'importe quel moment de ma vie, je devais être capable d'invoquer la mémoire et de faire sortir de la boîte à souvenirs les couleurs et les images de ce moment-là. C'est là que le bât a blessé. Je me suis dit que dans mes jours d'hiver et de solitude, à l'avenir, j'irais me blottir dans la chaleur de ces souvenirs. Et tout a été gâché. J'ai senti la panique m'envahir. Je me suis vue abandonnée. Amère. Vindicative. J'ai voulu me concentrer de nouveau sur ce qui se passait autour de moi, mais je ne suis parvenue qu'à capter tous les éléments négatifs. Géraldine qui faisait de grands mouvements avec sa cigarette allumée et allait tôt ou tard brûler l'accoudoir du canapé. Laurent qui avait renversé son verre sur la moquette. Élisabeth qui avait d'ores et déjà trop bu et qui ne tarderait plus à se lamenter.

Fred, souriant, assis par terre, le dos calé contre le canapé, fixant son reflet dans le miroir sur le mur d'en face. D'un seul coup, je me suis mise à sa place. D'un seul coup, je me suis demandé s'il ne ressentait pas pour moi autre chose qu'une tendresse particulière due à la conviction d'en savoir davantage sur moi que les autres, parce qu'il m'a surprise dans un moment intime qui n'appartient désormais qu'à nous deux.

J'observe son reflet dans le miroir, et je m'aperçois moi aussi. Je ne me suis jamais trouvée belle. Les cheveux sans volume, le nez légèrement épaté, les yeux un peu trop écartés l'un de l'autre, une canine qui chevauche une incisive sur la mâchoire inférieure. Parfois, le matin, avant de rencontrer Thomas, je soupirais en me regardant dans la glace et je me disais que je ne trouverais jamais personne.

Aujourd'hui, c'est différent. Ce n'est pas que je me trouve plus belle, mais je sais que je plais. Et surtout, je m'en moque complètement. C'est sans doute la première conséquence de la grossesse. Du jour au lendemain, je n'en ai plus rien eu à faire du regard des autres sur moi. La lunette est braquée vers l'intérieur, vers l'infiniment petit. Je ne me suis jamais sentie aussi à l'aise. Débarrassée de mes frayeurs, la peur de mourir seule, la peur d'être différente. Celle aussi de quitter le monde sans y avoir apporté mon infime contribution.

J'ai également senti le changement à l'extérieur. En me détendant, j'ai laissé de la place à ceux qui me croisaient et qui échangeaient quelques mots avec moi. Je suis devenue en quelques semaines plus chaleureuse que je ne l'ai jamais été, et cette nouvelle ouverture porte des fruits sociaux dans lesquels j'ai envie de mordre. Nous sommes de plus en plus souvent invités, Thomas et moi. Par des collègues, généralement. Les profs sont corporatistes, quoique pas tellement plus que les autres. Après tout, Thomas fréquente avant tout son monde. Je sais à quel point passer une soirée avec des profs et des instits peut lui ruiner le moral. Il se sent décalé et même rejeté, quand les convives découvrent qu'il travaille pour le secteur privé. Et encore pire, pour le capital. En quelques secondes, il devient l'ennemi. Il pourrait se justifier, expliquer son point de vue, mais l'agressivité latente lui ôte toute envie d'argumenter. Il baisse les bras, lui qui le fait si rarement, et le mépris monte, petit à petit, des deux côtés du mur. J'en suis généralement quitte pour un silence de plomb à la maison, en rentrant, et une migraine carabinée. Dans les semaines à venir, je lui laisserai le choix. Je ne le forcerai pas à m'accompagner. Je ne suis plus seule lorsque je suis seule, à présent. Je crois qu'il insistera tout de même. Parce que son orgueil sera blessé. Parce que son éthique se révoltera et que son cerveau lui répétera que « les femmes, on ne les laisse pas se rendre sans cavalier à un dîner ». Il luttera entre son désir et son devoir, mais le désir l'emportera et j'en serai fière. Enfin lâcher la bride. Enfin, se faire plaisir, jusqu'au bout.

Je crois que le premier à avoir entrouvert le loquet, c'est ce garçon qui se tient immobile, comme rivé au parquet, les yeux dans le vague et le sourire désabusé.

Fred.

Il s'est comporté avec tellement de délicatesse, le soir où il m'a trouvée dans la salle de classe, que je me suis rendu compte que les autres pouvaient également être attentionnés et tendres. Que le monde autour de moi ne cherchait peut-être qu'à me parler et à me comprendre. Que je pouvais faire confiance. C'est depuis ce soir-là que je me laisse aller à converser dans la salle des professeurs. Je donne mon point de vue sur des romans que j'ai aimés et sur les derniers films que j'ai vus. Il m'arrive même de raconter des anecdotes qui me sont arrivées, en cours ou à l'extérieur, et elles font souvent rire l'auditoire qui repart charmé et légèrement désarçonné ; ils n'avaient pas imaginé que je puisse être drôle. Ou tout simplement vivante. Animée. Ils m'ajoutent mentalement sur leur liste d'invités. Ils mentionnent mon nom lors de dîners au restaurant et les collègues qui ont croisé mon chemin les années précédentes sont stupéfaits. Ils se rembrunissent. Ils se reprochent d'être passés à côté de quelque chose. Les proverbes leur viennent en tête. L'habit ne fait pas le moine. Il ne faut pas se fier aux apparences. Méfiez-vous de l'eau qui dort.

Tous les matins, désormais, je vais prendre mon café avec les surveillants. Enfin, plus exactement avec « mon » surveillant, parce que les autres détalent dès que j'arrive. Ils veulent nous laisser seuls. Ils échafaudent des scénarios, ils inventent des romans d'amour. Ils nous voient comme un couple adultérin qui aurait besoin de solitude et d'intimité. Un bureau comme une chambre d'hôtel. Ou comme un parloir de prison. Cela nous fait rire tous les deux. Nous avons décidé de ne pas lutter parce que c'est inutile. Plus nous nierons, plus les racontars se feront pressants. Je n'aurais jamais supporté cette situation si je n'avais pas été enceinte. Maintenant, les rumeurs vont cesser rapidement. Au mieux, les fomenteurs de qu'en-dira-t-on effectueront leur mea-culpa. Au pire, ils me traiteront de salope et ils plaindront le pauvre Fred de s'être laissé prendre dans mes filets et de n'avoir plus désormais que ses yeux pour pleurer. C'est quand même étrange à quel point personne ne croit jamais que l'amitié entre une femme et un homme soit réellement possible.

Je me souviens d'avoir formulé cette phrase en moi, ce soir, et d'avoir ajouté, en voyant Fred et son sourire absent, que si personne ne le croyait, c'était peut-être tout simplement parce que cela n'existait pas. Que Fred était en train de se noyer dans un lac de détresse et que tout était ma faute. Que je n'aurais jamais dû venir à sa rencontre tous les matins. Que ce rituel était déplacé et avait fait éclore une ambiguïté dont j'étais finalement la seule à rire. Que j'avais poussé le bouchon trop loin sans me rendre compte qu'il s'agissait d'un bouchon.

Mais je ne peux pas dire ça. Pas si je suis franche avec moi-même. Parce que j'ai reconnu parfois l'étincelle dans ses yeux. La montée lente du désir. Je m'en suis d'ailleurs troublée à une ou deux reprises. Je ne trouvais plus mes mots. Je suis partie plus vite que d'habitude. Je me suis sermonnée dans la montée d'escalier, je me suis répété qu'il fallait cesser ce petit jeu et le mettre au courant de ma grossesse le plus vite possible. Je ne l'ai pas fait. Je ne sais pas pourquoi. Parce que Thomas n'était pas au courant non plus. Parce que je me plaisais dans cet état secret. Parce que j'avais l'impression de tenir les rênes et d'être la pièce maîtresse du jeu. Cela ne m'était jamais arrivé auparavant. La sensation de pouvoir m'a dévorée.

À la place, je lui ai parlé de Thomas. J'ai tout de suite remarqué son mouvement de recul, et je me suis félicitée de ma décision. Je me suis dit qu'il n'y aurait plus aucune confusion. Je me suis trompée sur toute la ligne. Il a pris la nouvelle comme un défi à relever, un tournoi chevaleresque. Ils sont curieux, les hommes. Je ne parviens pas toujours à comprendre leur fonctionnement. Je pensais que Fred était très différent de Thomas. Qu'il changerait d'objectif. Qu'il n'insisterait pas. Mais je l'ai vu, ce soir, assis face à son reflet, le dos contre le canapé, et j'ai su qu'il avait continué le chemin. Il est peut-être même venu pour porter l'estocade et laisser Thomas pantelant sur le carreau.

C'est pour ça que je suis allée m'asseoir à ses côtés. Thomas m'a regardée faire, j'ai eu peur d'un esclandre, mais son visage s'est fendu d'un large sourire. Il sait qu'il a gagné. Et il aime gagner, Thomas. C'est parfois détestable à quel point il aime gagner. Pourtant, c'est pour cela aussi que je suis bien dans ses bras. Je m'y sens invulnérable. Et en ce moment, j'ai besoin de cette invulnérabilité.

J'ai senti le corps de Fred se tendre quand j'ai touché son flanc. J'ai vu sa tête se tourner imperceptiblement vers le côté opposé. Il aurait aimé ne pas avoir à discuter avec moi. Il a cligné des yeux plusieurs fois, une poussière, une myopie. Mais, quand il m'a fait face, il avait l'air enjoué. Il m'a félicitée. Il posait des questions sur ma santé, sur la date de l'accouchement. Il voulait savoir ce que j'éprouvais, si ce n'était pas un peu irréel, tout ça. Il était d'une vivacité poignante.

Je me suis excusée.

Il a fait semblant de ne pas comprendre. « Mais de quoi ? » – « De mon attitude envers toi. J'aurais dû te l'annoncer dès le début, parce que je le savais déjà. » – « Je ne comprends pas de quoi tu parles,

Myriam, honnêtement, je... » – « Je crois que si. Je crois que nous savons tous les deux que si. »

Le faux silence. La musique hurle dans les haut-parleurs. Des corps imbibés s'agitent dans la pénombre. Un éclat de rire fuse à notre droite. Son visage, comme face au vent. La mâchoire supérieure qui se contracte. Le nez qui se plisse. Les rides du front qui se creusent. Les mots resteront dans la gorge, ils ne s'y sentent pas chez eux, ils voudraient s'envoler, mais il a la force de les contraindre à s'enfoncer à nouveau dans les poumons.

Je dis encore que je tiens beaucoup à lui, même si nous ne nous connaissons pas bien et que j'aimerais vraiment que nos relations restent celles qu'elles sont depuis le début. Chaleureuses. Sincères. Je pense à l'éclat de la séduction dans ses yeux et je me retrouve à espérer qu'elle continuera d'y briller. Je suis abjecte. Je m'en veux. Il répète « Pas de problème, pas de problème » et puis il se lève, il essuie ses mains contre son pantalon, il regarde sa montre, il prétend qu'il doit rentrer maintenant, demain il va courir sur le stade, il ne faut pas qu'il soit trop fatigué. J'essaie de redescendre sur l'anecdotique. Je réponds que je ne savais pas qu'il faisait du sport. Il réplique que lui non plus jusqu'à ce soir, mais finalement, il vient de trouver que c'est une bonne excuse et une bonne idée. Le sport, ça vide la tête. Alors il va faire beaucoup de sport. Et beaucoup de vide. Il m'embrasse sèchement sur les joues et me souhaite à nouveau tout le bonheur du monde. Il s'en va serrer la main de Thomas, le féliciter également pour l'excellente nouvelle puis il ouvre la porte d'entrée. Je le suis à distance. Il est un peu perdu. Il fait nuit noire, dehors. J'allume le perron. La lumière gicle. Il ferme brièvement les yeux et il dit « Merci, merci ». Une voiture se gare devant la maison dans un crissement de pneus. Agathe et Raphaël en sortent précipitamment. Ils se jettent sur moi. Ils sont très en retard, ils sont confus, ils étaient à un repas de famille, ils n'ont pas vu l'heure passer. Ils bousculent Fred. Qui descend les deux marches du perron en se frottant l'épaule. Qui est englouti par la nuit. Je n'écoute pas le pépiement d'Agathe. J'imagine Fred le dos voûté, entrant dans sa voiture. Il voudrait penser à quelque chose de beau, se concentrer sur une vision optimiste. Il n'y parvient pas. Tout est noir dehors. Mi-novembre. Il espère qu'un jour tout cela ne sera qu'un souvenir dont nous sourirons quand nous nous croiserons dans l'une des rues de la ville. Nous ferons suivre nos prénoms respectifs d'un timide point d'interrogation. Nous nous dévisagerons, puis nous partirons d'un éclat de rire. Nous tiendrons nos enfants par la main, lui un garçon et moi deux filles. Nous dirons « Ça alors ! » et « Eh bien, par exemple ! », nous multiplierons les points d'exclamation. Nous serons très contents de nous revoir. Nous n'aurons rien à nous raconter, une fois notre état conjugal et parental déclaré. Nous nous dandinerons d'un pied sur l'autre et puis les enfants trépigneront. Nous nous souhaiterons bonne continuation. Et nous passerons notre chemin.

Bonne continuation. Je déteste cette expression. Je ne la comprenais pas, quand j'étais petite. Je ne voyais pas la « continuation ». On continue quoi ? Une promenade, une journée, une existence ? Et puis dans « au revoir », il y a la promesse des retrouvailles, la joie anticipée d'une réunion. Dans « continuation », il n'y a rien. Une platitude. Poursuis ta vie de merde, sans aucune anicroche. Prions, Seigneur, pour que surtout aucun incident ne se produise et que, sur mon tapis mécanique horizontal, comme celui qui relie les couloirs de la station Montparnasse-Bienvenüe, je tienne à rythme lent jusqu'à l'asphyxie. Au bout du rouleau, je serai précipitée dans le vide et je n'aurai même pas peur. Au fond de moi, je serai même presque contente que tout cela soit fini. Enfin.

Agathe virevolte autour de moi et Raphaël me presse le bras, l'épaule, le cou. Je déteste son contact. Je déteste tous les contacts. Je regarde leurs visages mais quelqu'un a coupé le son. Je n'entends plus ce qu'ils disent. Je ne vois que leurs bouches qui gesticulent. Il reste un filament de viande sur une incisive gauche de la mâchoire inférieure d'Agathe. De l'animal mort. De l'animal mort dans un animal vivant. Nous sommes tous des carnivores. Nous nous dévorons les uns les autres et lui, il traverse tout seul les villages alentour maintenant, il longe les premières rangées d'immeubles de l'agglomération, il entend la musique qui s'échappe de certains des appartements, mais tout le reste est plongé dans le silence. Il se demande qui remarquerait son départ. Il rêve d'une nouvelle histoire. Il a entendu parler de cette agence italienne spécialisée dans la disparition des individus. On y souscrit, on verse une forte somme d'argent et, soudain, on s'évapore de son décor quotidien pour renaître à l'autre bout de la planète, sous une nouvelle identité, avec un nouvel emploi et un nouveau logement. Après, tout dépend de l'investissement. L'agence vous trouve un travail de technicien de surface ou de responsable commercial, un studio dans une tour ou un F5 donnant sur la mer. L'argent. Thomas et l'argent. Il faut que je cesse de penser à tout ça, je suis en train de partir en vrille.

Stop.

Agathe s'arrête de pérorer tout à coup. Raphaël fronce les sourcils. Thomas s'approche rapidement. Il me demande si ça va. Je hausse les épaules. Je réponds que pas très bien, en fait. Je ne sais pas, la chaleur, la fumée de cigarette, même si les fumeurs sont sur le balcon, le bruit et puis la nourriture aussi peut-être. Je me lève précipitamment, je me réfugie dans les toilettes. Je suis sûre que, de l'autre côté de la cloison, ils échangent tous des regards entendus tout en ouvrant les fenêtres en grand. Les premiers mois de grossesse. Les nausées. Un grand classique. Elle doit être fatiguée. Nous allons bientôt rentrer.

Je suis assise sur la cuvette des toilettes. Je ne me suis même pas déshabillée. Je pense à Fred. Je m'en veux. Je voudrais l'aider à passer ce moment, à traverser la rivière à gué, mais je ne suis pas la bonne personne pour lui permettre de se retrouver de l'autre côté. Je suis même la plus mauvaise personne qui soit. Je suis une mauvaise personne. Je serai une mauvaise mère.

Stop.

Inspirer lentement. L'odeur vulgaire d'un désodorisant parfumé à la résine de pin. Une plage synthétique. Des vagues en carton. Mon décor paradisiaque. Ma vie à venir. Et maintenant, vomir.

Thomas

Évidemment, je suis fier. Évidemment, je suis heureux. Bon, il faut bien avouer, au début, j'ai eu une réticence, mais je me suis appliqué à ne pas la montrer. Ce n'était d'ailleurs pas vraiment une réticence, c'est moche de dire ça pour un bébé, disons que c'était une vraie surprise, je ne m'y attendais pas et, en deux coups de cuillère à pot, mes projets ont été bouleversés. Je construisais une maison à quelques dizaines de mètres de la plage, vue sur la mer, piscine privée, paillotes, chaises longues et puis le raz de marée est arrivé et a tout dévasté. Par bonheur, je n'ai rien eu, Myriam non plus, mais maintenant il faut tout reconstruire ailleurs. En brique. Avec du mortier. Du ciment. Un pavillon en dur. Parce que nous allons être trois, quatre par la suite, voire cinq.

Quand je réalise, par moments, j'ai l'estomac qui se retourne. Pourtant, dans l'idée, je n'ai pas d'opposition. C'est ce que j'ai eu envie de répondre à Myriam lorsqu'elle m'a annoncé la nouvelle et que je suis resté un temps interdit, bloqué dans un geste, un lumbago de l'esprit. J'entendais sa voix, légèrement tendue, l'intonation montait en fin de phrase et j'ai pensé brièvement à mes cours d'allemand. « Tu n'es pas content ? » Moi, je voulais seulement répliquer « Pas d'opposition », mais je savais qu'elle ne comprendrait pas. Qu'elle attendait de l'émotion, de l'enthousiasme. De la feinte. Tout ce que j'apprends sur le tas dans la gestion des ressources humaines, avec Ledoux comme professeur. Caricaturer l'humain. Alors j'ai ouvert les bras, j'ai opté pour un large sourire et j'ai laissé échapper tous les points d'exclamation du monde. « Magique ! Extraordinaire ! Fabuleux ! »

Myriam a écarquillé les yeux et elle a éclaté de rire. Elle a simplement dit d'une voix douce que je n'étais pas obligé de mimer le bonheur, que comme ça, je ressemblais à un commentateur sportif pendant un match de foot ou de tennis. Je ne sais pas pourquoi l'image de Boris Becker m'est passée devant les yeux. Ses bras levés à l'issue de la finale de Roland-Garros. Je me demande si Boris Becker aura des enfants. Je me demande ce que deviendra Boris Becker, dans dix ans, dans vingt ans. Boris Becker en 2005. Trente-sept ans. Retiré des courts. Venant s'installer discrètement dans les tribunes des tournois. Méconnaissable. Les yeux rivés au sol. Se répétant qu'avant, c'est lui qui était sur la terre rouge en vainqueur.

Myriam m'a demandé à quoi je pensais, là, tout de suite. J'ai répondu « À rien, mon cerveau est vide » et elle m'a passé la main sur la nuque en souriant. Elle a dit qu'elle comprenait et qu'elle n'attendait pas que je saute de joie tout de suite. Il faudrait un peu de temps, mais sa décision était irrévocable, elle garderait l'enfant. Elle était consciente du fait que cela allait bouleverser mes projets et que toutes ces prévisions que j'établissais pour les six mois ou les six ans à venir, les listes de choses à faire, des objectifs personnels à atteindre, tout cela allait voler en éclats, mais en même temps, un bébé, ce pouvait être l'objectif le plus important de toute une vie. Elle était sur le canapé. Je me suis allongé et j'ai posé la tête sur ses cuisses. Elle me caressait doucement, presque abstraitement. Je n'avais pas compris que j'allais être père. Je ne l'ai toujours pas entièrement intégré. Je n'y parviens que par intermittence.

Par intermittence, je m'imagine porter le bébé tout en dirigeant une réunion. Une image du nouveau père, à la fois dynamique et attentif, qui réussit de front sa carrière et sa vie familiale. De la poudre aux yeux publicitaire. Des berceuses pour les téléspectateurs. Je veux me laisser berner.

Par intermittence, je pense à la première fois où j'amènerai ma fille – parce que ce ne peut être qu'une fille – à l'école primaire, sa main qui s'efforce de ne pas trembler, elle fronce les sourcils comme moi devant la montée de l'émotion, elle se répète que ce n'est rien, tout ira bien, cela ne durera pas longtemps. Elle souffle le plus longtemps possible pour se calmer, elle se vide les poumons. Elle ne veut pas que je m'inquiète.

Par intermittence, je pense à mes parents. À ma mère en train de me veiller dans la chambre rouge, les nuits de fièvre. Elle avait installé une chaise pliante à côté de mon lit et elle prenait une couverture. Elle s'endormait souvent en me tenant la main. Ma mère qui rêvait pour moi et pour elle d'un frère ou d'une sœur qu'elle n'a finalement jamais pu avoir. Elle s'en est consolée toute seule. Elle dit que je suis sa fierté. Elle va être tellement heureuse.

Ce n'était pas une bonne idée, cette soirée.

Je m'en doutais depuis le début mais je n'ai pas voulu briser l'élan de Myriam. Elle semblait contente d'organiser cette fête. Elle planifiait tous les détails comme s'il s'était agi d'un mariage. De la même manière que je rentre dans les moindres détails de toutes les réunions annuelles des directeurs régionaux. Je l'ai regardée s'épuiser dans ses rêveries. Le moment où elle demanderait le silence. Où elle dirait qu'elle avait quelque chose à annoncer. Le silence relatif qui s'installe. Encore un éclat de rire sur la terrasse avant que le couple qui s'y trouve ne se rende compte que plus personne ne parle et que l'heure est importante sinon grave. Les mots choisis. « Enfant » plutôt que « bébé », pour ne pas bêtifier. « Parents » au lieu de « papa et maman », pour ne pas sombrer dans le ridicule.

Elle a dû se répéter la scène mentalement des dizaines et des dizaines de fois, mais elle n'a jamais été plus loin. L'après restait flou. Les copines qui se mettent à crier puis à boire parce qu'elles souhaiteraient être mères elles aussi mais qu'elles n'ont pas de père potentiel. Mes amis à moi qui, ne sachant pas très bien sur quel pied danser, se lancent dans les vannes grasses. Mon incapacité à les retenir de déraper. Et puis surtout, cette descente, ensuite. Une fois l'annonce passée. Se rendre compte que rien ne change dans le monde, que la vie continue et que même dans le cercle le plus proche, les conversations dévient rapidement sur d'autres chemins. Quelques remarques échangées sur la naissance à venir, quelques sourires entendus et la discussion retrouve ses ornières précédentes. Le boulot et ses contraintes. La musique et ses héros. Les films et les émotions qu'ils distillent. L'astrologie et les anathèmes que lancent les prédictions. Et Myriam, seule, les bras ballants, au milieu de toute cette agitation. Myriam qui n'aura été le centre d'intérêt que quelques secondes, une minute tout au plus et qui se sent encore plus à l'écart qu'avant son incartade.

J'allais vers elle. J'étais en train de me retourner dans sa direction et de m'extirper des blagues de mes coreligionnaires quand je l'ai surprise en train de fixer le gamin qui bosse avec elle et que j'ai déjà rencontré au collège, il y a quelques semaines. Fred. Elle en parle souvent et je me suis demandé un temps si elle n'avait pas un faible pour lui. Si elle n'allait pas m'échapper un jour pour le suivre sur sa moto – il vient en moto au collège, paraît-il. Je dois avouer que l'idée m'a un peu dérangé pendant deux ou trois jours. Je me suis même retrouvé sur le parking du supermarché, dans la voiture à l'arrêt, il était presque 20 heures. J'essayais d'envisager le pire. Comment je réagirais à la séparation. Au déménagement. Ne plus la retrouver le matin, son corps collé au mien, sa main sur ma nuque. Écouter les bruits d'un nouvel appartement désert. Je sentais mes viscères se contracter. La peur, bien sûr, mais aussi, tout au fond, un sentiment proche de l'envie. Une envie malsaine de l'extraordinaire, de la chute, de l'imprévu. Je suis un obsessionnel des listes, qui tente d'amadouer le futur tout en rêvant d'être bousculé.

C'est peu de temps après qu'elle m'a annoncé, pour la grossesse. Et là, tout est devenu clair. Ses agacements du matin, parfois. Ses envies de sommeil. Ses rêveries éveillées. J'ai su que l'attachement qu'elle avait pour ce Fred n'était rien d'autre qu'un besoin de chaleur humaine dans son nouveau collège. J'en ai été soulagé, bien sûr. Et en même temps, si je veux être totalement franc, la disparition des perspectives sombres, du gouffre et de l'incertitude, cette disparition-là m'a brièvement attristé. J'ai vingt-huit ans, bientôt vingt-neuf, et parfois, je voudrais tout recommencer de zéro. Je sais maintenant que ce n'est plus possible. Je recommencerais forcément à un. Un tout petit un. Un bébé un.

Je l'ai vue fixer Fred, ce soir. Et je l'ai regardé à mon tour. Il s'était laissé glisser le long du canapé.

Il était adossé à l'accoudoir. Il était comme elle, il était comme moi aussi. Les bras ballants et les yeux dans le vague, au milieu d'une agitation qui le concernait si peu. J'ai ressenti un élan de tendresse à son égard. Et cela m'a étonné, parce que je ne suis pas habitué à ressentir de la tendresse pour un garçon. Des amitiés sont viriles, limite caricaturales. Laurent et moi, par exemple, nous ne parlons jamais de nous, ou si peu. Nous échangeons des informations sur les disques que nous avons achetés, nous comparons nos idées sur la société, nous cassons du sucre sur le dos d'un ennemi commun, nous nous relançons la balle au tennis, nous regardons l'athlétisme aux Jeux olympiques, nous faisons des commentaires obscènes sur la démarche des serveuses, nous exagérons nos performances sexuelles avec nos ex. C'est tout.

Je me souviens de m'être retourné pour lui jeter un coup d'œil. Il était en train de faire des moulinets avec les mains, parti dans un délire avec Alain. Il riait à gorge déployée. Il avait taché sa chemise saumon. Il était rouge d'excitation et d'alcool. Je l'ai trouvé laid. C'est comme ça que je l'ai formulé, « laid », et l'adjectif m'a choqué parce que je ne l'emploie jamais. Ni pour une femme, ni a fortiori pour un homme. Laid, vulgaire, gras, bas, minable. Je me suis enfoncé les ongles dans la peau pour enrayer cette nouvelle liste. Je me suis dit qu'une femme ne pourrait jamais le trouver séduisant, et puis j'ai secoué la tête comme si cela allait suffire pour me retirer toutes ces pensées déplacées de la tête. Je me suis traité de con, à voix basse, et Géraldine, qui passait à côté de moi, a levé les sourcils.

J'ai croisé le regard de Myriam tandis qu'elle se dirigeait vers Fred et je n'ai pas pu m'empêcher de lui adresser un clin d'œil. Je voulais qu'elle saisisse que je comprenais ce qu'elle était en train de faire et que, curieusement, je l'approuvais, mais je crois qu'elle n'a été que déstabilisée. Elle s'attendait peut-être à un reproche muet, un froncement de sourcils ou une ride sur le front.

Il y avait tellement de défaite sur le visage de Fred, il aurait pu déprimer tout un bataillon si les autres lui avaient prêté un tant soit peu d'attention, mais l'alcool et la musique commençaient à produire leurs effets et la distraction était de mise. Et puis, personne à part Myriam ne connaissait ce garçon. Quand elle s'est assise à côté de lui, j'ai été surpris par leur différence d'âge. Elle ne se voyait que dans la proximité des visages. Myriam avait de légers coups de couteau sur la peau, des rides dues à l'anxiété, à la peur du noir, à la cohue des événements. En comparaison, la peau de Fred semblait presque trop lisse. J'ai sept ans de différence avec lui. Comme sept ans de réflexion. Comme un septennat. J'étais au primaire quand il est né. J'ai passé le bac alors qu'il terminait sa sixième. Un monde nous sépare.

Pourtant, je peux voir ce qui attire les filles, chez lui. Ce qui aurait pu attirer Myriam, sous d'autres cieux, en d'autres circonstances. Une indolence. Une invitation à la paresse. Un matelas sur lequel les questions viennent mourir. Un silence attentif dans lequel toutes les récriminations peuvent se déverser. Elles doivent être intriguées, les filles. Elles tournent comme des abeilles affolées autour d'un bulbe de lumière. Elles posent des questions, elles n'obtiennent pas de réponse. Elles s'énervent. Et puis finalement, elles lâchent prise. Elles se brisent les ailes ou alors, elles s'évadent. Et lui, il reste là, immobile, incandescent mais inutile. Une lumière en plein jour. Un gaspillage d'énergie.

C'est comme ça que je le sens. Mais j'admettrais bien volontiers m'être trompé.

Je les ai laissés parler. Je sentais qu'elle voulait lui dire au revoir. Elle avait dû jouer quelque temps avec la séduction. Peut-être qu'elle avait eu peur, elle aussi, à cause de la grossesse. Peur de n'être plus qu'une mère. Peur d'un destin tout tracé qui exclut pendant quelque temps le fard sur les yeux, l'œil qui s'attache à un bras dénudé et la gorge qui s'assèche. Elle a jeté ses derniers feux sur lui, avant de revenir vers moi, vers nous désormais.

Laurent m'a alpagué. Il voulait savoir ce que deviendraient nos soirées au bowling, maintenant que j'allais avoir un enfant. J'ai haussé les épaules, j'ai dit que ça ne changeait rien. Tous les jeudis soir, nous irions comme d'habitude au restaurant puis au bowling ensemble – parfois avec Alain. Laurent a semblé soulagé. Les soirées du jeudi, c'est important pour lui. C'est sa soupape de sécurité de la semaine. Le week-end, il trouve toujours une échappatoire, une fête à laquelle se raccrocher. Il est tendu vers ce but-là dès le lundi matin. Il sait qu'il parviendra à s'infiltrer quelque part. Mais ce n'est pas suffisant. Il lui faut aussi décompresser dans la semaine. Le jeudi soir est crucial. Depuis cinq ans déjà, nous le passons ensemble. Cela date de la période où nous étions célibataires tous les deux. Quand Myriam est arrivée dans ma vie, elle n'a rien voulu bousculer. Ce n'est pas une fille qui bouscule, Myriam. Elle m'a étonné avec sa grossesse cachée et sa détermination à garder l'enfant. J'ai aimé le tranchant de sa décision. J'espère qu'elle va continuer dans cette voie-là. Qu'elle sera moins prévisible.

C'est mon problème, en ce moment. Je trouve tout et tout le monde prévisible. Ledoux et sa façon de traiter les gens. Laurent et ses réflexions sur les seins de sa voisine. Ma mère et ses coupons de réduction qu'elle collectionne et punaise sur le tableau en liège de la cuisine pour les prochaines courses. Mon père et ses réflexions sur les dirigeants politiques et sur les patrons ; mon père qui n'a jamais connu les patrons du privé ; mon père qui n'a toujours pas compris que, dorénavant, les patrons, c'est moi aussi, et que, quand il les critique, il me critique également.

Je suis fatigué de la prévisibilité. Je suis exténué des planifications à venir et des constructions à mener à bien. Je voudrais m'endormir et me rendre compte, à mon réveil, que tout a été fait en mon absence. Que les tâches ont été effectuées, que le logement a été rénové et rafraîchi, que le supermarché tourne, que le bébé est né et va bien. Qu'elle a dix-huit ans maintenant et qu'elle n'a plus besoin de moi.

J'espère seulement que mon intuition ne me trompe pas. Qu'il s'agit bien d'une fille. Je ne voudrais pas d'un garçon. Il faudrait accepter de se transformer en instructeur. Apprendre la compétition, la faim, la rage au ventre, le dépassement de soi, la performance. Reprendre en les édulcorant et en les modelant les discours professionnels. Faire semblant d'y croire. Et se fatiguer encore davantage.

J'aurais aimé être indolent, en fait. J'aurais aimé être Fred. Fred et sa tristesse du soir. Fred et toute cette liberté devant lui. Fred et cette absence de lutte. C'est une drôle d'idée, ça. Je n'aurais jamais cru désirer être quelqu'un d'autre. Encore moins Fred. Et encore moins ce soir.

Oui, encore moins ce soir, où c'est moi qui gagne sur tous les tableaux. Parfois, c'est à n'y rien comprendre.

1986

FÉVRIER

Fred

Je les ai vus remonter la rue piétonne ; ils se tenaient par la main. À un moment, elle a éclaté de rire et elle a posé son front sur l'épaule de son homme. Je me suis dit que c'était parfait, ils étaient heureux, ils allaient avoir un enfant et ensuite beaucoup d'autres, dans trente ans ils seraient encore satisfaits de leur vie de merde et tant mieux pour eux.

L'agacement est monté, vite et fort. Il venait de loin.

Bien sûr, je la croise encore. Dans les couloirs, à la cantine. Il faut dire qu'on ne peut pas la rater. Elle est ronde et rayonnante. Elle expose sa grossesse avec tant de langueur que c'en est écœurant. À table, il paraît qu'elle repaît les oreilles de ses collègues de toutes ses sensations. Raconte par le menu les mouvements du bébé. S'étale sur les désagréments mineurs de son état. Elle exaspère les plus jeunes et attendrit les plus âgés. Elle est devenue très causante. Et très tactile. Elle touche facilement le bras ou la joue de ses interlocuteurs.

Sauf moi.

À sa décharge, il faut dire que je ne suis presque jamais son interlocuteur. Nous échangeons un bonjour le matin, une de ces salutations qui se voudrait amicale mais qui ne parvient qu'à être tranchante. Nous nous sourions brièvement. Nous vaquons à nos occupations. Je suis très occupé. J'ai accepté des responsabilités supplémentaires. Je suis en charge de l'aide aux devoirs et du suivi de certains élèves qui posent problème. Je sers de médiateur entre la famille et les profs. C'est un nouveau système. Une tentative pour enrayer l'exclusion scolaire. Je n'y crois qu'à moitié mais je m'y jette à cent pour cent.

J'ai besoin de travailler. J'ai aussi besoin d'argent si je veux partir aux États-Unis avec Christine cet été.

J'ai rencontré Christine en décembre, juste avant les vacances de Noël. Elle était assise sur la banquette de la boîte de nuit. Elle avait l'air décalé dans le décor. Un certain détachement, presque un dégoût. Lorsque je me suis approché d'elle, elle a levé les yeux au ciel. Elle ne pouvait pas savoir à quel point la démarche m'était étrangère. À quel point je prenais sur moi pour venir vers elle, là, en état de faiblesse et de demande. Je me suis blindé. Je m'attendais à la rebuffade. Elle m'a laissé parler. Elle ne répondait rien. Elle voulait savoir jusqu'où j'étais prêt à descendre pour tirer un coup, pour rompre la solitude. J'ai vite abandonné. J'ai fait avorter le projet. C'est cela qui lui a plu. Quand j'ai levé les mains en l'air, paumes ouvertes devant elle, pour admettre la défaite, elle a souri enfin et elle m'a demandé mon prénom. J'avais oublié de me présenter. Depuis, nous sommes ensemble.

Je ne sais pas si nous resterons longtemps tous les deux.

Personne ne peut prévoir ce genre de truc. J'ai entendu des gens jurer leurs grands dieux qu'ils avaient trouvé la femme de leur vie et divorcer six mois plus tard et d'autres s'agacer périodiquement des défauts de leur compagne et rester soudés pendant des années, une vie entière parfois. Moi-même, il y a quelques mois, j'étais persuadé que je passerais ma vie avec Myriam et qu'une fois son homme évincé nous coulerions ensemble une existence de rêve jusqu'à notre mort simultanée et, aujourd'hui, je passe la majeure partie de mon temps avec Christine.

Nous n'avons pas énormément d'intérêts communs, mais c'est surtout parce que moi, je manque de passions. Je me plonge dans le travail et dans les études, je prépare le concours de prof, je me noie dans le romantisme échevelé de l'Angleterre du XIXe siècle et dans le problème irlandais. Pendant ce temps, Christine feuillette les catalogues de voyage et se perfectionne dans la confection de bijoux fantaisie. Pour l'instant, elle est employée à l'office du tourisme où elle indique aux visiteurs étrangers les lieux intéressants de notre département, mais son vrai rêve serait d'ouvrir un magasin qui allierait création et vente de bagues, de colliers et de bracelets. Elle tord le fil de fer, elle teint le bois, elle enfile des perles, elle colle des plumes. Ses amies la poussent toutes à franchir le pas. Elles trouvent qu'elle est très douée. Je n'ai pas d'opinion. Je ne porte pas de bijoux. Mais je l'encourage. Je m'efforce de l'encourager. Avoir un but, une ambition, c'est bien. C'est mieux. C'est ce qui me manque. À un moment donné, il m'a semblé que les choses évoluaient. J'ai cru que j'allais décoller, voler, et puis finalement non. Rien de plus normal après tout. Le destin ne se bat pas pour ceux qui ne croient pas en leur étoile.

Je suppose que Thomas croit en son étoile, qu'il est convaincu de sa force et de son bon droit. Il ne se pose pas de question, il fonce et il cueille les fruits de la victoire. J'aimerais être comme lui. Je n'ai pas aimé le voir au bras de Myriam. Mais elle va bientôt partir en congé maternité, et ils disparaîtront, happés par l'enfant en bas âge, les maladies infantiles, les horaires décalés, les nuits sans sommeil. Ils n'auront plus le temps de traîner au centre-ville ni de faire les magasins. Je ne risquerai plus de les croiser. Je n'aurai plus à changer consciencieusement de chemin. La paix, enfin.

Et puis, avec un peu de chance, le bébé amènera les premières dissensions. Thomas sera exténué, il ne tiendra pas le choc, les responsabilités au boulot et le môme qui chiale toute la nuit, il explosera régulièrement, elle lui reprochera son manque de patience, il répliquera qu'il n'avait rien demandé, que s'il n'avait tenu qu'à lui, jamais il n'aurait eu de descendant. Elle laissera retomber les mots dans un silence glacial et, bien qu'il essaye de se défendre et de se justifier, il sera trop tard. Il aura prononcé des paroles de haine et elle ne reviendra pas en arrière. Le fossé commencera à se creuser. Toute tentative de rapprochement sera vaine. Bientôt, ils se sépareront. Un matin, elle viendra pleurer dans le bureau des surveillants, elle dira qu'elle regrette, qu'elle s'est trompée sur toute la ligne, que c'était avec moi qu'elle aurait dû faire ce chemin, elle aura les yeux suppliants, elle sera presque à genoux. Et moi, je prendrai l'air très embêté, je lui répondrai que je comprends bien tous ses problèmes, mais que j'en suis très loin maintenant, que j'ai fait ma vie à partir de son rejet, que j'ai construit une relation franche et sans détour avec une femme bien qui s'appelle Christine et que j'aime cette nouvelle compagne. Qu'il est trop tard et qu'elle peut aller se rhabiller. Je savourerai son dépit.

Je suis surpris du mien.

De la violence de mes pensées. Des mots que je marmonne encore entre mes dents. L'impression d'avoir été floué. D'avoir marché, bras dessus bras dessous, avec elle jusqu'au bout d'une allée de graviers qui menait vers des forêts, des étangs, des montagnes – et puis sa volte-face, tout à coup. Et de me retrouver seul, les clés à la main, plaqué avant même que l'histoire ait commencé. Je me répète que je me suis fait un film. Que tout est ma faute. Que j'ai inventé les sous-entendus et les regards. Que je me suis laissé bercer.

Mais, par moments, je repense à nos matinées d'automne et là, je ne comprends plus. Je me souviens de son regard, des mouvements de ses mains et de l'hésitation, du choix de ses mots. Elle était enceinte, soit, et la grossesse altérait son expression et ses émotions, mais quand bien même. Personne n'arrivera à me faire croire qu'elle n'a jamais pensé que nous collions ensemble comme deux pièces concomitantes dans un puzzle. Deux figures de symétrie qui, lorsqu'on plie la feuille de papier, se retrouvent l'une sur l'autre et forment un tout. Il ne faut pas que je pense à tout ça. Je dois me la figurer en train d'accoucher, puis mère, promenant la poussette dans les rues du centre-ville et montrant l'enfant à tous les passants. C'est une fille – je ne sais pas pourquoi je n'imagine pas un instant que ça puisse être un garçon – et elle est le portrait craché de son père.

De toute façon, elle ne restera pas dans ce collège l'année prochaine. Elle va demander une mutation qu'elle obtiendra probablement. Des cieux plus cléments. La campagne. Près du village où ils habitent. Ils vivront heureux et cachés.

Moi aussi, j'ai droit au bonheur. Simplement, je mets un peu de temps à me remettre. L'autre jour, j'ai téléphoné à ma sœur. Elle en a été très surprise. Je lui ai demandé, pour le garçon qui l'avait amenée à s'enfermer dans sa chambre en écoutant en boucle le disque des Motels. Je lui ai demandé comment elle avait fait pour plier ses larmes en quelques jours. Elle a éclaté de rire, longtemps. Je ne l'avais jamais entendue rire autant et ça m'a fait du bien. Elle a répondu « Oh, celui-là... Tu sais, Fred, je ne l'avais pas dans la peau, c'est tout... Pourquoi, tu te remets mal d'une rupture ? » J'ai marmonné quelques mots et puis j'ai raccroché.

Si je l'ai dans la peau, je vais l'extirper – une écharde, on la retire avec une aiguille chauffée à blanc et un coton imbibé d'antiseptique.

Thomas

Je n'ai pas aimé qu'elle rejette la tête en arrière pour rire et qu'elle pose son front sur mon épaule. J'ai trouvé ça vulgaire. J'ai trouvé ça théâtral. On a vu tous les deux le surveillant qui travaille avec elle et qui devait être amoureux d'elle, comment s'appelle-t-il déjà, celui qui était venu à la soirée du mois de novembre où elle a annoncé sa grossesse et qui est reparti penaud, la queue entre les jambes, et dont on n'a plus entendu parler depuis, Fred, c'est ça, il s'appelle Fred. J'ai tout de suite compris que ce geste-là, le rire à gorge déployée et le front sur l'épaule, une scène tout droit sortie d'une pub, ça n'avait pas grand-chose à voir avec moi. C'était dirigé contre lui. Je me suis senti exclu. Une sensation extrêmement désagréable. Je me suis demandé quels sentiments souterrains traversaient le corps de la mère de mon enfant, pour qu'elle s'abaisse à ces mimiques qui ne lui ressemblent pas. Peut-être finalement est-elle plus accrochée à ce garçon qu'elle ne le pensait. Peut-être est-il encore un regret. Peut-être y pense-t-elle encore quand nous faisons l'amour ou quand elle se masturbe.

L'autre soir, je suis sorti avec Laurent qui ne va pas fort parce qu'il ne trouve pas chaussure à son pied et qu'aucune fille ne l'a touché depuis des mois. Il avait décidé de se démonter copieusement la tête à coups de martini-gin et de vodka-citron. Il a entamé la conversation avec notre voisin de table et je me suis désintéressé de leur dialogue de poivrots. J'ai regardé le bar, la salle du fond, le comptoir. Je me suis laissé dériver. Un petit signe de la main, à distance, a stoppé net ma rêverie. Virginie était là. Assise un peu plus loin. Avec deux amies. Rayonnante. Je ne l'avais pas revue depuis notre séparation, il y a maintenant plus de cinq ans. J'ai soudain retrouvé son corps nu contre le mien et la lumière oblique, le soleil qui entrait dans son studio par le Velux. Ses mots trop crus. L'humidité de son sexe. Je me suis retourné vers Laurent et son nouveau camarade. Ils parlaient des plaisirs solitaires. Ils étaient aussi cuits l'un que l'autre. Et Laurent d'asséner que de toute façon, on ne connaît jamais personne, parce que pour prétendre bien connaître l'autre, il faudrait savoir à quoi elle pense quand elle fait l'amour toute seule, quand elle est allongée, dans le noir, avec sa main entre ses cuisses et qu'elle se caresse. À quoi elle pense, et surtout à qui. La question piège, c'est « à qui », a-t-il insisté. J'ai haussé les épaules, mais les mots se sont fichés dans un coin de mon crâne. Simplement parce que je me suis rendu compte qu'il m'arrivait de penser à Virginie au moment de la montée de l'orgasme.

Alors, je me demande si Myriam pense parfois à Fred. L'inverse, je n'ai pas besoin de me poser la question. C'est évident. Je ne ressens pas vraiment de jalousie. La jalousie est hors de propos. Ce mec n'est qu'une idée qui a traversé l'esprit de ma femme l'automne dernier et avec lequel rien ne s'est concrétisé. Elle a dû fantasmer sur beaucoup d'hommes, en fait. Il paraît que la grossesse chamboule les hormones et que les rêveries érotiques avec des presque inconnus sont fréquentes. J'ai lu ça l'autre jour dans un magazine féminin. Je lis les magazines féminins dès que j'en trouve un. Dans les salles d'attente du dentiste. Dans les halls de gare. Aux toilettes aussi, à la maison. Ceux que Myriam achète. Les mensuels féminins sont une mine d'informations pour les hommes. Ils aident à mieux cerner. À mieux anticiper. Je remercie le ciel d'avoir mis sur ma route assez tôt les magazines féminins. Ils m'ont aidé dans l'approche. Ils m'ont guidé dans la séduction.

Et mine de rien, la séduction, c'est devenu mon fonds de commerce. Dans mon métier, d'abord. Je drague les clients, je fayote les patrons, je me frotte aux employés. Je suis une pute professionnelle et je suis bon à ça. L'argent tombe de tous les côtés, et pas seulement l'argent. Les pantalons et les jupes mentales aussi. Ils se mettent tous à nu. Ils s'exhibent. Ils me font voir toutes leurs blessures et ils me demandent de les soigner. Ils me couvrent de cadeaux et de compliments. Ils disent que je suis vraiment doué. Que j'ai ça dans la peau. Que je sais enculer en douceur et me faire enculer sans faire de manières.

À la maison, c'est autre chose. Quand j'enlève mes chaussures le soir et qu'elles gisent de part et d'autre du canapé, ce qui a le don d'agacer Myriam, je me sens redescendre. C'est la seule image que je puisse trouver. Toutes ces heures tendues vers la séduction de l'autre, vers l'obtention d'un désir, de barrières qui s'effondrent et de digues qui cèdent forment comme une bulle d'hydrogène dans laquelle je m'oublie. La drogue de la drague. Un shoot qui monte le long des bras et rejoint le cœur. Quand je pousse la porte de la maison, je rentre en cure de désintoxication. Parfois, je suis agressif. Parfois, je suis ailleurs. Mais je n'oublie jamais que ma normalité est ici, que l'existence réelle est auprès d'elle, dans cette demeure isolée. C'est pour ça que j'ai choisi la campagne. Je veux pouvoir sortir le soir et humer autre chose que de la sueur humaine, de la trouille d'entretien ou de l'excitation de gain. Je sais que Myriam préférerait habiter en ville, même si elle ne l'a jamais explicitement formulé. Elle aimerait pouvoir aller au cinéma ou au restaurant plus facilement. Elle aimerait vivre la vie que ses collègues vivent. Mais elle accepte. Elle voit les bons côtés. Elle *sait* voir les bons côtés. C'est un atout que nous partageons. Un optimisme mesuré. Celui qui fait les couples qui durent. En dépit des années. En dépit des bassesses. En dépit des orgasmes aux cibles mouvantes. En dépit des peines d'amour fugaces.

Je me souviens de la soirée de l'annonce.

Je me souviens d'avoir ressenti une vraie tendresse pour Fred, au moment de son départ. Je me souviens aussi d'avoir trouvé cela curieux, parce que je ne suis pas un homme amical. Aujourd'hui, j'ai surtout trouvé ça dommage. Dommage, cette comédie du couple. Dommage, ce fossé mimé entre nous et les autres. J'ai eu envie de renvoyer à Myriam ce qu'elle m'a lancé le jour où elle m'a appris qu'elle était enceinte – que je n'étais pas obligé de singer le bonheur, ou quelque chose dans ce goût-là. Dommage aussi de ne pas pouvoir traverser la rue, tendre la main, serrer celle de Fred et l'inviter à dîner un de ces soirs. Peut-être même ce soir, qui sait, à la bonne franquette, on verra bien ce qu'il y a dans le frigo. Je me suis dit que ce qui était dommage au fond, c'est que, lorsqu'on tombe amoureux de la même femme, cela prouve surtout qu'on a de nombreux points communs, un terrain d'entente et une vision partagée de l'existence. J'ai aussi pensé que la réaction de Myriam était déplacée parce que Fred devait avoir fait une croix sur son fantasme. Qu'il devait être passé à autre chose. Il me semble d'ailleurs qu'un jour j'ai demandé à Myriam ce qu'il devenait et qu'elle a haussé les épaules en répondant qu'elle n'en savait rien, qu'ils ne se voyaient plus tellement et qu'il était avec une fille, une Christine d'après ce qu'elle avait entendu. Alors il doit être guéri. Nous pouvons l'inviter. Il pourrait même devenir le parrain de notre fille.

Le mot « parrain » m'a réveillé. J'ai secoué la tête. Parfois, je me laisse dériver sur des rapides dangereux. Parfois, je me raconte n'importe quoi. Fred parrain, c'est du délire pur. Personne n'accepterait. Ni lui, ni Myriam, ni même moi. Le parrain, nous le savons d'avance, c'est Laurent. Myriam a trouvé ça normal. Elle n'a pas émis d'opposition. C'est moi, devant la glace de la salle de bains, qui ai fait la grimace, en y repensant. Laurent qui fond comme de la gélatine devant les fillettes de cinq ou six ans mais qui ne supporte pas les bébés qui piaillent et ne savent que gâcher les soirées de tout le monde. Laurent qui ne cesse de se plaindre de sa solitude et qui devient lacrymal désormais, à la troisième bouteille. Laurent qui chante fort et faux et qui tape dans ses mains en reprenant les tubes du moment. Laurent qui me fait honte. Ma fille aura un parrain qui fait honte à son père.

Je n'ai pas réussi à me rendormir.

Dehors, le vent soufflait en bourrasques et un volet claquait au rez-de-chaussée. Je suis descendu. Il y avait encore des braises dans la cheminée et il faisait bon dans le salon. J'ai remis le loquet du volet en place et je me suis assis par terre, le dos collé au canapé. Le miroir en face de moi. Pour la millième fois, je me suis demandé ce que ça me faisait, d'être père. Pour la millième fois, je n'ai pas trouvé de réponse. J'ai lu dans les magazines féminins qu'il fallait être patient avec les pères. Si certains ressentaient la fibre paternelle dès l'annonce de la grossesse, d'autres devaient attendre la naissance elle-même. D'autres encore ne devenaient vraiment père qu'au premier anniversaire de l'enfant, voire au deuxième. Les plus récalcitrants au cinquième. Pour les autres, je suppose que c'est foutu. J'en déduis donc que c'est cuit pour le mien, de père. Je n'ai jamais senti chez lui un quelconque intérêt sincère pour ma personne. Pourtant, j'étais enfant unique. C'est même sans doute pour ça que je suis enfant unique. À cause du manque d'intérêt pour les générations à venir. Mon père, ce qui l'intéresse, c'est le foot. Les maquettes. Et puis que rien ne déborde trop. Qu'on suive bien la ligne. Que la table soit mise le soir à sept heures. Que le Père Noël vienne le 24 décembre. Que l'été soit chaud et l'hiver froid. Et surtout qu'on ne lui pose aucune question.

Ils aiment bien Myriam, mes parents. Ils aiment qu'elle ne fasse pas de bruit et qu'elle mange sa soupe proprement. Ils ont été très satisfaits d'apprendre que nous allions avoir un enfant, parce que c'est dans l'ordre des choses. Je réalise tous leurs rêves. J'ai monté l'échelle sociale et je vais fonder une jolie petite famille. Ils sont comblés. Ils ont demandé à Myriam si elle allait continuer à travailler et elle a répondu oui, bien sûr, mais qu'elle prendrait peut-être un poste à mi-temps tant que l'enfant serait en bas âge. C'était exactement la réponse attendue et les visages de mes parents se sont illuminés, ils ressemblaient à des guirlandes électriques sur un sapin. D'un seul coup, j'ai haï cette idée d'enfant. D'un seul coup, j'ai souhaité le pire. Une fausse couche. Et après les mois de convalescence, nous partirions, Myriam et moi, traverser les États-Unis en stop. Descendre en bus Greyhound jusqu'à Mexico la Ciudad. De là, un train pour le Brésil et puis un bateau pour rejoindre l'Afrique. Un tour du monde cent fois recommencé. Loin des latitudes parentales.

Je raconte mes emportements à Myriam. Elle en rit. Elle met sa main devant sa bouche pour se cacher, parce qu'elle croit qu'elle a de vilaines dents. Elle me dit que j'exagère. Que mes parents, ils sont très gentils. Qu'ils ont bon fond. Je réplique que je ne sais pas ce que ça signifie « avoir bon fond ». Elle sourit. Elle me passe la main dans les cheveux. Parfois, cela m'agace parce que je ne suis plus un gamin. Ses parents à elle sont complètement différents. Divorcés. Et très indépendants. Ils reçoivent des nouvelles de leurs enfants avec plaisir mais ils n'en demandent pas. Ils disent que chacun doit vivre sa vie maintenant. Ils disent n'être plus présents que pour le meilleur, ou pour le pire, mais ils n'imaginent pas le pire un seul instant. Myriam n'a aucune confiance en eux. Elle les trouve fuyants. Instables. Pour rien au monde elle n'irait leur confier ses détresses. Elle prétend qu'ils ne sauraient pas l'entendre. Je suppose que nous préférons tous les parents des autres.

Je suppose aussi qu'il en sera de même pour notre fille. Lorsqu'elle en aura l'âge, elle rêvera d'autres ascendants.

Le parquet est un peu trop dur. Le sol est un peu trop froid. Je regarde mon reflet dans le miroir en face de moi. Je vais bientôt avoir vingt-neuf ans. C'est une année de plus que l'âge moyen auquel les Français ont leur premier enfant. Et pourtant je ne me sens pas mûr. Et pas prêt.

Non, vraiment pas prêt.

Myriam

Je ne sais pas ce qui m'a pris. Honnêtement. Je me suis trouvée idiote, à rire faux comme ça avec des attitudes de feuilleton télévisé. Tout ça parce que soudain, j'ai vu Fred de l'autre côté du trottoir et que cela m'a fait un choc. J'ignore pourquoi – nous nous croisons tout de même de temps à autre dans le collège même si nous ne nous adressons plus guère la parole depuis la mi-novembre. Bien sûr j'en souffre un peu, mais je sais aussi respecter ses décisions. Je me doute bien que c'est sa manière de faire le deuil d'une histoire qui n'a jamais commencé. Une mort subite d'un embryon d'amour. Je frissonne en pensant à cela.

Stop.

Mes rêves sont peuplés. Mes rêves sont atroces. Je cours dans la forêt. J'y ai laissé mon bébé pour aller chercher du secours parce que j'étais perdue. Maintenant, j'ai trouvé les secours, ils courent avec moi, je vois les reflets argentés du casque d'un pompier, mais je ne retrouve plus l'endroit. Je l'appelle, mais je sais qu'elle est trop petite pour me répondre.

Ou alors, je suis à la plage. Il fait un temps magnifique. Des vacances bien méritées. Mais soudain, l'eau se retire. À la place de la mer, il n'y a plus que du sable à perte de vue et des crustacés ahuris qui ne comprennent pas ce qui se passe. Et brusquement, la vague. Une vague d'une vingtaine de mètres de haut, je veux courir avec ma fille sous le bras, mais je me sens partir en arrière. Happée par le raz de marée. J'entends des cris. Ce sont ceux de mon enfant. Je sais qu'elle ne survivra pas.

Encore. Encore et encore. Des accidents de voiture à grande vitesse sur des voies rapides. Des maisons désertes, je cherche dans toutes les pièces, il n'y a plus une trace d'elle, pourtant elle était là il y a un instant.

Stop.

Calmez-vous, m'a dit le médecin. Il n'y a rien là-dedans que de très normal. Vous avez peur de l'accouchement, vous avez peur de ne pas être une bonne mère plus tard, vous craignez tout ce qui peut arriver à votre bébé quand il ou elle sera grand, tout le monde passe par là, si ça peut vous rassurer, et même si cela ne vous rassure pas, c'est cela être parent, avant tout. C'est apprendre la peur. C'est se rendre compte qu'avant, même quand on a eu peur, on n'a jamais vraiment eu peur. Parce qu'on n'a jamais eu peur que pour soi, et avoir peur pour soi, c'est tellement ridicule, n'est-ce pas ? Parce qu'on est adulte, vacciné, responsable, et qu'on saura lutter et que si on ne sait pas lutter, alors c'est qu'il n'y avait aucun espoir. Bienvenue au club.

J'ai pleuré dans son cabinet. Je pleurais et je riais en même temps et lui, je voyais bien qu'il souriait mais qu'il était ému aussi. Il a voulu me faire parler de l'enfance, de mes parents, mais j'ai répondu que je ne le ferais pas, d'abord parce qu'il n'y avait rien de spécial à dire, pas trop d'os à ronger de ce côté-là et puis parce que, si c'était le cas, j'irais voir un psy, un pro de la tête. Et je lui ai adressé un clin d'œil. Il a eu l'air rasséréné. Il m'a expliqué qu'on commençait à être plus attentif à la dépression post-natale et au baby-blues, mais qu'on ne prenait pas encore en compte les moments de panique et les coups de blues des futures mères. On y viendrait, un jour. On fabriquerait même sûrement des médicaments pour cela. Pour faire passer la pilule. Il n'était pas du tout convaincu du bien-fondé de tous ces agents chimiques. Le mieux, c'était de parler. D'évacuer. J'ai hoché la tête comme un bon chien. J'ai promis que je le ferais.

Je ne vois pas à qui je pourrais parler. Honnêtement. Je suppose que la personne la mieux placée serait Thomas, mais je ne m'en sens pas le courage. C'est étonnant, ces quelques mois, entre nous. Nous alternons les moments où nous nous regardons en chiens de faïence et parfois même avec une certaine angoisse, quand nous réalisons que la personne en face va être le père ou la mère de notre enfant à venir et que nous lui serons liés, directement ou non, toute notre vie, et puis les périodes de réchauffement de nos planètes, des périodes volcaniques où nous sommes collés l'un à l'autre, impossible de nous séparer, j'ai envie de lui toute la journée et toute la nuit, ma langue sur ses cuisses, ma main dans son cou.

Je sais qu'il voyage sur des montagnes russes, lui aussi. Qu'il plonge parfois dans des abysses et qu'il remonte vers des sommets – à un rythme effréné. Il trouve une échappatoire dans le travail. Pas moi. Je crois franchement que je m'en fous, du travail. Et du coup, tout se passe plus naturellement. Mes relations avec les élèves sont meilleures. J'accepte leur absence d'intérêt ou leur manque de concentration. Parfois, je discute avec certains d'entre eux pendant presque toute l'heure. Nous entamons la conversation sur le dessin que je leur ai demandé et puis nous dérivons. Je commence à connaître toutes les histoires de familles et de rivalités au sein de la ZUP. Ils m'ont à la bonne, cette année, les élèves. Ils disent que je suis à l'écoute. En fait, je n'écoute rien. Je n'écoute que moi. Et je voudrais que les autres m'entendent.

J'ai voulu parler à ma mère. J'ai eu la force de lui téléphoner alors qu'un de mes cauchemars éveillés venait de me hanter. J'avais besoin de lui raconter. Besoin de son avis. Besoin qu'elle me raconte, elle, quand elle m'attendait. Ou quand elle était enceinte de Véro, ma sœur aînée, si elle était passée par les mêmes états, si elle les avait enfouis avec acharnement, si elle les avait enfoncés loin dans le crâne, en espérant qu'ils ne resurgiraient jamais.

Elle a décroché et elle a péroré, comme d'habitude. Je n'ai pas pu en placer une. En trois minutes, elle a eu le temps de glisser une vingtaine d'exclamatives qui ponctuaient des histoires de voisinage (« Quel vieux bouc, ce M. Guénot ! »), des prévisions météorologiques (« Je suis sûre que ce sera l'hiver le plus froid du siècle ! »), des remarques sur son travail (« Mme Alaniѐce m'a dit que j'avais l'air très fatiguée ! ») et puis sur sa santé, bien sûr (« Comme j'ai mal à la jambe, tu ne peux pas t'imaginer ! »).

Il y a eu un blanc dans le téléphone. Elle attendait que j'acquiesce. Que j'ânonne des « hmmm » et des « oui ». Je ne l'ai pas fait. Le silence s'est épaissi et légèrement altéré. Elle a prononcé mon nom, comme une question, pour s'assurer que j'étais toujours au bout du fil. J'ai raccroché. Elle a rappelé deux minutes après et elle a repris la parole. Elle m'a même expliqué que nous avions été coupées et que, sur le coup, elle avait cru que je lui avais raccroché au nez. « Tu ne m'as pas raccroché au nez, au moins ? Non, non... bien sûr que non, je ne sais pas pourquoi je te demande ça, enfin toujours est-il que... »

J'ai fait une croix sur ma mère depuis longtemps. Sur mes parents. Sur la famille. Et en ce moment, cette croix me pèse parce que je me demande si moi aussi je deviendrai un jour un fardeau pour l'enfant que je porte. Si elle soupirera en me voyant et se demandera ce qu'elle a mérité pour avoir une mère comme celle-là.

Elle.

Thomas et moi, nous avons la même intuition. C'est une fille. Mais nous n'en savons rien, au fond. À l'échographie, ils n'ont pas pu donner d'avis tranché. Thomas n'imagine même plus être père d'un garçon. Je ne sais pas pourquoi il tient tant à avoir une fille. Pourquoi cela lui fait aussi peur d'avoir à élever un garçon. Quand je lui pose la question, il ne répond pas, il botte en touche. Il prétend que ce n'est pas dans ce sens-là qu'il faut prendre la question. Qu'il préférerait avoir une fille pour avoir une fille mais que si c'est un garçon qui naît, ça ne lui posera aucun problème. Pourtant, ensuite, il reste silencieux une minute et il finit par balayer ses incertitudes d'un geste de la main. Ses yeux se focalisent de nouveau sur ce qu'il regardait avant mon interruption et je vois la phrase se former dans son regard : « De toute façon, ce sera une fille. »

J'ai tenté de parler à mes amies aussi. Mais je suis la première de la liste à être enceinte, ce qui m'a d'ailleurs beaucoup surprise. Quand j'étais à l'école primaire, je m'imaginais que mes copines et moi nous aurions des enfants très tôt, une fois le bac passé, et que nous leur consacrerions tout notre temps. Comme nos mères. Comme la mienne en tout cas. Et puis, l'âge passant, les limites ont été repoussées. J'ai vingt-huit ans, et aucune de mes amies n'a fait l'expérience de la grossesse. Bien sûr, il y a des cousines, d'anciennes camarades de classe, des sœurs de copains qui pourraient donner des conseils et ne rêvent que de ça, mais c'est moi qui refuse de les écouter.

Je pense à Fred. Souvent.

Je sais que ça ne ferait pas plaisir à Thomas, mais je préfère être honnête avec moi-même plutôt que de faire plaisir à Thomas. Je repense aux matinées d'octobre, dans le bureau surchauffé des surveillants, comme un cocon. Les phrases qui s'étiraient, les mots qui se bousculaient. Je devenais un vrai moulin à paroles. Je n'ai pas très bien compris pourquoi. Je me sentais bien en face de lui, dans ce décor neutre. J'aimais son visage tourné vers moi, attentif. J'ai plusieurs fois testé la qualité de son écoute – ses yeux ne cillaient pas, son visage ne s'empourprait pas, il pouvait répéter mot pour mot tout ce que je venais de dire, je n'en revenais pas. C'était la première fois qu'on se comportait de cette façon avec moi.

Je repense à la première fois où je l'ai vu, aussi. J'y repense régulièrement. C'est comme s'il y avait eu un nœud du temps, ce soir-là, comme si une partie de moi était restée dans la salle de classe, en train d'écouter Martha Davis gémir d'une voix défaite qu'elle aimerait tellement avoir le contrôle absolu des gestes de son amant et lui intimer de rester dans son lit, dans ses draps. Parfois, bien sûr, je dérive. Cela m'arrive encore, même si c'est de moins en moins souvent. Les images érotiques grimpent en intensité. Les couleurs se font plus violentes, les doigts de Fred se font experts. Mais, à un moment donné, je sens la rondeur de mon ventre. Je caresse mon hémisphère. Le bébé se met à bouger et, alors, le jaune et le rouge pâlissent brusquement, Fred se retire précipitamment, à sa place il y a Thomas, son sourire étincelant, sa coiffure impeccable, je réintègre mon corps.

Je crois que, ce soir-là, dans la salle de classe, c'est le plus beau moment que j'aie jamais vécu. Rien que de l'évoquer, les larmes me montent aux yeux. Je me transforme en fontaine de sensiblerie. Je m'agace. Je m'en veux, mais j'ai l'impression de ne pas pouvoir lutter.

Pourtant, c'est idiot, comme souvenir. Je n'y fais rien de particulier. Je suis assise sur une chaise dans la pénombre. J'écoute de la musique. Un jeune homme vient me déranger. Il y a tant d'autres moments plus importants. La première nuit d'amour réussie. La première fois Thomas s'est déshabillé devant moi. Les vacances en Andalousie. La mosquée de Cordoue. La nuit qu'Élisabeth et moi avons passée dans le jardin à guetter les pluies d'étoiles filantes. Le moment où les deux fils rouges sont apparus sur le test de grossesse, dans le silence épais de la maison.

Mais, tous ces moments-là, il faut que je les fasse resurgir. Que je les convoque. Que je les conjure. Ce n'est qu'au prix de cet effort que les images reviennent à la surface. Le soir d'octobre, lui, surgit à n'importe quel moment de la journée. Il est midi, je suis à la cantine, je dis des banalités, je me soûle de mots au risque de soûler les autres pour empêcher les sensations de monter dans les mollets et à l'intérieur des cuisses, mais je n'y parviens pas, il y a toujours un moment où le soir d'octobre l'emporte et où je capitule. Je me lève maladroitement, je prétexte que je dois aller aux toilettes, grossesse oblige, et je me retrouve dans les W.-C., assise sur la cuvette refermée, la tête dans les mains. À attendre que le souvenir passe.

Je voudrais parler à Fred, évidemment. Mais je le laisse courir. Parce que je ne vois pas de quel droit j'irais le déranger à nouveau. Il a trouvé un nouvel équilibre. J'ai appris qu'il sort avec une fille qui s'appelle Christine et qu'apparemment ils filent tous deux le parfait amour. J'en suis très heureuse pour lui. Vraiment. Je lui souhaite tout le bonheur du monde. Il le mérite.

Alors, cette réaction de ma part, dans la rue, elle m'a profondément dérangée. Parce qu'elle signifie qu'au fond je suis toujours en attente. En démonstration forcée. Que je lui envoie des messages. Que je désire le faire réagir. Que je suis toujours dans le désir et dans la séduction. Que tous mes discours et mes rationalisations s'écroulent devant le langage du corps. Je déteste être prise en défaut de la sorte.

J'ai passé la soirée à me maudire et à tenter de rattraper cet écart. Parce que j'ai nettement senti Thomas se raidir quand je me suis mise à rire et à singer le bonheur. D'abord, il n'a pas compris ma réaction – ce qu'il venait de dire n'était pas particulièrement drôle. Il a eu un mouvement de recul. Une puce à l'oreille. Il s'est retourné. Il a aperçu Fred, qui a instantanément baissé les yeux. La tension dans les muscles de Thomas. L'instinct de l'affront et de l'affrontement. Du territoire.

Je suis son territoire.

Je suis contente d'être en congé bientôt. Encore un mois dans cet établissement, quinze jours seulement si on décompte les vacances et, ensuite, je disparais jusqu'à la fin de l'année ou presque. D'ici là, j'aurai obtenu la mutation que j'ai demandée et si je ne l'ai pas, alors je me mettrai en disponibilité. Thomas va monter en grade et gagner de l'argent. Beaucoup d'argent. Je le devine à la jubilation qui naît en lui, par moments. À la force qui émane de ses mots. Père. Patron. Une apothéose. Je vais me reposer sur lui. Je l'ai souvent fait. M'allonger sur le rocher, bercée par la brise, engourdie de chaleur. Et m'endormir. Longtemps. Très longtemps. Au réveil, plus rien ne sera pareil.

MAI

Fred

Je n'y pensais plus. Je jure que c'est vrai. J'étais tellement dans la préparation du concours, les listes de vocabulaire, les critiques thématiques. Je me noie là-dedans depuis quelques semaines. Depuis que l'écrit n'a pas marché aussi mal que je le croyais. Depuis que je me dis que j'ai ma chance. Et puis, cela m'évite de penser à tout ce qui fait mal – la victoire de la droite et la déroute de tout ce en quoi ma mère a cru en mai 1981, la nomination de tous ces ministres qu'on croirait sortis d'un cauchemar. Et puis Tchernobyl, bien sûr. Tchernobyl avant tout.

Le 26 avril, quand j'ai appris la nouvelle, je n'ai pas réussi à tenir en place. Je suis descendu dans les rues de la ville. Je voulais juste marcher. Rencontrer du monde. Me dire que tout n'était pas fichu. J'ai déambulé pendant près de trois heures. Je me suis endormi épuisé. Je n'ai pas répondu au téléphone quand il a sonné. Je ne voulais pas commenter, m'inquiéter encore, regarder le ciel et scruter l'arrivée de particules radioactives qui allaient s'infiltrer dans tous les pores de ma peau et me transformer en cancer ambulant.

Je me suis dit que c'était la fin du monde – j'ai fermé les yeux en souhaitant ne jamais me réveiller. C'était la première fois que cela m'arrivait. J'ai songé brièvement à Christine, dont je suis séparé depuis deux semaines – trop d'approximations dans notre relation, et surtout trop peu de sentiments. Et puis à Myriam aussi. Oui, ce jour-là, j'ai eu une pensée pour elle, comme pour toutes les mères qui allaient mettre au monde des bébés dont le premier contact avec la terre serait souillé par une pollution d'un nouvel ordre. Un nuage qui s'étend sur l'Europe et qui contamine les sols et les animaux. Un nuage dont personne ne croit qu'il se soit arrêté à la frontière – je n'ai jamais entendu un mensonge aussi énorme et aussi ridicule. Un mensonge qui donne envie de hurler c'est bon maintenant, arrêtez de nous prendre pour des cons.

Depuis, non, je n'ai pas pensé à elle. Ou si rarement que cela ne compte pas. Je fais de réels progrès. Je ne m'accroche plus. Je vais mieux. Depuis Tchernobyl, j'estime qu'il ne faut pas gâcher son temps dans des relations pliées d'avance. Et qu'il faut savoir se définir des priorités. Dans l'immédiat, mes priorités sont professionnelles. Je veux une stabilité sociale et financière. Je veux pouvoir crever avec la certitude que j'avais trouvé ma place dans la vie.

Le lundi 28 avril, j'ai eu du mal à me lever. Une lourdeur dans les membres. Une lenteur dans les mouvements. Pour la première fois de l'année, j'ai téléphoné au collège pour prévenir que je ne viendrais pas travailler. Je ne me suis pas senti plus léger. Je suis descendu déjeuner au bistrot au pied de chez moi. Je n'avais pas le courage de me faire couler un café. J'ai vu la queue chez le médecin qui vient de s'installer, en face du bar. Presque automatiquement, je suis allé, moi aussi, m'asseoir dans la salle d'attente. Le 28 avril, nous allions tous mal. Des élucubrations mentales, des craintes irraisonnées sur notre présent et des peurs fondées quant à notre avenir. Le 28 avril, les cabinets des docteurs étaient pleins à craquer. Nous voulions tous des jours de repos. Un arrêt. Le temps de nous retourner et de nous demander ce que nous désirons vraiment, maintenant que le temps nous est compté. Quand mon tour est venu, il était presque 11 heures. Le médecin m'a fait signe d'entrer. Ce n'est qu'en m'asseyant sur la chaise noire, en face de lui, que je l'ai reconnu. Le mec qui avait fait pleurer ma sœur et qui l'avait amenée à écouter le disque des Motels des jours entiers. Je ne sais pas pourquoi, mais quelque chose s'est débloqué en moi. Des nœuds qui se relâchent. Je lui ai parlé de ce souvenir-là, de la voix de Martha Davis, de cet amour qui n'en est pas un pour une fille qui ne m'a rien proposé, des centrales nucléaires russes qui vont bientôt tous nous faire ressembler à des survivants de l'Holocauste, des décisions que je devrais prendre et de ma perdition. Je voulais dire que je me sentais perdu et j'ai employé ce mot-là, « perdition ». Il a posé ses coudes sur son bureau et il m'a fixé. Il m'a dit qu'il aimait beaucoup ma sœur. Qu'il l'avait toujours beaucoup aimée. Que cela aurait pu marcher si elle n'avait pas sans cesse tiré des plans sur l'avenir sans jamais profiter du présent. Il a ajouté qu'il était heureux que je veuille, moi, jouir un peu de l'instant. Surtout maintenant. Il m'a demandé si je me souvenais de la chanson de ce groupe allemand, Kraftwerk. *Radioactivity / Is in the air for you and me.* J'ai hoché la tête. Je pensais qu'il allait poursuivre mais non, il s'est juste mis à siffloter l'air en remplissant une feuille de maladie. À un moment il a relevé la tête, il a lancé « Deux semaines ? » et je n'ai pu qu'acquiescer. Je n'en revenais pas. En trois jours, le monde avait changé.

J'ai eu quinze jours pour moi.

Je n'en ai rien fait de spécial. J'ai étudié les œuvres au programme et les documents de civilisation sur lesquels je serais interrogé si jamais j'étais admissible. Je suis allé une journée à Paris avec Christophe et nous avons joué les touristes. Nous avons même pris un bateau-mouche. Au début de l'après-midi, tandis que nous descendions les Champs-Élysées, je lui ai dit que c'était presque dommage que nous aimions les filles, parce que sinon, nous aurions fait un couple parfait. Il a éclaté de rire et m'a répondu qu'il ne vivrait pas avec moi pour un empire. J'étais beaucoup trop passif. Je laissais voguer les choses et je ne prenais aucune décision. Il ne supporterait jamais ça. J'ai souri et je n'ai pas répliqué. Mine de rien, j'en suis resté vexé jusqu'à la moelle. Je ne me reconnais pas dans ce portrait. Je ne suis pas comme ça. Je me suis promis de m'engager dans les courants associatifs, les mouvements politiques, les concours de belote, les relations amicales et même amoureuses une fois que j'en aurais terminé avec Christine. Je crois que c'est à cause de, ou grâce à Christophe que je me suis séparé de Christine. Je suis allé la voir le lendemain de notre escapade parisienne, je me suis assis à la table de la cuisine, j'ai gardé mes mains dans mes poches et j'ai expliqué tout ce qui ne fonctionnait pas entre nous, et à mon avis pourquoi. J'ai ajouté que j'en tirais des conclusions et que la première, la seule en fait, c'était qu'il fallait que nous brisions là. Elle en a été soufflée, d'abord, puis vite soulagée. Elle souhaitait aussi que la relation s'interrompe mais elle ne savait pas exactement comment me l'annoncer vu qu'elle n'avait rien de bien précis à me reprocher. À un moment, le rouge lui est monté aux joues et elle a ri – elle m'a avoué que c'était la première fois qu'un garçon lui parlait aussi franchement et que, finalement, la franchise, ça avait un certain érotisme. Elle m'a demandé si je ne voulais pas, une dernière fois, sans enjeu, juste pour le plaisir. J'ai accepté. Nous nous sommes quittés en bons termes. Elle a ajouté que, si une de ses amies redevenait célibataire et qu'elle sentait que le courant pouvait passer entre nous, elle n'hésiterait pas à me le faire savoir. Quand je suis sorti de chez elle, j'étais gonflé à bloc. J'ai inspiré un grand coup dans l'air du soir. Et merde à Tchernobyl. Merde aux légumes qu'on ne peut plus manger, à la viande contaminée, à la terre empoisonnée, aux futurs enfants déformés et aux cancers de la thyroïde. Je voulais vivre quand même.

Au bout des quinze jours, mon corps avait repris des couleurs et mon esprit était saturé de citations anglaises et de lectures françaises, mais il avait retrouvé de l'agilité, de la légèreté. J'allais bien.

Entre-temps, Myriam avait pris son congé de maternité. Certaines de ses collègues lui avaient rendu visite. Les plus âgées lui administraient des conseils. Les jeunes mères arrivaient chez elle avec des sacs chargés d'habits déjà portés mais « comme neufs ». En général, pourtant, on parlait peu d'elle dans l'établissement. On savait son désir de mutation. On tournait la page. Son remplaçant semblait gérer les classes avec détermination et efficacité. C'est ce qu'on lui demandait. Il avait annoncé son intention de rester sur le poste. Il était marié, père de trois enfants. Il n'écoutait que de la musique classique.

Le mois de mai était là. Mes examens approchaient. Les jours ont défilé, je ne me suis rendu compte de rien.

Et puis, ce matin, je rentre dans la salle des profs et j'entends Catherine Jacquet qui annonce qu'elle a reçu un coup de téléphone de Thomas juste avant de venir au collège, il est papa depuis hier soir, vingt-trois heures, une vraie pile électrique, elle doit déjeuner avec lui à midi, il n'arrivait pas à s'arrêter de parler, c'était trop drôle. Sourires et mines réjouies à gauche et à droite. Gloussements de Catherine pour souligner le comique de la scène.

C'était trop drôle.

Je ne pensais pas que ça me ferait un tel choc. C'est totalement incompréhensible : je suis prévenu depuis presque sept mois, j'ai donc eu le temps de m'y faire, et puis surtout, il ne s'est rien passé entre cette fille et moi, quelques conversations dans un bureau désert, quelques regards appuyés, un moment volé à la pénombre d'octobre et basta. Je ne vois pas pourquoi j'en fais tout un fromage.

J'ai eu une image d'elle.

À demi allongée sur le lit de la clinique, parce que Thomas n'a pas voulu qu'elle accouche à l'hôpital, sa fille ne devait pas naître n'importe où, aux côtés de n'importe qui, et puis à la clinique, on s'occupe mieux des jeunes accouchées, les aides-soignantes sont plus polies et plus souriantes, elles savent que c'est important parce que s'il y a des plaintes elles peuvent se faire virer, on n'est pas dans le public ici, elles entendent ça tous les jours.

Je crache sur le privé.

Elle est à demi allongée, donc. Elle regarde le bébé avec un bon sourire, comme ces Vierges à l'enfant qui traversent les siècles, protégées par leurs dorures et leurs teintes doucereuses. Elle sourit. Elle caresse l'arête du nez et le bébé fronce légèrement les sourcils. Un rayon de soleil perce en oblique la fenêtre entrouverte. Dehors, c'est le mois de mai. Tout est tellement heureux que c'en est écœurant.

J'ai une autre image d'elle.

Il y a un incendie. Elle court dans les couloirs de la clinique. Elle devrait descendre les escaliers pour échapper aux flammes, mais elle veut avant tout récupérer son enfant dont elle vient à peine de se séparer. Des aides-soignantes en blouse rose l'ont amené à la nursery, pour que la mère puisse se reposer un peu. Et, maintenant, la mère est sourde et elle court parmi les débris. Elle voit les corps projetés au sol, les têtes arrachées aux corps, le carrelage jonché de membres. Elle reconnaît le visage de son bébé. Livide. Raide. Mort.

La puissance de l'évocation me fait sursauter. Ma collègue Béatrice me demande si je vais bien. Je réponds que j'ai très mal dormi et qu'il faut m'excuser si j'ai des absences. Elle lit un magazine du mois de mars. Un reportage sur la navette Challenger, disparue sous les yeux des familles des astronautes et des spectateurs. Elle murmure « Quelle horreur ! ».

Je me sens coupable de souhaiter la mort de quelqu'un qui vient de naître. Je me demande comment je pourrais expier ces images et me faire pardonner.

Je vais passer la voir à la clinique. Je vais lui apporter des fleurs, ou des chocolats. Cela me donnera bonne conscience et puis cela me permettra de tirer un trait définitif sur cette histoire grotesque. Je la verrai avec le bébé dans les bras. Je la verrai ne pas réellement s'intéresser à moi. Je la verrai avec sa nouvelle passion. Une nouvelle femme. En sortant, je serai tellement secoué que j'en tremblerai. Peut-être même une ou deux larmes, et les yeux qu'on dirige vers le ciel pour refouler les débordements. Je serai guéri. Complètement guéri. Il paraît que dans les hôpitaux, maintenant, on conseille à la mère d'un bébé mort à la naissance ou peu après de descendre à la morgue pour voir le cadavre de son enfant. Il paraît que ça aide à faire le deuil. Le bébé sera le cadavre de ma non-histoire d'amour.

C'est atroce de penser à des trucs pareils. Pour la peine, j'apporterai des fleurs *et* des chocolats. Et peut-être même aussi des magazines féminins. Des cadeaux à la mère et pas au bébé, puisque le bébé va crouler sous les présents. On pense toujours au nouveau-né et presque jamais aux parents. Le bébé, c'est leur cadeau principal, alors ils n'ont pas à protester. Pourtant, un bébé, c'est rarement un cadeau, au début. J'ai vu ma sœur et ses enfants. La fatigue qui s'installe. Les réflexions qu'on lance alors qu'on s'était juré de ne pas les prononcer, tant on a souffert des jugements à l'emporte-pièce pendant l'enfance.

Les emportements qu'on voudrait éviter mais qui montent et qui ravagent. Les nuits d'inquiétude à éplucher toutes les encyclopédies médicales disponibles dans le commerce et à s'épouvanter devant les symptômes de la mucoviscidose ou de la maladie de Krone. L'idée qui traverse le crâne, parfois, que sans enfants... Et toute la culpabilité derrière cet aveu qui accourt de l'inconscient sans crier gare.

Sans enfants, le voyage autour du monde dont on a toujours rêvé sans jamais le mettre en branle.

Sans enfants, le sac à dos, explorer les Andes et l'Himalaya, faire du batik avec les femmes balinaises, jouer du djembé à Ouagadougou, rentrer dans tous les livres de géographie. *Les femmes tahitiennes entament alors une danse lascive.* Retrouver les après-midi de l'école primaire, devant des reportages antédiluviens.

Sans enfants, courir les boutiques, se regarder dans le miroir des magasins, celui qui avantage la silhouette, et se dire que oui, on est encore séduisante, attirante, une démarche chaloupée et ils tomberont comme des mouches.

Sans enfants, des nuits à faire l'amour et des matinées pluvieuses sous les couvertures à lire des romans qui sentent l'herbe coupée et puis aussi *Ulysse* de Joyce puisqu'on s'est promis de lire un jour *Ulysse* en entier.

Sans enfants, les amis qui passent jusqu'au bout de la nuit, ce qui n'empêche pas de retourner au travail le lendemain, avec de la musique et des rêves plein la tête.

Sans enfants, décider de prendre une année sabbatique, une disponibilité des membres et du cerveau. Un accomplissement. Une plénitude.

Je me tiens là, immobile, inutile, devant la vitrine du fleuriste.

C'est le mois de mai, les couleurs éclatent. Les jaunes et les rouges sautent à la gorge. Le violet enlace pour mieux distiller son poison. Le vert explose dans la devanture et des myriades d'éclats viennent se ficher dans les yeux, sous la peau, la douleur est intense. Les fleurs sont indécentes. Elles s'offrent à tous les regards, corolle dégrafée, vue sur le pistil, pétales en forme de lèvres ouvertes, les étamines qui se laissent bercer par une musique intérieure. Devant la boutique de lingerie végétale érotique, je ne sais que choisir. Tout me paraît déplacé.

Les lys, peut-être.

Avec leur côté vieillot et royaliste. Un emblème de la dignité. Se draper dans leur blancheur comme dans un deuil hautain, une tragédie antique. Les poser d'un geste ferme sur la tablette en formica de la clinique, sans un mot. Croiser le regard médusé de la jeune mère. Adopter un ton glacial pour souhaiter tout le bonheur possible et puis s'en aller la tête haute et le cœur léger. Toutes les infirmières se retournent et accompagnent le mouvement, abasourdies. Elles murmurent entre elles. Elles disent « C'est quoi, ce machin ? ».

Je préfère les fleurs qui ne s'achètent pas. Les bouquets maladroits. L'assemblage, à sept ans, du jaune pissenlit et du blanc pâquerette. Les brassées plus tardives de genêts et de bruyère, la chaleur du sable et la douceur de la pierre. Les étendues de myosotis, des parterres entiers, un pointillisme naturel.

Les iris.

Avec ma mère, nous allions voir les iris.

C'était du temps où elle était encore avec mon père et où l'amertume n'avait pas rongé tous ses os. Elle sortait le vieux Solex noir du garage. Elle le posait sur la béquille. Elle pédalait pour lancer le moteur. Elle essuyait quelques gouttes de sueur qui perlaient à son front. Elle souriait. Elle portait une robe en coton imprimé, un tissu sur lequel les couleurs semblaient étinceler. Elle disait « Assieds-toi derrière, on va faire un tour ». Je grimpais sur le porte-bagages. Il y avait l'odeur de l'essence, du métal chaud, et puis celle de la femme devant moi. Je mettais les pieds dans les sacoches en cuir. Je lui enserrais la taille. Elle riait.

J'avais oublié le rire de ma mère, jusqu'à aujourd'hui.

Nous prenions les chemins de campagne. Il n'y avait pas beaucoup de voitures. Nous nous rendions à quelques kilomètres de la ville. Un site protégé. Dédié aux promenades dominicales en famille. Une oasis boisée au milieu des champs cultivés. La seule colline des alentours. Un ruisseau y coulait. Une mare y stagnait aussi. J'y récupérais des têtards et je croyais entendre leur cœur battre contre la paume de mes mains. Ils étaient à ma merci. J'avais sur eux droit de vie et de mort. Je les relâchais après leur avoir infligé un quart d'heure d'angoisse. J'étais persuadé qu'ils allaient raconter leur mésaventure à tous leurs copains têtards pendant des années. Les grenouilles entre elles parlent de la perversité des enfants.

Près de l'eau, il y avait des iris.

Ma mère voulait les regarder. Juste les regarder. Elle posait par terre une petite couverture qu'elle avait enfoncée au fond des sacoches et qu'à présent elle dépliait. Le rouge et le beige de la laine. Le vert de l'herbe. Elle se perdait dans les iris.

Surtout, il ne fallait pas les cueillir. Les iris « ne tenaient pas ». Les iris « fanaient dès qu'on les sortait de leur milieu naturel ». Les iris « avaient besoin d'eau et de nature ». Les iris « ne pouvaient pas être déracinés ». Les iris « étaient tellement fragiles ». Les iris « devaient rester là ». C'était leur demeure, leur sanctuaire. Les iris parlaient à ma mère. Les iris parlaient de ma mère.

Mon Dieu.

Je la revois. Je nous revois. C'est comme une vue du ciel. Elle est là, elle est jeune, elle est assise sur le chemin, elle regarde le violet et le jaune des iris – et moi je suis un peu plus loin, les pieds nus dans la vase, les mains à la surface de l'eau, je cherche les futures grenouilles.

Je comprends l'association d'idées. La visite à la maternité. Les images de ma mère. Je comprends, mais le frisson qui me saisit va beaucoup plus loin. Il naît à la rencontre du cou et du torse, sur le rond de l'épaule, et il diffuse le froid tout au long des terminaisons nerveuses.

Ce que ma mère est devenue. Cette femme qui s'aigrit, constamment en colère après mon père. Sa voix trop rauque, les Gitanes qu'elle enchaîne. Les cheveux qui perdent de leur vivacité et de leur couleur et qu'elle se fait teindre toutes les trois semaines, le jeudi après-midi, au salon de coiffure Mona-Lisa.

Cette femme aux yeux fatigués. La chair est flasque sous ses bras. Elle pend un peu. Son regard va fréquemment à la fenêtre, comme si la solution allait venir de là, de dehors. Parce que la solution viendra de là, du dehors. Un autre homme. Une autre histoire. Un nouveau départ.

Je passerai la voir, quand je sortirai de la maternité. Elle n'habite pas très loin de la clinique. Dans une tour en briques. Une construction des années soixante. Le summum de la modernité. Une barre de sept étages et de trois cents mètres de long, d'un seul tenant. Devant, les places de parking. Derrière, le petit parc où les enfants et les chiens vont traîner. C'est là que nous avons grandi, ma sœur et moi. C'est de là que mon père a pris la poudre d'escampette. C'est de là que nous partions, en Solex, voir les iris.

Je n'ai pas vraiment changé de lieu. J'habite une autre tour, dans un autre quartier périphérique. À côté de mon lieu de travail. Dans la ZUP. Il faut vraiment que je me bouge. Il faut vraiment que je puisse dire, quand je croise une ancienne connaissance, dans la rue que, oui je vais bien, je suis sur une pente ascendante, j'ai trouvé ma place au soleil.

Je crois que j'aimerais bien, un jour, sentir les mains de mon fils ou de ma fille autour de ma ceinture, tandis que nous fendrions la brise sur un vélomoteur pour aller rendre visite à mesdemoiselles les fleurs des champs et des rivières. À mesdames les iris. Ces vieilles dames un peu collet monté qui se tiennent sur leur trente et un, droites comme des I, en tendant un pétale, une main à baiser.

Je suis immobile devant la vitrine depuis bien trop longtemps. La vendeuse s'avance, goguenarde. Elle me demande si j'ai du mal à me décider. J'élude. Je demande si elle n'a pas des iris, par hasard. J'ajoute que je sais bien que c'est une fleur difficile à cultiver et à transporter et que...

Elle me coupe la parole. Elle hausse les épaules. Elle répond « Bien sûr que si ». Elle rentre dans la boutique. Je la suis. Les parfums m'assaillent. Elle indique un vase. En montre un autre. Je suis stupéfait. Je bredouille que je croyais que les iris ne tenaient pas, une fois sortis de leur milieu naturel. Elle sourit. Elle dit « Avant oui, mais maintenant, ils sont traités. Ils sont plus résistants. C'est le progrès ».

Je ressors avec une brassée d'iris progressistes emballés dans un papier plastique transparent. J'attends le bus pour me rendre à la clinique. J'ai l'air fin.

Myriam

Je l'ai vu entrer dans la chambre avec son bouquet d'iris et je ne l'ai pas reconnu tout de suite. Je ne m'attendais pas à le voir. Je savais que ma mère, mon père, ma sœur, mon oncle étaient en route, que des collègues allaient passer dans la journée. Je ne pensais pas qu'il ferait le déplacement. Cela m'a beaucoup touchée. Cela m'a fait plaisir.

C'est curieux parce que j'avais anticipé ce moment – la fois où je le croiserais pour la première fois avec le bébé. J'avais imaginé un coup au cœur et puis quelques balbutiements. Des phrases qui se terminent par des points de suspension. Des paroles coupées. Nous ne savions pas trop quoi nous dire. Nous étions maladroits. L'émotion nous étreignait tous les deux. Nous mesurions le chemin parcouru et nous nous égarions dans les suppositions. Et si ce jour-là, finalement, je l'avais embrassé ?

J'avais imaginé tout ça – et rien de tout ça ne s'est produit, comme chaque fois.

Mais, contrairement aux fois précédentes, je n'ai pas été déçue. J'étais juste contente de le voir. Un peu pataud dans la chambre d'hôpital. Ne sachant pas où poser les fleurs. Un chien dans un jeu de quilles. Un homme face à la maternité. J'ai compris à l'instant précis où il a placé le bouquet sur la table à roulettes en formica que je ne le désirais plus. Que tout était terminé. Qu'il y avait eu une passade sensuelle dont il était à la fois le héros et la victime, mais que tout était rentré dans l'ordre, à présent. Nous pouvions nous revoir.

Cette constatation aurait pu me rendre mélancolique, mais je n'ai senti que de la chaleur. De la douceur. Une familiarité. Et beaucoup de tendresse. Je ne veux pas qu'on fasse de mal à Fred. Il fait partie de mes proches, désormais. Il faut que j'arrive à le lui dire.

Il s'est approché du berceau, il a remarqué comme tout le monde que le bébé n'était pas une fille. Il n'a pas fait semblant d'être surpris. Il a expliqué qu'il était au courant et que Thomas et moi étions déjà l'objet de blagues récurrentes. Les parents à l'intuition puissante. Les convaincus de la féminité. J'ai souri. Je veux bien être la cible de sarcasmes. Je sais qu'ils sont bienveillants. Et puis, moi aussi j'ai éclaté de rire, au moment de l'expulsion, quand l'infirmière a annoncé que c'était un garçon. Tous nos pronostics déjoués. Le visage de Thomas s'est figé un instant, il a dit « Mais l'échographe... », puis il s'est rappelé que l'échographe n'avait pas pu établir de diagnostic précis. Alors l'hilarité l'a peu à peu gagné à son tour. Il était assis dans un coin de la salle d'accouchement, le visage entre les mains, il était heureux. Les infirmières ne savaient pas sur quel pied danser. Elles n'ont pas l'habitude que les pères restent. Elles avouent que c'est de plus en plus fréquent, et que, à la place de l'accouchée, elles désireraient la présence de leur homme, mais tout de même, cette masculinité dans la pièce, cela fait régner une étrange atmosphère. Bien sûr, il y a les obstétriciens, mais eux, on y est habitués. Ils font partie de la maison.

Ensuite, les moments se sont précipités dans la lenteur. Je ne sais pas comment dire ça autrement. J'ai l'impression d'avoir posé pour une série de clichés constituant un roman-photo, mais à l'intérieur de chaque prise le temps s'étirait. Nous l'avons appelé Pierre. Je l'ai tenu sur mon ventre. Il a tété à mon sein. L'infirmière m'a demandé si je préférais l'allaitement au sein ou au biberon ; j'ai senti qu'elle était pro-biberon, à travers les arguments qu'elle développait, mais j'ai tenu bon. Je veux pouvoir nourrir Pierre par moi-même. Quand il en aura envie. Où il le voudra.

C'est curieux comme prénom, Pierre. Je ne me souviens pas que nous l'ayons choisi. Thomas prétend que oui. Cela n'a pas beaucoup d'importance, en fait. C'est un joli prénom, qui se porte bien, qui se porte longtemps et traverse les générations. Un prénom solide. Un prénom auquel se raccrocher dans une vie. C'est seulement un peu trop sérieux pour un bébé de quelques heures, ou même de quelques mois. Pierre, cela sent les années d'étude, les heures passées à lire, des petites lunettes rondes, des cheveux bouclés.

Je suis fatiguée. Parfois, je ne trouve plus mes mots. Il y a tant de bouleversements. J'ai pensé à tant de choses quand la douleur montait et ensuite, dans la salle d'accouchement. Mon esprit divaguait et, en même temps, je n'ai jamais été aussi lucide. Je me souviens avoir vu précisément toutes les failles et toutes les beautés de mes parents, de mes amis, de Thomas, je pouvais dresser un portrait très précis de mon monde, une exacte géographie intime. Dans un coin, il y avait Fred, et lui aussi je le connaissais par cœur. À présent, j'ai tout oublié. Seule l'impression persiste. Je suis illuminée. Une guirlande de Noël. Tous les branchements de mon existence se sont mis à vibrer et, maintenant, je suis au centre de ma vie. Voilà. C'est comme cela que je le formule et je me moque que cela n'ait pas de sens.

Je ne peux pas m'empêcher de regarder Pierre. Je ne peux pas m'empêcher d'oublier les autres. Même son père. J'ai d'ailleurs du mal à me dire que, de son côté, il traverse des éruptions volcaniques et des tremblements de terre. Nous avons été séparés il y a quelques heures, nous errons sur des chemins opposés, mais un pont va nous permettre de nous rejoindre bientôt. En attendant, nous battons la campagne. Il est parti remplir les formalités à la mairie. Déclarer son fils et le mien. Pierre, Samuel, Raphaël. Thomas ne voulait pas lui donner de deuxième et de troisième prénom. Il dit qu'on se promène chacun avec son identité – un nom, un prénom – le reste, c'est nous qui le forgeons. Moi, j'avais le souvenir des crises de fous rires devant les Sylvie, Ginette, Albertine ou les Véronique, Antoinette, Joséphine, dans les classes de collège. La découverte des hontes cachées des autres. J'ai insisté. La seule chose que je souhaitais éviter, c'était le prénom des grands-parents ou des oncles. Je voulais explorer les chemins que nous n'avions pas parcourus. Les chevauchées chevaleresques d'un Arthur. L'ironie tendre d'un Antoine. Tous ces prénoms qui pendant neuf mois auraient pu tourner autour du bébé comme autant de petits lutins. Mais en fait, autour de l'enfant, il n'y a eu que des syllabes féminines. Des Émilie, des Amélie, des Ludivine, des Justine. D'habitude, c'est l'inverse. Les parents qui veulent un garçon et qui ont une fille. Nous faisons tout à l'envers de tout le monde. Et nous en sommes fiers.

Je m'aperçois quand même que j'ai choisi des deuxième et troisième prénoms qui portent à la féminité. Qui se finissent en « el ». Qui basculent dans la douceur et la soie. Je voudrais qu'en grandissant Pierre soit plus moelleux que son prénom, qu'il arrondisse les angles. Qu'il parle aux femmes avec de la retenue et une légère coloration de la peau.

En fait, au début, je voulais qu'il s'appelle Pierre, Fred, Samuel – mais ce n'était pas possible. D'abord parce que je ne voulais pas déclencher la colère du père et l'incompréhension de mes proches. Et puis parce que ce sont des prénoms impossibles à associer sur une même personne. Ces trois prénoms-là, ce sont comme trois amis qui voyagent ensemble, mais qui ont trois personnalités distinctes, qui ne se mélangent pas. Pierre, Fred et Samuel vont en bateau. Samuel tombe à l'eau.

Je n'ai plus peur.

Cela également ne date que de quelques heures. Toutes ces angoisses, toutes ces nuits à ne pas dormir, à sursauter dans mon lit, à protéger le bébé contre les inondations, les incendies, les prédateurs, tout cela s'est évaporé, remplacé par une évidence. Ma place dans le monde, elle est là, dans cette chambre confinée et étouffante, mon fils dans les bras. C'est ici que j'habite, à ses côtés.

Fred s'est raclé la gorge. Je l'avais oublié. J'avais déjà tendance à m'absenter du présent pendant ma grossesse, mais je sens que cela va aller en empirant. À l'intérieur de moi, il y a maintenant une poche duveteuse dans laquelle je peux me réfugier. À l'extérieur de moi, il y a un corps de trois kilos deux cents grammes qui réclame à intervalles réguliers que je le prenne, que je le berce, que je le nourrisse, que je le balance pour calmer ses maux de ventre. J'ai donné la vie.

Ces simples mots-là suffisent à faire naître un trouble que je n'avais jamais ressenti auparavant. Ils me grandissent. Ils me poussent vers le haut. Je suis une plante qui sort de terre et qui s'épanouit. Un iris qui se détache d'un bouquet. Cet iris-là, sur la gauche, celui qui semble s'ouvrir davantage et qui veut faire luire toutes ses couleurs.

Je n'aurais pas pensé aux iris. Pour aller rendre visite à une nouvelle accouchée, de toute façon, je n'aurais pas acheté des fleurs. Un hochet. Une peluche. Un jouet pour l'enfant. Des chocolats peut-être. Mais pas des fleurs coupées. Parce qu'elles vont flétrir vite et que ni la mère ni le bébé n'auront le loisir d'en profiter. Mais je suis touchée quand même. Je l'imagine dans le magasin de fleurs, en train d'hésiter. Se laissant guider par la vendeuse qui dit tout à coup « Oh, des iris, ce serait original... Vous n'allez pas les offrir à quelqu'un qui déteste l'originalité, non ? Bon, alors, je serais vous, je prendrais des iris ». Et lui qui acquiesce, parce qu'il n'a aucune idée de ce qu'il pourrait apporter. Qui a choisi des fleurs parce que, offrir des fleurs, « ça se fait ».

Je n'aime pas particulièrement les iris. J'ai voulu en cueillir une fois avec ma sœur et je suis tombée à l'eau. La berge était glissante. Je me suis penchée et tout à coup, j'étais face contre pierre, la tête dans le ruisseau. Je me suis coupée au front ce jour-là. J'ai eu peur. Mes parents aussi. J'étais sonnée, je n'ai même pas eu la présence d'esprit de relever la tête.

Il a fallu que mon père saute à son tour et me tire en arrière. Que je crache toute l'eau dans mes poumons. Et là, je me suis mise à crier et à grelotter. Les iris, pour moi, c'est ce souvenir-là.

Mais tout cela n'est pas grave. Tout cela n'a aucune importance. Les iris violets et jaunes sur la table en formica marron. Fred et la chemise bleu sombre qu'il porte sur un tee-shirt blanc. Pierre et ses cheveux noirs sur l'oreiller écru. Je lui ai enfilé une grenouillère rouge. Il dort à poings fermés. Il avive toutes les couleurs de la journée.

Fred se balance d'une jambe sur l'autre. Je crois qu'il m'a posé une question, mais je n'ai pas écouté. Je bredouille que je suis désolée, que je ne suis pas très concentrée aujourd'hui. Ça le fait rire. Il dit qu'il ne va pas rester, qu'il voulait juste passer me voir, s'assurer que tout allait bien, me féliciter. Et puis m'apporter des iris et des magazines féminins. Il sort de son sac en plastique cinq ou six hebdomadaires du genre de ceux que je ne feuillette jamais que dans les salles d'attente du dentiste et du gynécologue. J'en suis toute remuée. Je remercie à voix basse et puis je l'embrasse délicatement, sur la joue gauche, au-dessus de la ligne de flottaison de la barbe. Il s'est mal rasé. Il reste des poils noirs et une éraflure sur le menton. Fugitivement, un éclair, je le vois torse nu, devant le miroir de la salle de bains, le rasoir à la main, le désir monte en flèche – et redescend aussitôt. Je ne suis plus cette femme-là. J'ai donné la vie, maintenant.

Thomas

Je suis assis dans la baignoire vide. Je suis nu. Je regarde mon pied gauche – l'ongle du gros orteil mériterait d'être coupé. J'aime bien mes pieds. Ils sont bien formés. Ils sont dynamiques. Ils m'emmènent où je veux. Je suis convaincu qu'ils m'accompagneront ainsi jusque tard dans mon existence. La dernière trace de ma jeunesse sera là. Dans la voûte plantaire.

Pourtant, j'ai appris tout récemment que je ne peux pas me fier à mon intuition. Mon intuition, elle peut se jeter dans les orties et se rouler dans les ronces. Elle est d'un ridicule achevé. Une fille. Tous les prénoms féminins. Élodie, Émilie, Julie, j'avais un faible pour Alice, j'aurais bien mis au monde une fille découvrant le pays des merveilles. Toutes les robes, tous les manteaux que j'ai imaginés sans m'en rendre compte. Je ne les visualise qu'au moment où leur mort est déclarée. Enfin, peut-être pas une mort. Juste un sursis. Nous aurons un deuxième enfant. Et même un troisième, qui sait. Et l'un de ces deux-là sera une fille. Je croise les doigts.

Je croise les doigts et, en même temps, je n'en ai rien à faire. Je me sens balayé comme le pont d'un bateau un jour de tempête. Je tangue d'un côté de la maison à l'autre. Je sens encore les embruns. Je me croyais plus solide que ça. Je ne sais pas ce qui m'est arrivé, dans la salle d'accouchement. Nous avions pourtant révisé notre rôle. Nous avions appris notre partition par cœur. Mais je n'avais pas prévu tous ces mots qui m'ont assailli. Toutes ces bribes de phrases issues de l'enfance et de l'adolescence. Toutes ces images rêvées qui défilaient sous mes yeux, pour la première fois.

Quand Pierre est né, quand Myriam a cessé de crier et qu'elle s'est mise à rire, parce qu'elle s'est mise à rire, un rire de gorge, un rire profond, une libération inconditionnelle, je me suis adossé au mur. Je n'avais pas esquissé un geste. Je lui avais juste tenu la main et j'étais épuisé. Des courbatures le long des cuisses et des bras. Un relâchement des tensions. Il me semble que j'ai essuyé des larmes silencieuses.

Je regarde ma queue. Elle est flasque et mouillée. Je la remercie mentalement. Je n'ose pas le faire à haute voix. Je passe une main sur ma poitrine. Elle est presque imberbe. À peine quelques pousses. Quelques points de masculinité. Longtemps, j'en ai eu honte. Je trouve cela dérisoire, aujourd'hui. Je n'ai plus peur de rien. J'ai prouvé que je pouvais me reproduire. J'ai changé de camp. Je pense à tous ceux qui n'ont pas d'enfants. Je les plains.

Parce qu'une partie d'eux doit réclamer, par moments, une finalité. Un but. Un accomplissement. Une nouvelle naissance.

Je pense à l'année qui est en train de s'écouler. À tous les drames qui la ponctuent. Les hélicoptères qui explosent au Mali au-dessus du Paris-Dakar. Les navettes américaines qui se détruisent en vol devant les caméras de télévision. Les particules radioactives de Tchernobyl qui se promènent au-dessus de nous. Les journalistes français retenus en otages au Liban. Je sais qu'il va falloir protéger mon fils de tous ces dangers et lui expliquer que le monde dans lequel il vit est fait de violences. Pourtant, cela ne me fait pas peur. Je me sens assez fort pour cheminer à ses côtés et lui indiquer les raccourcis à éviter et les chausse-trappes dont il faut se méfier.

Je n'ai pas encore appelé mes parents. Je sais que je devrais le faire. Je sais que Myriam a déjà mis les siens au courant. Je crains l'absence de réaction. Le côté « C'est bien. Nous, on a cueilli des haricots verts ». Ils ne se sont pas montrés particulièrement intéressés par la grossesse de Myriam. Ils n'ont pas posé de questions. Ils n'ont pas essayé de savoir comment elle se sentait, ni comment je me sentais, moi. Ils ont souri gentiment et ils n'ont rien dit. Ils ne disent jamais rien. Je ne vois pas pourquoi je les informerais. En tout cas pas tout de suite. Pour l'instant, je veux jouir d'avoir un descendant et pas d'ascendant. Myriam, moi et Pierre. Sur terre.

J'ai appelé Christine, la collègue de Myriam. Je ne sais pas pourquoi. Parce que j'avais besoin de composer un numéro de téléphone et d'annoncer la nouvelle, en sortant de l'hôpital, et que je ne voulais pas parler à la famille. En fait, mon premier réflexe, ça a été de prévenir Colette et Stefano, mais ils ne se souviennent probablement pas de moi. J'ai laissé un message pour Ledoux au boulot. Je n'ai pas eu envie d'entendre la voix de Laurent. Sa fausse joie, sa décontraction feinte, sa vraie jalousie. J'ai voulu aller boire un verre au centre-ville, mais il était tard quand j'ai quitté la clinique et tous les bars étaient fermés. Je suis resté comme ça, à traîner dans les rues. À un moment, j'ai songé à aller réveiller Fred. Honnêtement. C'est étrange de penser cela.

Je me suis senti seul, cette nuit.

Pourtant, je n'ai jamais été aussi nombreux. Je n'ai jamais été trois comme maintenant. Responsable d'une femme qui est devenue mère et d'un enfant qui n'a que moi comme père. On m'a confié deux existences. Je vais m'en occuper. Simplement, je ne sais pas très bien à qui me confier, moi. Il faut que j'arrête ce cinéma. Cette plainte de nanti. Des dizaines de milliers de gens de par le monde échangeraient sans hésiter leur place contre la mienne, et moi-même je ne voudrais pas troquer ma vie contre celle de quiconque. Je suis perdu, je suis déboussolé, mais je suis plein. Le ventre de Myriam s'est vidé pour me remplir. Je suis un vase communicant.

Il faut que j'aille m'allonger un peu. Je n'ai pas réussi à dormir ce matin. J'ai rempli des papiers. Je suis allé à la mairie. J'ai fait naître Pierre dans l'état civil. Pierre, Samuel, Raphaël. Je suis retourné à la clinique à midi. J'en suis sorti à 16 heures, quand Pierre s'est enfin endormi. Myriam m'a fait promettre de prendre une douche et de m'octroyer une vraie nuit. Elle a ajouté qu'il ne servait à rien que nous soyons épuisés tous les deux. Et puis, elle aussi, ce soir, elle va oublier. Plonger. Elle confiera Pierre aux infirmières. Elles l'amèneront à la nursery. Nous avons tous besoin de repos.

Myriam

On ne sait pas on ne sait pas on ne sait pas pourquoi il n'y a pas d'explication ce n'est pas votre faute non non non surtout pas votre faute il faut vous retirer ça de la tête il faut vous le répéter tout le temps tout le temps ce n'est pas votre faute et puis il faut tenir le coup vous allez tenir le coup hein être forte il faut être forte prenez les médicaments c'est pour votre bien oui le médecin a dit qu'il fallait que vous les preniez régulièrement et puis après plus tard vous parlerez avec des dames à qui c'est déjà arrivé parce que ça arrive plus souvent qu'on ne le croit oui c'est ça laissez-vous aller laissez-vous aller pleurer ça fait du bien

elles s'agitent autour de mon lit et elles parlent sans arrêt parfois j'aimerais bien qu'elle arrêtent un peu de parler je voudrais un peu de calme avec mon bébé parce que ça fait quand même longtemps que je ne l'ai pas tenu dans mes bras je vais aller le chercher à la nursery parce que ça fait des heures qu'il y est maintenant toute la nuit et toute la matinée et ce n'est pas normal je suis sûre qu'ils lui font des examens mais ils ne m'ont pas prévenue ils exagèrent ils se foutent du monde je vais me lever mais je me sens toute faible c'est à cause des pilules bleues qu'elles me donnent et puis de leur pépiement elles pépient c'est ça comme des moineaux des petits moineaux dans un nid qui ouvrent le bec et réclament en plus il doit avoir faim mon bébé il doit avoir faim et soif et il veut mon sein mon sein est gros il me fait mal et mon ventre aussi me fait mal j'ai mal j'ai mal j'ai mal je vais le chercher mon bébé il m'attend

mon bébé il m'attend

non non non elles disent elles sont toutes autour du lit tout à coup elles me font penser à des poules qui caquettent et ça me fait rire j'entends mon rire mais elles elles ne rient pas il y en a même une qui fronce les sourcils elle dit quelque chose à voix basse à sa voisine et moi je lui demande ce qu'elle dit à sa voisine comme aux gamins de 3e 5 quand ils font ça parfois le jeudi soir je prends ma grosse voix et je dis fais-nous profiter de ce que tu racontes à ta copine et la femme à la blouse verte rougit violemment et elle baisse la tête elle est prise en faute et celle qui est plus vieille que les autres et qui doit être la chef recommence à parler à me soûler de paroles elle demande où je veux aller comme ça je lève les yeux au ciel je réponds voir mon bébé où voulez-vous que j'aille alors elle dit votre bébé est mort il est mort il est mort mais ce n'est pas votre faute ce n'est la faute de personne c'est comme ça les bébés parfois ça arrête de respirer je sais nous savons toutes ce que vous ressentez nous sommes à vos côtés nous vous épaulerons et votre mari il va arriver il va arriver bientôt il faut vous reposer maintenant les cachets vont vous aider à dormir un peu c'est important de dormir oui vous pourrez voir votre mari après comment c'est son petit nom à votre mari Thomas ? C'est beau Thomas et puis il a l'air gentil il est gentil hein ? je suis sûre qu'il est très gentil voilà c'est bien fermez les yeux ça va aller ça va aller ça va aller

ça va aller

je descends un long toboggan et je tombe dans la nursery qui fait aussi buanderie et qui est derrière la maison maintenant je vois Pierre il porte le pyjama jaune que je lui ai acheté la semaine dernière le pyjama jaune qui coûtait trop cher parce que c'est de la marque il n'y a que les bourgeoises qui ont des triplés qui viennent dans ce magasin des triplés avec des triplés ce qui est bien c'est que quand il y en a un qui meurt il en reste encore deux le pyjama jaune il devait le trouver trop rêche Pierre ou peut-être il n'aimait pas le jaune c'est pour ça dans le berceau il a l'air tout raide mais je le prends et il est tout mou il devient tellement mou qu'il fond on dirait du chocolat ou du beurre un mélange de beurre et de chocolat je vais faire un gâteau pour Pierre un gâteau de mercredi après-midi avec une maman contente et détendue et des enfants blonds qui arrivent en courant du jardin mais soudain ils font une drôle de tête parce que je suis avec Pierre tout mou qui coule par terre et les enfants me regardent d'un air dégoûté il y a du sang sur le carrelage et ils disent c'est toi qui l'as tué et moi je hausse les épaules je réponds bien sûr il n'est quand même pas mort pour rien il me faisait mal au ventre alors je me suis vengée j'ai mal au ventre j'ai mal au ventre je m'entends crier je sens des petites claques sur mes joues je ne veux pas ouvrir les yeux je ne veux pas les revoir les dames avec des blouses de toutes les couleurs elles vont encore me raconter des histoires de mon bébé mort alors que je sais mieux qu'elles comment il va mon bébé parce que c'est moi sa mère c'est moi sa mère

c'est moi sa mère

je flotte je ne sais pas comment ça s'est passé j'étais dans la nursery buanderie derrière la maison et maintenant je plane entre les nuages j'ai allongé les bras c'est agréable sauf que je perds des gouttes de lait qui tombent du ciel en faisant des bruits de bombes je suis un bombardier mais je ne veux pas être un bombardier et mes seins coulent de plus en plus et ils me font mal tant il y a de liquide et chaque fois qu'une goutte tombe à terre elle creuse une tranchée elle tue des femmes et des enfants et ils crient en m'entendant je fais un bruit de tonnerre je déchire l'après-midi de printemps et j'entends quelqu'un qui dit c'est parce qu'elle a laissé mourir son bébé elle est une mauvaise mère elle veut se venger et un autre qui hurle que je ne vaux rien comme mère il vaut mieux s'arrêter de respirer que d'être né de mes entrailles mon moteur crachote je perds de l'altitude je vais m'écraser sur une maison non ce n'est pas une maison c'est un bâtiment en brique avec un grand H blanc dessiné dessus je rentre par le toit de l'hôpital tout le monde s'enfuit partout

et moi je ris je ris je ris parce que j'ai atterri juste à côté du berceau de Pierre alors que je croyais que enfin je me disais que mais non vous voyez ce n'était qu'un cauchemar mon bébé il est là il est bien là qu'est-ce que j'ai eu peur voilà maintenant je peux rouvrir les yeux c'est bien tout est fini tout va bien on va rentrer chez nous d'ailleurs Thomas va venir nous chercher mon bébé arrête de ne pas pleurer mon bébé je t'en prie pleure mon bébé crie pleure hurle hurle s'il te plaît hurle s'il te plaît

hurle s'il te plaît

j'ai mal je ne sais pas quel jour on est j +1 j +2 ça dépend du point de départ la vie ou la mort ou la vie ils veulent m'emmener voir le bébé ils disent que c'est important évidemment je veux le voir mon bébé depuis le temps ils n'ont pas le droit de me le prendre comme ça et de le tenir loin de moi pauvre petit bout de chou plein de peau j'ai à peine eu le temps de le voir de sentir sa chaleur contre mon ventre mon sein mon cou mes bras ses yeux qui regardent en noir et blanc son nez qui reconnaît déjà mon odeur ou alors c'est parce que l'odeur ne lui plaisait pas il s'est dit non je ne veux pas vivre avec cette odeur-là mais moi je n'y peux rien on ne peut pas changer d'odeur comme ça à moins que ça soit possible ici à l'hôpital ils peuvent me renseigner il faut que je voie un docteur que je lui demande comment je peux changer mon odeur parce que je crois que mon bébé ne l'aime pas trop

maintenant il y a un docteur devant moi je suis assise dans une grande pièce avec un papier peint marron et des sièges en cuir marron aussi tout est marron ce n'est pas une couleur que j'aime le marron je n'utilise jamais de marron quand je fais des dessins mais je prends souvent de l'ocre je dessine des sanguines c'est bizarre comme nom sanguines je me demande si je suis une sanguine en tout cas ici tout est marron ma mère porte toujours du marron des manteaux en velours marron mais elle elle ne dit pas marron elle dit des mots comme fauve ou châtaigne elle doit être contente d'être grand-mère ma mère je me demande où elle est elle n'est même pas venue voir le bébé le docteur fait claquer ses doigts ça me fait sursauter il crie il dit revenez parmi nous maintenant revenez parmi nous mais non non non je ne veux pas je suis bien là avec mon bébé dans les bras et eux je suis sûre qu'ils ne nous veulent pas du bien reste avec moi Pierre reste avec moi avec ton corps tout froid pourquoi est-ce que ton corps est tout froid

pourquoi

le docteur me regarde par en dessous c'est un vrai moulin à paroles en plus sa voix est monocorde elle me berce je ne comprends pas tout ce qu'il me raconte je retiens que je vais bientôt sortir de l'hôpital il parle aussi d'accompagnement psychologique et des gens qui m'entourent pour lesquels il faut vivre mes parents mes frères et sœurs et puis mon mari bien sûr il dit aussi que sa porte sera toujours ouverte si j'en ai besoin et puis j'aurai un numéro à appeler si ça ne va pas mais je lève les yeux au ciel comme quand j'étais dans les cours de physique au lycée et que je ne comprenais rien je gonfle mes joues et je laisse sortir un souffle agacé et je fais mes yeux d'insolente c'est ce qu'il disait monsieur Latour cessez de faire vos yeux d'insolente mademoiselle et moi je roulais mes yeux comme des billes en disant que je ne comprenais pas ce qu'il voulait dire et ça faisait rire toute la classe j'étais une rigolote moi au lycée j'avais de l'entrain et de l'impertinence je voudrais que Pierre ait cette impertinence-là

il continue de pérorer dans son bureau marron sur son siège marron il dit que je suis en plein déni que c'est normal dans un premier temps que ça fait partie du travail de deuil c'est étrange ces mots-là déni deuil ils font bizarre dans le discours ils me heurtent ils s'enfoncent dans ma peau comme des piqûres et ils m'injectent un liquide qui me rend nerveuse c'est l'inverse du sérum de vérité le *pan total* c'est comme ça que ça s'appelait dans les séries américaines que je regardais le samedi après-midi sur la première chaîne il y avait toujours des méchants qui avaient du pan total qui faisait avouer la vérité aux gentils qui avaient caché des trésors ou qui protégeaient des victimes potentielles et moi je croyais que ça s'appelait le pain total à un moment j'ai mélangé pan total et pain complet et je ne voulais plus manger le pain que ma mère achetait mais pourquoi je pense tout le temps à ma mère j'en ai marre de penser à ma mère maintenant c'est moi la mère c'est moi la chef de famille c'est moi la mère

c'est moi la mère

maintenant je suis de retour dans ma chambre et je ne sais pas comment j'y suis arrivée on dirait une série de diapositives et entre elles il y a du noir si ça se trouve je suis dans le coma en fait c'est peut-être ça le problème je suis dans le coma et j'essaie de lutter pour retrouver mon chemin ma vie la chambre Thomas et Pierre où sont-ils il ne faut pas que je les laisse tout seuls ils ne savent pas se débrouiller Thomas n'y connaît rien aux couches et aux biberons moi non plus mais je suis sûre qu'il y a un instinct l'instinct maternel mais si ça se trouve je ne l'ai pas moi l'instinct maternel il paraît que ça arrive et c'est tombé sur moi et c'est pour ça que je ne l'ai pas entendu je ne l'ai pas entendu arrêter de respirer je ne l'ai pas entendu s'affoler parce qu'il a bien dû s'affoler non ? il a bien essayé de m'appeler et puis il a suffoqué comme dans mon cauchemar celui qui revient tout le temps je plonge dans la piscine je fais une bonne longueur sous l'eau mais quand je veux ressortir je n'y parviens pas parce que entre-temps quelqu'un a mis une grille sur l'eau et je n'arrive pas à la pousser avec les mains ou la tête elle est bien fixée et l'air me manque et les poumons brûlent et plus je me débats pire c'est je comprends tout à coup que je vais mourir là je vais mourir là je voudrais mourir là je ne réussirai jamais à vivre sans mon bébé mon premier bébé mon aîné je ne réussirai jamais à vivre avec lui mort agrippé à mon sein je préfère me laisser entraîner vers le fond de la piscine et attendre l'explosion à l'intérieur l'eau qui gonfle les tissus et déforme mon corps voilà je reste là je reste au fond de la piscine

je reste là

allez madame allez on revient on est là allez on est forte on est courageuse on fait des efforts allez et ils vont dire quoi vos amis et vos frères et sœurs et vos parents et votre mari hein il faut y penser vous allez nous remonter la pente hein bien sûr que vous allez remonter la pente une belle jeune femme comme vous qui a la vie devant elle vous allez nous montrer votre courage hein on compte sur vous allez on se réveille on se réveille tiens eh bien justement voilà votre mari il est là votre mari

votre mari

il est là dans l'embrasure de la porte et toutes les dames en blouse blanche s'en vont avec les fleurs qu'on m'avait offertes parce que les fleurs maintenant ça fait cimetière surtout les iris je déteste les iris je déteste les iris je ne peux plus les voir en peinture

il s'avance dans la pièce il marche comme un funambule alcoolique il voudrait sourire il a tellement l'habitude de sourire quand il me voit mais non il n'y arrive pas ce n'est ni le lieu ni le moment alors ses lèvres retombent je n'aime pas quand elles prennent ce pli-là je n'aurais pas aimé voir cette expression sur la bouche de mon enfant mon enfant mon bébé je ne peux pas l'appeler Pierre Pierre coule au fond de l'eau une romancière anglaise en a mis dans ses poches pour mieux se noyer Pierre ce n'est pas un prénom pour un bébé il n'en a pas voulu j'ai mal au ventre son prénom lui est resté coincé dans la gorge et l'a étouffé et personne n'a rien entendu sauf la petite fille à côté de lui elle l'a vu elle avait les yeux grands ouverts elle s'est mise à crier et à pleurer mais c'était déjà trop tard et c'est ma faute bien sûr la faute de qui d'autre c'est la mère la seule responsable quand un bébé arrête de respirer j'ai mal aide-moi Thomas j'ai mal je regarde la pendule sur le mur d'en face

il est neuf heures et demie, le deuxième matin après la mort de mon fils.

Fichez-moi la paix, tous.

Fred

Je suis assis à la table de la cuisine. J'écoute les bruits familiers de l'immeuble. La voisine du dessous tente de tromper le chômage en briquant son appartement. Le gardien de l'immeuble passe en bas en faisant tinter ses clés. Je me rassure. Tout est comme avant. J'habite dans ce quartier depuis trois ans déjà. Je suis surveillant dans le collège à côté Ma vie est un peu morne mais elle prend parfois de belles couleurs mordorées. Elle a été blessée par le passage d'une femme que je n'ai pas eu l'occasion d'aimer, mais ce n'est rien de grave finalement. Je n'ai rien de grave.

Elle, si.

Je ne peux pas encore penser à elle. Dès que j'essaie d'imaginer, la chambre d'hôpital, le caquetage infirmier, le gouffre au centre de la poitrine, l'abîme dans les entrailles, le saut dans le vide mental, j'ai la gorge qui se serre et le souffle un peu trop court. Je sens ma peau se tendre sur mes joues et mes yeux s'embuer. Je ne veux pas m'embuer. Ni moi, ni elle surtout, nous n'en avons besoin.

Ni lui, non plus.

C'est lui que je trouve le plus décalé. Le plus ahurissant. Je ne comprends toujours pas, mais je ne cherche pas, je laisse aller. Il y a des moments où la logique cède chez les êtres humains, et la seule chose bien que l'on puisse faire, lorsqu'on en est témoin, c'est accompagner. Soutenir. Être là et attendre que leur tempête s'éloigne.

Quand j'ai ouvert la porte, hier soir, j'ai sursauté. Il m'a fait peur. Ses yeux qui luisaient. Son visage en couteau. Ses traits défaits de draps froissés. J'ai cru qu'elle lui avait enfin avoué ses sentiments, tout à trac, juste après la naissance de leur fils, qu'elle avait expliqué calmement, d'une voix blanche, qu'elle n'en pouvait plus de ce mensonge permanent, qu'elle savait que sa vie maintenant n'était plus à côté de lui mais à côté de moi et qu'il n'y avait rien à faire, l'amour ne se justifie pas, le besoin ne connaît pas de répit, il faut faire ta valise, débarrasser ma vie et le plancher qui nous relie, je veux de l'air, de la lumière, de l'eau, je veux Fred, il est mon nouveau monde.

J'entendais même les accents violoneux d'une chanson à la mode. Elle accompagnait la tirade. Les paroles devenaient poignantes. Les accords allaient crescendo jusqu'à nos retrouvailles, elle, moi, main dans la main, le bébé dans le porte-bébé sur mon ventre à moi, je suis un hippocampe.

J'ai cru qu'il venait me frapper. J'ai cru que nous allions nous battre. J'ai jeté un coup d'œil autour de moi, pour repérer ce qui pourrait me servir d'arme, au cas où. Un coup de cendrier derrière la nuque. Un porte-parapluies dans les tibias. Un combat ridicule.

Il restait immobile dans l'entrée – une apparition. Son regard était impossible à déchiffrer. Morne. Mort-né. J'ai décomposé les mots en le dévisageant. Il ne bougeait pas d'un pouce. Il fixait un point par-dessus mon épaule. Je ne suis pas persuadé que j'existais pour lui. Pourtant, il venait de sonner à ma porte. J'ai prononcé son prénom d'une voix sourde. Thomas. Je l'ai répété, à peine plus fort. J'ai entendu les échos des moqueries enfantines. Il s'est fait appeler Tomate. Tomato ketchup. Atome. Toto. La lumière du palier s'est éteinte. Je distinguais à peine sa silhouette statufiée. J'ai été pris de panique. Dans l'obscurité, je ne pourrais pas anticiper le coup porté, esquiver le mouvement. J'ai préféré le faire entrer. S'il fallait combattre, au moins nous combattrions à la loyale.

Mais je savais bien, au fond, que je ne risquais rien.

J'avais remarqué l'abattement très particulier de ses bras. La mollesse de ses cuisses. Le désespoir de ses mains. Je l'ai mis sur le compte de la rupture récente. Je n'ai rien envisagé d'autre. Je me suis dit qu'il voulait me rencontrer une fois encore, pour comprendre. Que je lui offre un thé pour parler d'elle et essayer de saisir ce qui l'amenait à le plaquer, là, maintenant, alors qu'ils partageaient le bonheur de devenir parents ensemble.

Je l'ai pris par le bras et il s'est laissé faire. Il a regardé ma main comme un corps étranger mais intéressant, un objet d'étude scientifique. Il l'a soulevée et l'a portée devant ses yeux. Il a examiné la jointure entre le pouce et l'index. Il a suivi les lignes de vie. C'est là que j'ai compris qu'il allait mal. Très mal. C'est là que j'ai commencé à douter. À imaginer le pire. J'ai demandé ce qui se passait. Il a répondu que j'avais une grande ligne de vie et que c'était bien d'avoir une grande ligne de vie.

Et il s'est effondré.

Je n'avais jamais vu ça. Une telle chute. Syncopée. Un corps qui se recroqueville, plié en deux par une douleur abdominale qui remonte jusqu'au plexus solaire et la bouche qui se déforme dans un cri muet. Les yeux fermés, les paupières tendues à l'extrême. Les membres en état de choc. Un manque. Un manque de vie et d'air.

J'ai eu très peur. J'ai eu vraiment peur.

Je n'ai pas réfléchi. Je me suis jeté sur lui, juste pour l'empêcher de se faire mal. Juste pour que ses jambes arrêtent leur danse de Saint-Guy et que ses bras ne soient plus secoués de tremblements. Je me suis trouvé à répéter ce qu'on répète dans ces cas-là, quand on ne sait rien, quand on ne comprend rien. Des mots dénués de sens qui disent là, tout ira bien, tout ira bien, calme-toi, calme-toi, ça va aller, ça va aller.

Je me suis souvenu de ma mère en train de me passer le gant de toilette sur le front et de m'éponger le dos. C'était une forte grippe. J'avais huit ans.

Je me suis rappelé cette même mère, en boule sur le canapé, sa tête contre mon ventre, je lui caressais les bras, je parlais sans discontinuer. Mon père venait de la quitter. J'avais dix ans.

J'ai eu une vision de nous deux, un étrange combat, je l'empêchais de bouger, je le retenais, je mettais ma main entre sa tête et le sol de l'appartement, parce qu'il voulait se frapper, encore et encore, de longues minutes, jusqu'à l'épuisement.

Autour de nous, mes feuilles de cours, éparpillées. Mon cœur cognait dans ma cage thoracique. Je me demandais quelle heure il était et qui allait venir à la rescousse.

Personne n'est venu. Je n'ai pas eu besoin d'aide, finalement. À un moment, son corps s'est arc-bouté puis les nerfs ont lâché – il était soudain lourd et presque flasque, tous les muscles défaits. Ses joues se sont inondées et, entre deux hoquets, il a réussi à prononcer quelques mots. Le bébé, il est mort. Le bébé, il est mort. Le bébé, il est mort.

Je ne sais pas expliquer ce qui m'a traversé à ce moment-là. Cette envie de disparaître. Cette certitude d'être la cause. Le *deus ex machina* involontaire. Et cette compassion. Je n'aurais jamais cru ressentir de la compassion pour lui. De la compassion, un renoncement et comme un amour. Tout cela en même temps. Une tendresse incompréhensible. J'ai pris ses mains dans les miennes, et puis ses bras dans mes bras, sa tête dans mon cou. Je voulais le protéger désormais. Que personne plus jamais ne lui fasse de mal.

Tout était si confus.

Il a pleuré longtemps. Ensuite, il s'est détaché très doucement. Il y avait des traces humides sur ma chemise. Il a eu un bref sourire. Une gêne à l'instant de retrouver le contact visuel avec l'autre. Plisser les lèvres dans ce qui pourrait ressembler à un remerciement. Il a baissé la tête.

J'ai demandé comment.

Il a répondu d'une voix monocorde. Un enchaînement de mots, des Legos rouges qui s'empilent et forment une auto, une maison, un château. Il a raconté l'infirmière qui vient vérifier le sommeil des enfants, la voisine de berceau qui hurle et la vision du corps trop abandonné pour n'être qu'endormi. La mort subite du nourrisson, la Mort Subite, tu te souviens c'est un nom de bière, j'en buvais il y a quelques années, on en rigolait avec les copains, de boire de la Mort Subite, et la bière maintenant, tu vois, c'est la mise en terre, le cercueil, il y aura une petite cérémonie à l'hôpital, ils nous ont demandé de venir, ni elle ni moi nous n'avons pu, ils ont dit que ce n'était pas bien, qu'il fallait que nous nous forcions parce que, autrement, nous ne pourrions pas faire notre deuil, mais je n'ai pas envie de faire mon deuil, déjà, je n'arrive pas à faire face, simplement, hier, je ne sais pas comment j'ai trouvé le courage de retourner à l'hôpital, je savais que je devais voir Myriam, qu'il fallait que je la prenne dans mes bras et que je la soutienne mais en même temps, je ne sais pas comment expliquer, elle me faisait horreur, oui, le mot sonne bizarrement, mais c'est exactement celui-là, le contact de sa peau me révulsait, j'aurais tout donné pour ne pas la toucher, pour ne pas l'avoir connue, parce que elle et moi, tu comprends, ça n'amène que du malheur, elle et moi, c'est de la mort, rien que de la mort.

J'y suis quand même retourné et je suis entré dans sa chambre, elle dormait à poings fermés, assommée par les pilules qu'ils lui donnent pour qu'elle supporte, et tu vois, j'en ai été soulagé, vraiment soulagé. L'infirmière qui était à côté du lit, parce qu'il y a toujours quelqu'un qui la veille, dans les premiers jours, tu comprends, l'envie d'en finir est trop grande je suppose ; l'infirmière qui la gardait, donc, est sortie et, en passant à côté de moi, elle a baissé les yeux. Je me suis dit qu'il fallait que je m'attende à ce type de réaction dans les années à venir. Une timidité, un recul, tu comprends, je suis l'homme dont le bébé est mort et il n'y a rien de pire que ça, perdre un enfant en bas âge, il traîne sur les parents un ciel plombé, des nuits de nuages, un destin. Je n'ai pas envie de laisser planer cette ombre sur moi, tu comprends, je voudrais de la légèreté, je voudrais du bonheur, depuis deux jours, tout ce que je veux, c'est du bonheur, et il ne peut plus y en avoir nulle part.

Il s'est tu.

Nous étions dans le salon, sur le canapé bleu. Le motif du tissu, des paramécies. Le papier peint, de timides points rouges sur un fond beige. Les meubles ne sont pas adaptés au décor. Les couleurs jurent entre elles et s'envoient des insultes. C'est mon appartement. C'est chez moi. Pourtant, la présence de Thomas était tellement incongrue qu'elle modifiait toute ma perception de la pièce. Je ne reconnaissais rien. J'habitais chez quelqu'un d'autre. Dans un nouvel espace-temps. En compagnie d'un homme que j'aurais dû détester et que je ne voulais que soutenir.

Je me suis demandé combien de fois, dans ma vie, j'aurais encore ce genre d'étonnement. De retournement. De mise à nu.

Il s'est ressaisi. Il s'est assis raide comme un piquet, le dos calé contre le dossier du canapé. Il regardait droit devant lui. Je sentais encore l'humidité de ses larmes sur ma chemise. Il a commencé à s'excuser. Il n'avait rien à faire ici, il devait être au côté de Myriam, il fallait qu'il y retourne. Elle n'avait que lui. Bien sûr, ses parents, sa fratrie étaient maintenant au courant et prêts à l'épauler. Bien sûr, elle avait des amies et des collègues qui viendraient l'aider et qui s'échineraient à lui maintenir la tête hors de l'eau. Respire. Respire encore.

Mais au fond, elle n'avait que lui dans cette épreuve. Les couples sont solitaires quand ils s'attendaient à être des trios.

Il s'est levé. Une sorte d'automate maladroit. Il m'a remercié presque cérémonieusement. J'ai eu un entraperçu décalé du ton et du phrasé qu'il devait employer au travail, avec ses collaborateurs. Beaucoup de courtoisie et quelques saillies cassantes dans le rythme. En face de lui, ses subalternes ne savaient pas sur quel pied danser. J'imaginais les réflexions. « Une main de fer dans un gant de velours », « Je m'en méfie comme de la peste », « Je ne le trouve pas franc du collier ». Il a ouvert la porte et il ne s'est pas retourné. Il n'a pas allumé l'interrupteur. Seul le bouton de l'ascenseur s'est mis à briller. Les portes qui s'ouvrent. Le néon. Il disparaît.

Je comprends le sens d'« abasourdi ». Je suis abasourdi.

Trente secondes, une minute peut-être. Le bruit métallique de l'interphone. Et le gémissement. Le gardien de l'immeuble m'a aidé à le remonter chez moi, tandis qu'il murmurait des phrases incompréhensibles. Nous l'avons allongé sur mon lit. Le gardien attendait des explications. J'ai écrit la phrase sur un bout de papier. J'étais incapable de la prononcer. Le gardien a avalé sa salive et il a hoché la tête. Dans ses yeux, il y avait de l'effroi.

Tous ces mots, tous ces noms et ces adjectifs que je croyais alambiqués et dont je découvre soudain le sens et la portée. J'ai vingt-deux ans, je sais désormais ce que veulent dire « abasourdi » et « effroi ». Je touche la douleur. Elle réagit sous la pression de mes doigts. Je me fais l'effet d'un monstre fasciné par sa propre laideur. Mon identité m'échappe. Je ne sais plus quelle est ma place dans le monde. Je ne sais pas si on peut aider son prochain. Je ne sais pas si on peut épauler. Je ne sais surtout pas si j'en ai envie.

Je devrais esquiver. Prendre la poudre d'escampette. Jouer les filles de l'air. Mais je ne suis pas une fille et je ne suis pas fait d'air. Je suis assis à la table de la cuisine. J'ai l'impression de voir la carte de ma vie étalée devant moi. De si nombreux chemins. De si larges ornières.

Thomas

Pourquoi j'ai fait ça ?

Pourquoi, au lieu de passer la nuit à côté d'elle, allongé en chien de fusil sur un lit de camp prêté par l'hôpital, à guetter ses moindres réactions, pourquoi est-ce que je suis allé m'étendre sur le matelas de mon rival virtuel en laissant couler tout ce qui devait couler ?

J'ai honte. J'ai honte de m'être laissé aller. J'ai honte de m'être donné en spectacle. Je me souviens de ma mère qui me répétait tout le temps, quand j'étais gamin, qu'il ne fallait pas se donner en spectacle. Elle le rabâchait parce que, apparemment, j'avais des « dispositions », je pouvais être très « comédien ». Je ne me rappelle pas les situations qui amenaient ces commentaires. Je me souviens seulement que depuis l'adolescence, je fais attention. Je prends garde de ne pas trop en faire. De ne pas tomber dans l'excès. C'est ce qui me vaut une vraie cote professionnelle. Je suis mesuré. Je ne tape pas sur l'épaule, comme Dumont. Je ne monte pas dans les octaves. Je ne gesticule pas.

Hier, j'ai gesticulé.

À un moment, même, je me suis vu. J'étais au-dessus de moi. Je me regardais, allongé sur le sol de la cuisine de Fred et lui sur moi, en train de m'agripper. Il a mis sa main entre ma tête et le carrelage pour éviter que je ne me fasse trop mal. C'est sa paume qui a pris les coups que je voulais m'infliger. Je n'arriverai plus jamais à le regarder en face. Mais ce n'est pas grave. Nous ne le reverrons pas. Jamais. Je vais aller chercher Myriam et je lui parlerai à voix basse. Je lui expliquerai ce que sera notre avenir. Notre déménagement. Nous irons habiter au bord de l'océan. Je renoncerai à la promotion sociale. J'accepterai un poste de cadre moyen, une planque. Nous nous réinventerons à l'autre bout de la France. Nous partirons en catimini. Nous regarderons droit devant nous au moment de sortir de la ville. Nous n'aurons pas de souvenirs. Je couperai les liens avec mes parents s'ils ne viennent pas nous voir. Cette ville sera rayée de notre carte. Nous n'y aurons jamais vécu. Ce sera plus facile pour elle que pour moi. Je suis d'ici. J'en viens. Mais à partir de maintenant, je ne veux plus vivre que pour elle. Pour qu'elle aille bien.

De toute façon, rien ne me rattache ici.

Ici, je n'ai pas d'amis.

J'aurais déjà dû me rendre à l'évidence quand j'ai appris que j'étais père, mais, à ce moment-là, tout le reste n'était que broutilles. Je me le suis repris en plein dans la tête quand je n'ai plus été père, tout à coup, et que les autres, les liens, tout ce qui pouvait me maintenir en vie, quand tout cela est devenu le centre du monde.

Quand le téléphone a sonné et que je dormais encore. Quand j'ai pensé que c'était encore des félicitations, des cris de victoire et de joie, des débordements affectifs et des explosions de joie. Quand je me suis levé la tête toujours dans les bourdonnements de la veille, avec devant les yeux les images de l'accouchement. Quand j'ai décroché et que j'ai entendu la voix du médecin qui disait il y a un problème, il faut que vous veniez tout de suite, vous devez venir tout de suite. J'ai regardé la pendule, il était dix heures et demie du matin, il faisait un soleil splendide, je me répétais mentalement que rien de vraiment grave ne pouvait arriver avec un temps comme ça, c'était un temps pour les bonnes nouvelles, pour les communions, les confirmations, les assomptions.

Quand j'ai passé les portes du troisième étage et qu'ils m'ont reconnu. Quand soudain, je me suis retrouvé entouré d'une nuée de gens en blouse blanche, tous avec ces mines défaites, ces yeux sérieux, la minute d'avant, je les avais entendus rire entre eux, mais je n'avais pas le droit d'être de la partie. J'ai pensé mon Dieu, faites que Myriam n'ait rien. Je n'ai pas immédiatement pensé à Pierre. J'imaginais des hémorragies, des complications. Je me suis même figuré sortir de l'hôpital avec un bébé dans les bras et pas de mère. J'avais peur. Je claquais des dents. Alors quand ils ont parlé de Pierre, d'abord je n'ai pas compris. D'abord, j'ai été soulagé. Myriam n'avait rien. Je n'avais rien. Nous n'avions plus rien.

Quand le chef de service est arrivé affublé de cette femme elle aussi en blouse blanche qui portait un badge « Gisèle. Psychologue ». Quand ils m'ont demandé d'une voix douce de les suivre, que le médecin m'a effleuré la main et que je me suis rendu compte que mes doigts étaient glacés. Quand ils m'ont fait asseoir dans la pièce trop sombre, les murs tendus de moquette brune, une affiche de la campagne contre le tabac, un oiseau et des dizaines de cigarettes, j'ai pensé, ce n'est pas pour nous, depuis que Myriam est enceinte, j'ai arrêté de fumer et elle, elle crapote à peine de temps en temps, plus rien depuis la grossesse bien sûr, nous sommes des gens bien, responsables, respectables, nous avons donné la vie, nous la chérissons.

Quand le médecin s'est raclé la gorge et qu'il a commencé. Quand il a employé les mots « perdu », « disparu », « s'en est allé », lui qui sillonne les couloirs de la clinique et qui tutoie la mort tous les jours. Quand la psychologue a précisé qu'il fallait d'abord attendre que le premier choc soit absorbé, quand elle a évoqué les répliques possibles, psychologiques s'entend, pendant plusieurs semaines voire plusieurs mois. Quand ils ont parlé du corps qui devait se reposer mais ensuite, dès qu'elle serait à nouveau fécondable, il faudrait la féconder. Quand ils ont ajouté qu'il fallait qu'ils disent cela maintenant, même si les paroles étaient insupportables à entendre aujourd'hui. Quand ils ont insisté sur le fait que ce n'était la faute de personne, bien sûr, qu'on ne comprend jamais exactement, qu'on ne sait jamais pourquoi.

Quand ils m'ont demandé plusieurs fois si j'allais bien, si j'étais sûr d'aller bien. Quand ils m'ont proposé des calmants, les mêmes qu'à votre femme, elle en a besoin. Quand j'ai demandé à aller la voir et qu'ils ont répondu bien sûr. Quand ils m'ont demandé de signer un papier pour l'autopsie et que ce mot a résonné dans ma tête, il sortait tout droit des séries télévisées de l'après-midi, les enquêtes des policiers allemands ou bataves. Quand, avant de me laisser sortir, ils ont parlé de la petite cérémonie, ils ont dit ces mots-là « petite cérémonie », comme s'il s'agissait d'un départ en retraite ou d'un gain au loto pour lequel on déboucherait une bouteille de champagne. La petite cérémonie de crémation. Ou alors l'enterrement. Quelque chose en tout cas, vous comprenez. Pour le rituel. C'est important pour commencer le travail de deuil. Quand j'ai répété les dents serrées que je voulais voir ma femme.

Quand je l'ai vue. Elle dormait les poings fermés comme une enfant. Ses yeux bougeaient sous ses paupières. Elle respirait bruyamment. Ils ont expliqué que c'était l'effet des médicaments. Elle serait sonnée pendant quelques heures. Elle aurait sans doute besoin d'être sonnée pendant quelques jours, quelques semaines. Interdiction de conduire, bien entendu. Il faudrait la surveiller. Prendre des jours de congé. Ou charger de la surveillance la belle-famille qui venait d'arriver. Ils avaient été mis au courant. Ils étaient à l'hôtel. Ils attendaient que la clinique leur indique le moment opportun pour venir. Ils pleuraient beaucoup.

Quand je l'ai vue. Quand je suis entré sous ses paupières et que j'y ai vu le monde en ordre et toutes ces constructions qui allaient être anéanties au réveil. Quand je l'ai détestée tout à coup. Quand j'ai voulu qu'elle meure, là, pour ne pas avoir à souffrir au réveil. Quand j'ai voulu que le monde entier disparaisse. Quand j'ai dit que j'avais besoin de prendre l'air et que Gisèle la psychologue a répondu bien sûr, bien sûr. Quand j'ai couru dans les couloirs de la clinique. Quand j'ai bousculé la vieille dame qui entrait, que venait-elle faire là, si vieille, toute une vie derrière elle, elle n'allait quand même pas se plaindre. Quand j'ai retrouvé le dehors et la brise de mai qui continuait de souffler par intervalles, annonçant de jolis jours, un joli été, une nappe, une grande table, des invités du dimanche, une petite cérémonie dans les champs, une naissance peut-être.

Quand j'ai couru sur les trottoirs. Quand j'ai enfilé les rues jusqu'à en perdre haleine. Quand je me suis mis à cracher mes poumons et que je me suis dit tant mieux, tant mieux, crève, crève là, tout cela n'est qu'un mauvais rêve, tu vas te réveiller, crève. Quand j'ai pensé au bébé. À cette sensation soudaine, le manque d'air. Le torse en feu. Les organes qui se rebellent. Une noyade dans un verre d'eau. Un étouffement sous plastique. Comment c'est possible, ça ? Comment c'est possible, d'un coup, de s'arrêter de respirer ? Est-ce que ça fait mal ? Est-ce qu'il a eu mal ? Est-ce qu'il a eu envie d'appeler à l'aide ? Est-ce qu'il a crié dans son langage de bébé qui voit en noir et blanc qu'il voulait ses parents, l'odeur de sa mère, la voix de son père ?

Quand j'ai pensé à ses doigts, ses tout petits doigts crispés, recourbés sur le vide.

Quand j'ai reconnu le quartier. J'y étais arrivé machinalement. Le collège où je suis venu la chercher parfois. Les tours, des menaces quand le soir tombe. J'appelais l'agression. De toutes mes forces. Je voulais être étendu par terre pour quelques pièces de monnaie. Je voulais sentir des coups dans mes côtes. Je voulais avoir mal physiquement. Une vraie gifle. Ma mère, quand elle trouvait que j'exagérais la douleur, que je faisais « le Marseillais » comme disait mon père, elle me flanquait une claque et elle ponctuait le geste de « Comme ça au moins tu pleureras pour quelque chose ». J'ai voulu pleurer pour quelque chose. Et puis j'ai vu le numéro en bas du bâtiment. Celui qu'on appelle la Tour Verte et dans lequel on regroupe toutes les nationalités et les couleurs de peau qui ne s'accordent pas avec celles des autres tours. Il y avait une grappe de gamins devant l'immeuble. Ils m'ont regardé d'un air bizarre mais ce sont eux qui se sont éloignés. Je devais faire peur. Par les fenêtres ouvertes, j'ai entendu la télévision. Consonne, voyelle, voyelle, consonne. La vie qui continue. C'était l'heure du repas pour les plus couche-tôt. J'ai vu le nom de Fred sur la boîte à lettres, son étage. Je me suis dit que chez lui, tout allait s'arrêter. Que j'aurais le temps de me poser et de réfléchir calmement. De trouver les solutions aux problèmes. Il y a toujours des solutions aux problèmes.

Il n'y a pas de solution au mien.

Le corps de Pierre est toujours aussi petit. Il attend la petite cérémonie dans son petit cercueil. Il nous condamne à une vie de regrets et de moments d'absence. Quand nous aurons les yeux dans le vague, nous serons en train de nous l'imaginer. Nous peuplerons nos existences de « si ». S'il avait vécu. S'il avait grandi. S'il était là. Il serait en CP, en CM2, en troisième, en terminale. Depuis hier matin, j'ai une double vie. J'existe ici et maintenant et je suis aussi en pointillé, là-bas et ailleurs. À côté de lui. À côté d'elle. Une famille idéale. Celle que nous ne serons plus jamais.

Je ne me mens pas. Je ne me suis jamais menti. Je ferai tout ce que je dois faire pour l'aider à sortir de là. À nous sortir de là. Des marécages. Des sables mouvants. Je me souviens quand j'étais gosse, je lisais les aventures de mes héros dans *Pif Gadget* et il y avait toujours un moment où Docteur Justice ou Rahan-le-fils-des-âges-farouches étaient pris dans les sables mouvants. Les sables mouvants étaient très à la mode au début des années soixante-dix ; le chloroforme aussi. C'est moi le héros, maintenant. Je vais chloroformer mon héroïne et l'aider à se dégager des sables qui la broient. Mais je sais ce qui se passera ensuite. Je suis le héros, je suis bien dessiné, on m'a inventé d'autres histoires. Je vais m'en aller. Nous ne pourrons pas rester ensemble. Il y a un cadavre entre nous, et il est si petit, il est si frêle qu'on pourrait croire qu'il n'existe pas. Quand nous nous coucherons le soir, nous ne parviendrons pas à dormir. Comme la princesse au petit pois dont le sommeil est dérangé par ce minuscule légume posé sous son matelas. Notre petit pois. Notre petit poids. Notre pierre. Nous ne pourrons jamais nous en débarrasser. Pas si nous restons ensemble. Parce que nous nous le reprocherons. Nous nous le renverrons dans les moments de haine. Je ne veux pas de moments de haine.

Je suis fatigué. Je suis harassé. C'est le matin et pourtant déjà je ne parviens plus à penser droit. Trop de phrases dans ma tête. Trop d'images aussi. Je ne sais pas où je vais. Je suis largué dans l'espace.

Après elle, il n'y aura plus rien. Je ne veux pas vivre avec quelqu'un d'autre. Je ne veux pas d'une autre femme dans mon lit. Pourquoi est-ce que je pense à ça ? Ce n'est pas à ça que je devrais penser. Je ne devrais pas être dans l'avenir. Je devrais être dans l'instant. Me dresser une liste d'objectifs pour la journée. Une liste ou bien un seul. La faire tenir. La tête hors de l'eau. Comme un père avec sa fille, quand elle apprend à nager. C'est bien, continue, bouge tes jambes, fais des ronds avec, c'est ça, et les bras aussi, tu les tires bien en avant, voilà, tu vois que tu y arrives, crache si tu as bu un peu la tasse, ce n'est rien, c'est le métier qui rentre, vas-y, continue, c'est bien, continue. Je suis debout, les pieds dans la vase, j'ai les jambes transies mais je m'en fous, l'important c'est qu'elle bouge encore, l'important c'est que la chaleur circule en elle et que le sang bouillonne, l'important c'est qu'elle reste en vie, encore, une journée, deux jours, cent jours, dix ans, elle s'éloigne de ce moment-là, du moment de la douleur, de l'impact, et plus elle s'éloigne, plus elle nage loin, plus elle oublie, plus elle nous oublie, plus elle oublie Pierre et plus elle m'oublie, moi, bientôt elle n'est plus qu'un point à l'horizon et c'est là seulement que je me rends compte que c'est moi qui suis dans l'eau et qu'elle est restée sur la plage, que je peux me noyer maintenant, là, c'est bien, de l'eau partout et puis le silence, enfin.

JUIN

Myriam

J'ai dit que j'allais faire un tour et, comme d'habitude, ils ont tous les deux relevé la tête et ils m'ont jeté un coup d'œil soupçonneux. Ils se sont demandé brièvement s'il fallait m'accompagner ou pas, ils ont peur que je fasse une bêtise, on ne sait jamais, dans son état, elle pourrait sauter d'un parapet ou bien se précipiter devant une voiture lancée à vive allure, un choc mat, un éclatement des veines, du sang partout, un désastre. Mais en même temps, la vie doit reprendre son cours, et les docteurs ont bien spécifié qu'il ne fallait pas non plus trop de sollicitude, c'est le mot qu'ils ont employé, « sollicitude », comme une solitude illicite, il convenait de me laisser aller à ma guise, d'ailleurs, c'était impossible de me pister vingt-quatre heures sur vingt-quatre, ils n'allaient pas nous signer des arrêts de travail à tous les trois, les usines devaient continuer à tourner, les collèges à embrigader des gamins et les supermarchés à berner les clients. Moi, oui. Moi, j'ai eu le droit à l'arrêt de travail de deux mois renouvelables. Jusqu'aux grandes vacances. Et pour ces vacances-là, évadez-vous.

Partez loin. Faites-vous plaisir. Les médecins se sont mis à ressembler à des agences de voyages, ils ont déployé le sable, le soleil, la mer, les vahinés – il paraît que c'est la recette miracle de l'oubli.

Moi, je préfère marcher. Dans les bois ou dans la ville, il y a peu de différence, au fond. Marcher, c'est avant tout une façon de se retrouver et de laisser le corps décider de son itinéraire. Les arbres ou les gens, ce ne sont que des décors amovibles, ils n'existent plus que comme obstacles potentiels. Je marche des heures. Je coupe à travers champs, j'ai les pieds pleins de terre, je pénètre dans la forêt, elle m'engloutit. À d'autres moments, je conduis jusqu'à l'entrée de la ville, je me gare sur les parkings périphériques, et j'arpente les avenues, les boulevards de ceinture, je me soûle du bruit des voitures.

Aujourd'hui, c'est dimanche 19. Il vient de pleuvoir. Le sol est détrempé. J'accumule les détails. Je me sens mieux, dehors. Le dimanche, ils sont là tous les deux, comme des infirmiers, et l'ambiance est lourde. Agaçante. Je suis obligée de leur préciser que je ne suis pas malade. Que je suis autonome et valide. Ils me traitent comme une petite vieille, comme une handicapée. Fred est encore pire que Thomas. La semaine, c'est plus facile. Fred s'occupe de moi le lundi et le mercredi, Thomas le mardi et le jeudi. Ils ont réussi à bousculer leurs emplois du temps. Ledoux a été très compréhensif, paraît-il. Au collège, Fred a prétexté des changements dans les cours de préparation à l'oral du

Capes. Personne n'a relevé. Mes collègues ne savent pas très bien où Fred en est, où j'en suis moi-même, ni où Thomas erre. Ils ne posent pas de questions, comme ça, ils esquivent les réponses dérangeantes.

Le vendredi, Fred et Thomas tendent le dos. C'est la seule journée où ils débarrassent enfin le plancher et me laissent seule. Et encore. Comme par hasard, un vendredi c'est ma mère ou ma sœur qui débarque ; un autre, ce sont les parents de Thomas qui pointent leur nez, sous prétexte que Thomas a demandé à son père de faire de menues réparations électriques. J'échappe rarement à l'enfer des visites. La dernière fois que j'ai vraiment été seule, c'était à la maternité. C'était juste après.

Respirer un grand coup. Expulser tout l'air. Courir un peu. L'exercice est très bon conseiller. En outre, il permet de dormir comme un bébé, mais ce n'est pas la bonne comparaison en ce moment. De toute façon, en ce moment, il n'y a pas de bonne comparaison. Pas de belles métaphores non plus. Il n'y a aucune figure de style. Je suis les conseils de l'obstétricien. Chaque fois que vous sentirez le vide se faire en vous, vous verrez, ça ressemble à un siphon de baignoire quand il aspire l'eau ou à la vue aérienne d'un cyclone en formation, quand vous vous sentirez attirée vers le bas, vers un trou intérieur, alors levez bien haut les jambes et courez, un, deux, un, deux. Quelques centaines de mètres. Ensuite, même petite foulée mais en essayant de claquer vos pieds contre vos fesses. C'est un échauffement. Et il n'y a que les échauffements pour lutter contre la noyade.

Voilà. Le siphon jette un dernier renvoi, un rot sonore. L'ouragan se désagrège, laissant la place à une dépression passagère, une pluie d'été. Je peux reprendre ma route.

La semaine prochaine, Fred n'est pas là. Il passe les oraux de son concours. Il devrait réviser aujourd'hui, encore et encore, mais il prétend qu'il ne peut pas, qu'il est arrivé à saturation. Il a proposé à Thomas de jouer aux échecs. Il sait que Thomas ne dit jamais non à une partie d'échecs. Il sait que Thomas va le battre à plate couture et que, même si la victoire est facile, il sera satisfait. Thomas n'a pas perdu la soif de vaincre. C'est bien pour lui. Moi, vaincre, dominer, entreprendre, ça ne m'a jamais vraiment intéressée.

Je vais être deux jours seule. J'ai prévenu Thomas que je ne voulais pas de coup fourré et de visite à l'improviste. Il a baissé la tête. Il a rougi jusqu'aux oreilles. J'allais lui dire « Ne fais pas l'enfant », mais les mots se sont bloqués dans ma gorge. Il y a tellement d'expressions qui mettent en jeu les enfants et les bébés, je n'y avais jamais fait attention avant.

Fred est venu habiter avec nous à la fin du mois de mai. J'avais besoin de lui. C'est devenu une évidence, soudain. J'étais revenue de la clinique depuis une semaine. Je partageais de nouveau ma vie avec Thomas, qui avait pris ses congés en urgence, sacrifié les semaines d'août pour cette fin mai début juin en demi-teinte climatique, des bourrasques, des passages nuageux. Nous nous regardions toute la journée en chiens de faïence. Nous cherchions dans les yeux de l'autre le gouffre qui était au fond de nous. Le matin, je cachais mes cachets. J'avais décidé de tenir tête à la douleur, quitte à ce qu'elle me fasse plier en deux, quitte à ce qu'elle me fasse crever. J'ai trouvé en moi un courage qui m'a étonnée, mais qui ne changeait rien. La force est un fétu de paille en face d'une disparition. Rien ne résiste à la mort. Je sentais régulièrement le siphon de la baignoire se vider et je sentais mes pieds, mes jambes et mon sexe aspirés. Le pire, le plus humiliant, ce sont les visites chez le gynécologue. Les fils de l'épisiotomie que l'on retire, un cri sans aucune compensation. Les organes que l'on palpe alors qu'ils ne servent à rien. Les montées de lait inutiles et toutes les amertumes qu'elles drainent.

Thomas se servait de mes pilules, le soir. Il tenait le choc jusqu'au crépuscule, il me croisait dans la maison, il me demandait cent fois par jour si ça allait, comme si ça pouvait aller, il nettoyait, il balayait, il perçait des trous, il préparait à manger, il voulait absolument se rendre utile mais surtout pas me prendre dans ses bras. La nuit, il lui fallait des comprimés pour accepter l'idée de nos corps qui se frôlent et se heurtent parfois. Et puis aussi, il avait des cauchemars. Les cauchemars, moi, je jugeais que c'était une étape positive. Je trouvais qu'il avait de la chance. Mes nuits étaient d'un blanc cotonneux. Des nappes grises de brouillard qui se déchiraient pour laisser entrapercevoir d'autres nappes grises de brouillard, jusqu'à l'infini.

Ça a duré sept jours. Le septième jour, je me suis assise dans le canapé et je l'ai appelé. Une maîtresse d'école grondant un élève de CE1. Il est venu tout de suite, la tête basse, les mains derrière le dos. On ne peut plus continuer comme ça, Thomas. Il ne bouge pas. Ses muscles sont tendus à l'extrême. Je vois la vibration d'une veine dans son cou. Il attend le couperet. La décapitation. Je ne lui veux pas de mal. Tout ce que je veux, c'est mon bébé. Qu'est-ce qu'on peut faire, Thomas, pour changer, sans nous casser tous les deux ? Il lève les yeux. Son regard est perdu, presque absent. Il me bouleverse. Il va me chercher au-delà de la mort de Pierre, dans un endroit qui n'appartenait qu'à nous deux, avant. La première soirée, les éclats de voix dans le restaurant, Stefano, la lumière adoucie par les abat-jour. Je n'ai pas envie de te quitter, Thomas. Je n'ai pas non plus envie de continuer. Je ne veux pas non plus être seule. Je suis épuisée. Je ne sais pas quoi faire.

C'est lui qui a suggéré Fred.

Un onguent. Un antibiotique local. Une couche de gaze.

J'ai froncé les sourcils.

Thomas a avalé sa salive. Je revois sa pomme d'Adam qui monte et qui descend. Il s'empourpre un peu. Il explique. Il bafouille. Il dit qu'il a vu Fred hier, en allant faire les courses, et que Fred lui a demandé ce qu'il pouvait faire pour nous. Thomas a haussé les épaules. Il a répondu rien, bien sûr, rien, il n'y a rien à faire. Mais en fait, il y a beaucoup réfléchi et il croit maintenant que ce n'est pas vrai. Que Fred pourrait aider. Pourrait t'aider. Pourrait m'aider aussi. À supporter tout ça. À passer le gué.

Il a prononcé ces mots-là, « passer le gué », et j'ai immédiatement vu la reproduction d'un tableau qu'il y avait dans la salle à manger de mes parents, quand j'étais petite, avant que les papiers peints ne se transforment en peinture blanche et que les photos ne cèdent la place à des objets hétéroclites rapportés de voyages lointains. C'est une femme en robe bleu et jaune, une paysanne endimanchée. Elle aide un petit garçon à traverser la rivière. Le petit garçon ne doit pas savoir nager, ou il a peur, tout simplement. Alors, elle l'a fait grimper sur son dos et, ensemble, ils vont passer de l'autre côté. Ils traverseront à l'endroit où le fleuve est presque à sec. Elle posera ses pieds sur lcs picrrcs platcs, précautionneusement, et elle avancera, centimètre par centimètre. La traversée du gué sera longue. Le petit garçon enfoncera son nez dans la chevelure de la paysanne. Il respirera les odeurs de terre mouillée et de crasse, le parfum de la menthe et celui, plus léger, de la sauge. Il s'en souviendra toute sa vie. Une fois de l'autre côté, elle le laissera descendre. Ils disparaîtront l'un pour l'autre.

Je suis restée silencieuse un long moment.

Thomas s'était assis. Il regardait par la fenêtre, mais il n'y avait rien à voir. Parfois, à la campagne, dehors, il n'y a rien à voir. La route sur laquelle ne passe aucune voiture. Les champs immobiles. Pas un être humain à la ronde. Une fin du monde. On donnerait tout pour l'agitation inutile et le bourdonnement urbain.

Il s'est raclé la gorge. Il a ajouté qu'il ne pourrait pas rester en arrêt indéfiniment, qu'un jour ou l'autre il faudrait qu'il retourne au travail, mais qu'il ne veut pas me laisser traîner ici, dans cette maison à l'écart, il ne veut pas que je sois seule, même si je le désire. Pas tout de suite, pas maintenant. Alors il a pensé que Fred, peut-être. Parce qu'il a confiance en lui. Parce qu'il est extérieur à tout ça, parce qu'il n'appartient à aucune de nos deux familles, parce que.

Je l'ai interrompu. Les mots et les phrases s'étaient tus dans mon cerveau. Ils avaient cessé de courir d'un hémisphère à l'autre. Ne flottait plus que le visage de Fred. Incertain. Je n'étais pas sûre de bien m'en souvenir. J'aurais été en tout cas incapable de le dessiner. Pourtant, les iris ne dataient que d'une douzaine de jours. Ou d'une douzaine d'années.

J'ai dit oui – et j'ai eu l'impression d'un creux nouveau, sous le plexus solaire. Un creux différent de celui qui m'aspirait, ces jours derniers, celui qui commençait sous le ventre pour s'élargir jusqu'aux cuisses. La formation inopinée de cette nouvelle dépression m'a surprise, à tel point que j'en ai momentanément oublié la douleur, l'absence, le vide.

Un dérivatif.

Lorsque j'ai eu le temps d'y réfléchir plus à loisir, c'est le mot qui m'est venu à l'esprit. Thomas m'offrait Fred comme un dérivatif. Un dérivatif au deuil. Un dérivatif au noir. Et à ces étendues enneigées devant moi, ce décembre en plein été. Un perce-neige. Je m'arrête de marcher, je m'accroupis, je regarde cette fleur fragile qui ose défier la température et je comprends qu'il y a encore de la vie sous cette épaisse couche blanche. Un dérivatif. Un bateau sur lequel dériver un peu, perdre de vue son cap, se persuader que tout cela n'a aucune importance puisque nous ne sommes que poussières dans l'univers et qu'un de ces jours une météorite géante ou un virus mutant d'origine radioactive éradiquera l'humanité de la surface du globe. Un dérivatif, comme un dériveur.

J'ai appris la voile, quand j'étais enfant. Mon père y tenait beaucoup. Nous vivions près de la mer et il fallait dompter les éléments naturels. Mon frère aîné était une tortue géante. Lourd et malhabile sur le plancher des vaches. Retrouvant toute son envergure et son agilité une fois lancé sur l'océan. Il gagnait des régates, rapportait des trophées. Un grand avenir lui était promis dans la discipline. Cela n'a pas été exactement le cas. Ce n'est pas qu'il ait échoué, non. C'est simplement qu'il était très bon, mais pas dans l'excellence. Dans le génie. Il a participé aux championnats de France, comme équipier. Il s'est classé dixième, septième, sixième, jamais au-delà. Son coéquipier choisissait un autre second et marchait vers les podiums. Mon frère, non. Il n'en a jamais conçu aucune amertume. Il a ouvert un magasin de bateaux.

Il a cinq ans de plus que moi. La première fois que je suis allée sur l'océan, c'était avec lui, sur un dériveur. J'étais morte de peur, mais j'étais tellement accrochée à l'idée de rester en vie coûte que coûte que j'en ai oublié ma frayeur. Longtemps après être revenue au port et avoir touché terre, j'étais restée les doigts agrippés sur le gilet de sauvetage que je n'avais pas voulu retirer. Est-ce qu'un homme peut être un gilet de sauvetage ou une bouée ? Un de ces objets disgracieux qui flottent au gré des courants et qui, soudain, deviennent l'unique chance de survie, le centre de toute l'attention ?

Je me retourne. Je ne vois plus la maison. J'ai coupé à travers champs. Je suis à l'orée du bois, maintenant. Je me demande quelles paroles peuvent échanger Thomas et Fred en ce moment. Je me demande souvent de quoi ils peuvent parler ensemble, et s'ils parlent seulement. S'ils vont plus loin que les civilités et le partage des tâches ménagères.

Les voir tous les deux me procure des élans d'affection. De ces bouffées de tendresse dont je croyais être débarrassée à tout jamais et qui m'embarrassent. Qui me gênent. Qui me culpabilisent. Je ne comprends pas comment je peux encore être touchée par ce qui se passe autour de moi alors qu'en moi tout est mort.

Ils parviennent même parfois à me distraire. Il m'arrive de sourire, quand ils se cognent l'un contre l'autre dans la cuisine en rangeant les ustensiles et se confondent en excuses sans jamais se regarder. Quand l'un des deux pénètre dans la salle de bains alors que l'autre s'y trouve déjà et que le premier ferme précipitamment la porte comme s'il avait vu un fantôme. Un autre homme s'observant dans la glace. Le comble de l'indécence. Ensemble, ils sont malhabiles. Et fragiles. J'ai envie de les dessiner. Et ça aussi, ça me détruit.

C'est la première chose que j'ai faite en rentrant de la clinique. Je suis entrée dans la pièce qui me servait d'atelier. J'ai enlevé tous les tableaux en souffrance, j'ai replié le chevalet, j'ai rangé mes couleurs, mes sanguines, mes palettes. J'ai tout mis dans la grande malle en bois. Je l'ai descendue avec peine dans le jardin. Thomas a refusé de m'aider. Il se tenait dans un coin de la cuisine, les bras croisés et le regard buté. Je n'ai pas eu le courage de tout brûler. Je suis allée à la déchetterie. Je me souviens du soulagement en entendant le bruit sourd du matériel qui se fracasse contre l'amoncellement d'autres objets. Je me suis demandé comment j'allais faire, pour le boulot, comment j'allais expliquer que, désormais, il était hors de question que je prenne un pinceau ou un crayon et que je couche sur le papier des représentations tronquées. Je me suis demandé si j'allais être obligée de démissionner et comment j'allais subsister. Et puis j'ai haussé les épaules. Cela n'avait, après tout, que peu d'importance. Je verrais bien. Et si je ne voyais pas, ce serait tant mieux ou tant pis. Je m'effacerais, volontairement ou non. Dans la voiture, sur le trajet du retour, j'ai siffloté « A Night Like This », des Cure. Cure, en anglais, ça veut dire guérir. Abandonner le dessin et la peinture, c'était refuser de guérir. Refuser la médiation. La convalescence. Toutes ces conneries sur l'art qui éloigne la douleur. C'était vivre en face de la disparition, les yeux dans les entrailles, la bouche dans le sang.

Et maintenant, je voudrais les peindre. Les peindre tous les deux, plusieurs tableaux, une série complète, douze, vingt-quatre, des tableaux d'où jailliraient une intimité monstrueuse, des regards meurtriers, une envie d'en découdre, mais une main qui empêche de tomber dans le vide, un bras auquel on se raccroche. Et puis ce contact, la peau sur la peau, le duvet qui se hérisse et qui se rend soudain, vaincu. L'audace du toucher. L'aveu. L'acceptation.

L'un et l'autre autour d'une table, figés. L'un et l'autre dans la pièce aux volets ouverts sur le chemin de craie – Thomas presque guindé, jetant un œil inquiet vers sa femme qui peint, essayant de la séduire à nouveau, de la retrouver telle qu'elle était avant tout cela, avant la mort, avant le ravage. Fred, une ligne brisée sur le fauteuil, les jambes largement ouvertes, presque en offrande, les pieds nus sur le tapis, le visage fermé, prenant le spectateur à témoin, lui enserrant les yeux, ne le lâchant pas.

Et dans celui d'après, l'exact inverse.

Ils seraient interchangeables. Il y aurait des parodies et des instants de spontanéité. Ces doigts sur le col de l'autre au moment de sortir. Les phalanges de l'amant effleurant le poignet de celui qui a failli être père quand la douleur se fait plus vive, si vive qu'elle le broie. Ce regard qu'ils m'ont jeté tout à l'heure parce que je leur échappais.

Je sais ce que je leur dois. Le premier sourire, une surprise, alors que je pensais mes lèvres gercées jusqu'à la fin. Ils se sont cognés dans la cuisine, ils se sont tous les deux écartés pour laisser l'autre passer, mais ils sont tous les deux partis du même côté et ils se sont de nouveau heurtés, un mime et son reflet dans le miroir, j'ai senti mes lèvres s'étirer et laisser la lumière entrer dans le palais, les incisives et les canines qui s'étonnent de ce rayon de soleil inattendu et qui sont éblouis par tant de luminosité.

Le premier verbe conjugué au futur. « Demain, nous irons faire un tour en ville, non ? » Et leurs hochements de tête, ils ne se sont aperçus de rien, ni que je n'avais pas formulé une phrase aussi longue depuis des semaines, ni que c'était moins une question qu'une assertion, que je revenais dans l'assertion, que j'étais là, que j'existais. Ni, surtout, la terminaison du verbe. Ces quatre lettres qui nous transportent vers un avenir où je serai, tu seras, nous serons. J'ai rougi violemment et j'ai baissé la tête pour qu'ils ne le remarquent pas. Je pestais intérieurement. Je m'étais également juré d'oublier le futur, de n'employer que des conditionnels, de transformer le *-rai* en *-rais*, subrepticement, pour ne plus jamais affirmer mon existence possible tout à l'heure ou l'année prochaine.

Je pestais et tout mon être s'est révolté mais je ne peux rien contre l'échappée des mots, contre le retour du sourire. J'ai pesté mais je n'ai pas lutté. Tout au fond, j'ai remercié. Je les ai remerciés.

Je sais ce que je leur dois mais je ne sais pas ce qu'ils se doivent entre eux. Sur quel échafaudage de guingois ils se bâtissent. Dans quel tableau ils se dépeignent. Je les observe mais j'ignore où ils se trouvent. Je m'en moque. Je jouis de les avoir simplement à mes côtés. De pouvoir les contempler.

Parfois, cela ne suffit pas, pourtant. Parfois, à l'intérieur, des voix se mettent à crier et des mains à frapper. Des poings sur des portes en bois. Des cachots. Des oubliettes. Des cercueils. Je rêve que Pierre est encore en vie et qu'il attend qu'on vienne le déterrer, parce que nous l'avons enterré, il a fallu l'enterrer, tout le monde a insisté pour l'enterrer, c'était mieux, tout le monde le répétait, on ne m'écoutait pas, on disait que j'étais en plein délire et que c'était vraiment déchirant à voir. Ils ont fait une sorte de pacte, les médecins, la famille, les amis, les collègues, oui, il fallait que nous ayons un endroit pour nous recueillir quand ça irait mieux, oui, ce bébé avait vu la lumière du jour et donc l'obscurité de la terre devait l'accueillir.

Je voulais les flammes. Je voulais l'enfer. Je voulais son corps raide et crispé qui s'embrase et des cendres, juste des cendres. Une boîte que j'aurais laissée se disperser n'importe où, sur le parking de l'hypermarché, dans la cour du collège, sur la terrasse de la maison, à l'orée du bois, dans un endroit où il aurait dû vivre, qu'il aurait dû connaître.

Ou alors, rien. Rien de rien. Un oubli dans les antres de la clinique. Un squelette honteux qui n'a jamais existé.

Je ne voulais rien qui fixe. Rien qui pointe son doigt vers un lieu précis. Aucun pieu qui puisse me retenir et m'obliger à tourner autour comme la chèvre de monsieur Seguin en train de hurler à la mort, plus fort que le loup. Je voulais la nacelle, l'envol, tous les ponts sont coupés, la ville a été bombardée, la région est irradiée, il ne reste plus que des agonisants, fuyons, fuyons. Au bout du monde, il y a un précipice et nous nous y jetterons d'épuisement. Nous flotterons un moment dans les nuages qui s'amoncellent, ce sera doux, ce sera une bonne façon d'en finir.

On a voulu qu'un morceau de moi soit à jamais ici. On m'a condamnée à la sédentarité charnelle. Je leur en veux, à tous. Je ne suis reconnaissante qu'aux deux hommes qui m'accompagnent. Ils n'ont rien dit. Ils n'ont pas donné d'avis. On ne leur en a pas demandé. Ou plutôt, on n'a pas demandé l'avis de Fred mais il a répondu pour Thomas. Il a expliqué qu'il n'était pas en état, pour le moment. Qu'on lui foute la paix, un peu. Qu'on lui fasse signer des papiers mais qu'on ne le rende responsable de rien. Personne n'est responsable. Débrouillez-vous, merde. Il a glissé son bras sous le bras de Thomas et ils sont sortis de la clinique. C'est ma mère qui me l'a raconté. Elle a dit « on s'est fait insulter par le meilleur ami de ton mari ». Elle était outrée.

Fred est un outrage. Thomas est un outrage. Pierre est le pire des outrages. Et quoi qu'il se soit passé, je suis sa mère et je suis la reine des outrages. Nous sommes, Pierre et nous, dans une bulle, nous nous extrayons du monde, nous nous étendons dans une parenthèse, nous attendons que le cadavre nous lâche. Qu'il s'échappe de la tombe où on l'a enfermé et qu'il file à l'anglaise.

Passage du gué

Je suis entrée dans le sous-bois. J'entends le craquement des branches et le bruit de ma respiration. Un staccato essoufflé. Je suis bien ici. Je suis tranquille. Je suis seule. Je peux parler avec mon fils sans que personne me regarde de travers. Alors, je ne m'en prive pas.

Thomas

Bien sûr, je suis inquiet.

C'est dimanche et le dimanche, j'ai toujours peur. J'ai peur de l'inaction, j'ai peur de la passivité, j'ai peur qu'il arrive quelque chose sans que personne s'en rende compte. Je me réveille avec une migraine en sourdine, une pointe à gauche, en haut du nez, et l'impression que quelqu'un gratte l'os avec un fil métallique doré. J'écoute le ronronnement du frigo. Je descends les escaliers. J'essaye de ne pas faire de bruit. Les marches craquent. À la pendule il est 6 heures du matin. Fred est sur le canapé, il se relève, il m'adresse un signe de tête. Je sais qu'il est content de me voir.

Il dort rarement dans la chambre d'amis et pourtant la chambre d'amis est devenue la chambre de Fred. Il y a entassé ses vêtements, quelques livres, des effets personnels. Il fait comme s'il n'était qu'en visite. Il n'a pas voulu renoncer à son appartement. Pas encore. Il s'allonge parfois sur le lit, l'après-midi, quand le sommeil fait lourdement chuter ses paupières. Il dort d'un sommeil très profond et vaguement nauséeux. Lorsqu'il se réveille, il ne sait plus où il habite ni même comment il s'appelle.

La nuit, en revanche, il ne parvient pas à s'y endormir. Il regarde les murs crépis de blanc – propres, frais. Incolores. Insipides. Il pose ses yeux sur les rares meubles. Du pin couleur miel. Un fauteuil bas. Une chaise. Un bureau. Une table de nuit. Achetés en quatrième vitesse. Des meubles pour meubler. Des meubles de substitution. Personne ne le lui a dit, mais il a très vite deviné que la chambre d'amis ne devait pas être une chambre d'amis mais une chambre d'enfant. La chambre de l'enfant. Pas tout de suite, bien sûr. Au retour de la maternité, le bébé aurait dormi dans un berceau sur la mezzanine, juste à côté de la chambre des parents. Voire, si les nuits avaient été hachées, dans la chambre même, protégé, entouré. Emmitouflé. Étouffé dans cette chaleur de juin. Ce n'est que plus tard. Vers six mois. À l'automne. La descente de l'escalier. Une chambre pour lui, au rez-de-chaussée. Une ouverture au monde.

J'avais préparé les murs, posé l'enduit. Mais, par superstition, je n'avais pas collé le papier peint que j'avais acheté. Je n'avais pas non plus appliqué la peinture jaune. Je n'avais pas rangé dans l'armoire la layette que nous avions déjà reçue. La pièce était vierge. Les murs blancs. Le sol en tommette rouge sombre. Ensemble vide. Prêt à la révolution colorée. Rien n'a changé. Seuls les mots ont mué. Nous faisons visiter la maison et nous disons « la chambre d'amis ». Mais, en fait, nous ne faisons pas visiter la maison. Il n'y a que Fred qui soit venu ici, depuis quelque temps. Même la famille est tenue à distance. De plus en plus. Nous nous recroquevillons. Nous rapetissons. Le monde se résume à nous trois.

Le dimanche, je n'ai pas la perspective de l'oubli. Je ne peux pas me dire que je vais bientôt prendre la voiture, tout en prétendant que j'aimerais ne pas avoir à le faire, me rendre dans un endroit où règnent la vie, le grouillement, la sueur, la performance. Au boulot ils pensaient tous que j'allais marquer le coup. Ils m'imaginaient des heures devant les chiffres verts, sur l'écran de l'ordinateur, ou à contempler d'un air absent la baie vitrée qui donne sur l'intérieur du supermarché. C'est l'inverse qui s'est produit. Je ne suis jamais là où on m'attend. J'ai redoublé d'activité. J'arrive le vent en poupe et les poumons gonflés à bloc, il me faut même canaliser mon énergie pour ne pas paraître trop en forme. Pour ne pas paraître inhumain. Je reviens d'un enterrement et on me croirait invité à un baptême. Parfois, je sens les regards d'incrédulité et les moues offusquées. Un cœur de pierre, c'est ce qui doit commencer à se murmurer. Ou alors, ce n'est qu'une façade, il va craquer bientôt. Je ne peux pas craquer. Ils sont deux maintenant à dépendre de moi, de mon courage, de ma ténacité et de mon argent aussi. Parce que les vacances à venir, ces voyages déroutants que je prévois pour nous, qui pourrait les leur offrir, hein ?

Je suis monstrueux. À la naissance de Pierre, je suis passé du côté des ordures, je n'en suis toujours pas revenu. Mais puisqu'il est trop tard pour moi, j'essaie qu'au moins les autres puissent tirer profit de ma laideur. Qu'ils se vautrent dans mon stupre. Qu'ils s'élèvent en me marchant dessus. Le matin, je me regarde dans le miroir de la salle de bains et je me trouve hideux. Je sais que j'ai été beau, jusque récemment. Je sais qu'on me trouvait une gueule d'ange. Que parfois la sueur sur mon front ou un morceau de torse dénudé dégageaient un érotisme puissant. Je suis allé trop loin, désormais. Mon fils est mort. J'en assume l'entière responsabilité. Je n'ai pas assez souhaité sa venue. Je n'étais pas prêt à l'accueillir. Il l'a senti. C'est la seule explication. Il en faut une, même si tout le monde prétend que non.

Je me souviens de mes hésitations, de mes circonvolutions. Je me souviens d'avoir parlé de ma carrière. Je me souviens d'avoir lutté intérieurement. J'étais content, bien sûr, j'étais flatté, mais j'aurais voulu qu'elle avorte. J'en ai rêvé parfois. C'est arrivé. C'est ma punition. C'est ma peine. Maintenant, je peux me lancer à bride abattue dans les colonnes de chiffres, les appels pressants aux fournisseurs, les négociations âpres avec le siège social. Je ne lâche plus rien. Je suis en métal fondu.

Le matin, je démarre la voiture. Il y a des brumes de chaleur sur les champs alentour. Je roule doucement pendant deux ou trois cents mètres, tant que je sens encore les regards de Fred et de Myriam sur la lunette arrière. Et puis, la route tourne, je sais que je sors de leur ligne d'horizon. Et là, j'accélère. Je baisse les vitres. Je mets l'autoradio à fond. J'écoute cette cassette des Cure que je me suis enregistrée en octobre, l'année dernière. Je me vois, dans le miroir de courtoisie. Je souris. L'ambiance pesante de la maison, je la laisse derrière moi. Elle s'évapore et avec elle, leurs visages. Celui de Myriam, perpétuellement inquiet dorénavant. Deux traits de chaque côté de la naissance du nez, un léger froncement des sourcils, l'existence tendue comme une course de fond qu'elle n'est pas sûre de gagner. Celui de Fred, la perplexité même. Le coin gauche de la bouche qui se relève, moins comme un sourire que comme une interrogation. Le menton penché vers le bas, attiré par le sol, ne pas offrir d'opportunités à l'adversaire, pas d'uppercut, pas de coups en pleine figure. Celui de Pierre, raide, les yeux ouverts, un enfant de cauchemar, le fils d'un diable, le regard sérieux, le nez pointu, la bouche déformée par un rictus.

Je les oublie. Je fonce sur la route en écoutant Robert Smith chanter que la tête sur la porte n'était qu'un rêve. Je me sens muer. Dans la voiture, une autre peau, celle d'avant, seulement un peu plus étriquée, comme passée à la machine. Mais elle me va toujours, je n'ai pas changé de taille. Je la retrouve avec bonheur. J'existe encore, en dehors du drame.

Parfois, je sifflote.
Parfois, je chantonne.
Parfois, je hurle à tue-tête.

Il m'arrive aussi de me garer sur le bas-côté et de laisser couler ce qui doit couler. C'est plus de l'amertume que des larmes, plus du dégoût que de la pitié, plus des vomissures que de la tristesse.

Ensuite, je me calme. Je redescends peu à peu. Je me dis que je fais le bon choix. Une façon élégante de disparaître quand on a commis l'irréparable. Quand on a laissé crever son gamin. Quand on en n'a pas voulu. Quand on l'a transformé en suicidé de la respiration.

Je ne comprends pas le suicide des adultes. Cet assemblage de gestes inutiles et égoïstes. Ce que je comprendrais, c'est l'acte héroïque. Le sacrifice. Se porter au-devant du danger. Braver les néo-nazis pour aller buter leur chef en place publique et attendre les coups. Devenir passeur bénévole d'immigrés clandestins. Aller distribuer de l'aide humanitaire au Pakistan ou au Bengladesh.

Ou, plus modestement, tracer un chemin pour que sa femme l'emprunte. Lui suggérer en pointillé de trouver sa propre voie. Se faire doucement larguer en route, comme une amarre rouillée. Et laisser entrer le prétendant suivant. L'introduire sans cérémonie. Avoir compris qu'elle l'avait choisi mais qu'elle se bridait, et accepter de sortir du cadre pour les laisser seuls, tous les deux. Admettre leur intimité. Baisser les yeux et se consumer intérieurement.

Et puis enfin, le comble de l'humiliation. Me rendre compte que j'ai besoin de lui. Qu'il me fait sourire, avec sa démarche de guingois et son air perpétuellement sur le qui-vive. Avec ses gestes qu'il ne maîtrise pas toujours. Avec ses mots qui font mouche sans qu'il s'en aperçoive. Et avec cette générosité. Son envie de faire plaisir. Son besoin de plaire. J'aime bien les moments où nous restons tous les deux. Nous ne parlons pas beaucoup, mais il traîne dans l'atmosphère comme une chaleur respectueuse, une brise dans laquelle je me sens bien et qui m'est une fenêtre ouverte.

Nous faisons souvent le trajet ensemble, de la ville à la maison. Je passe le chercher chez lui. Il attend devant l'immeuble avec son sac sur l'épaule. Il pourrait être un lycéen qui revient chez ses parents. Un appelé qui sort de la caserne et passe le week-end chez sa petite amie. Je m'arrête. Il monte. Nous échangeons quelques mots. Mes tensions s'éloignent. J'ai du mal à accepter, pourtant, le bien que ce garçon me fait.

Parfois, oui, je me pose des questions. Je me dis que cette attirance, elle n'est peut-être pas temporaire. Que le deuil m'a fait passer de l'autre côté du miroir, là où la cuti est indécise, dans cet entre-deux où tout peut arriver. J'en ai des sueurs froides. Des nœuds dans le ventre. Je me mets à le détester. Et puis l'instant d'après, il est là, avec sa légèreté, avec sa silhouette malhabile, et je ne pense plus à rien, je me dis juste que je suis content de l'avoir là, à nos côtés. Et que le reste n'a plus aucune importance.

Au boulot, oui, il y a des questions, mais jamais frontales. On ne voudrait pas déstabiliser davantage l'homme qui vient de perdre son enfant. Le presque père. Alors, quand on m'a vu dans les rues avec Fred, à la place des réflexions cinglantes il n'y a que des silences. Du mépris aussi, du côté masculin. Du dubitatif et une réelle compassion du côté féminin. Elles en parlent sans doute, au café, de temps à autre. « Il paraît que l'Autre habiterait chez eux, c'est bizarre, tout de même, non ? » « Et il fait quoi, au juste ? » « Il en veut à leur argent, c'est sûr » « Oui, mais tout de même, ils ne sont pas nets, enfin, elle, on ne peut pas lui en vouloir, elle, elle a perdu le contrôle, mais lui, tu crois que ?... » Tu penses que. Tu imagines que. Des soupirs. Des milliers de soupirs. Ceux que je fais naître en passant dans les rayons du supermarché tandis que Laurence, dans les haut-parleurs, annonce une promotion sur la layette. Et que sa voix déraille en me voyant, du haut de son bureau vitré, traverser le magasin.

Je suis intouchable.

On ne peut pas me critiquer. On ne me parle plus non plus. Lorsqu'on me croise dans les couloirs, on a un sourire un peu gêné et on se passe une main dans les cheveux. On accélère le pas. On fuit le mauvais sort. On me laisse des piles de petites notes écrites sur le bureau. On les émaille de formules de politesse. S'il vous plaît. Serait-il possible que. Est-ce que vous seriez d'accord pour. Courage. Amicalement. Cordialement. Chaleureusement.

Je passe outre.

Je me jette dans l'activité, je déborde de projets, j'épuise tous ceux qui m'entourent, je froisse les papiers et les demandes polies pour les régler en trois coups de cuillère à pot, je suis efficace, je suis dynamique, j'incarne à merveille la philosophie du groupe, je vais monter en grade, je vais me brûler les ailes, je retomberai plus bas que terre, je suis déjà le nez sur le goudron. La gueule dans l'asphalte.

Tous les dimanches, la gueule dans l'asphalte. Et la trouille au ventre. Je voudrais quelques minutes de vent sur ma campagne écrasée de chaleur. Je voudrais quelques instants de fugacité et de chair. Je voudrais être vivant. Je voudrais faire un tour en moto, avec Fred.

Fred

Je sens le poids de son corps contre mon dos. Je me raidis mais je ne bronche pas. Nous avons toutes les justifications possibles. Nous sommes sur une moto, nous roulons vite, il faut coller au conducteur pour avoir une bonne prise au vent, nous nous penchons ensemble dans les virages, nous sommes un pilote et un passager, un couple éphémère, c'est dimanche, dimanche 19 juin 1986, je me demande comment j'ai pu en arriver là, dans cet embranchement qui ne m'appartient pas, au croisement de ces existences qui ne me sont reliées en rien, dans un tourbillon étrange, une contrée inconnue.

Je me concentre sur demain pour oublier aujourd'hui.

Demain, lundi, lever 5 heures du matin, départ 5 h 15, trajet sur route dans le jour naissant, je dépose la moto dans le garage de mon immeuble et je vais directement à la gare, le train est à 6 h 14, arrivée Paris 7 h 45, fin du parcours en métro, début des épreuves à 9 heures, trois jours dans la capitale.

Trois jours à ne réfléchir qu'à des questions dont tout accrochage avec la réalité quotidienne est banni. La notion de perfection dans l'œuvre de Yeats. La question irlandaise de 1950 à 1970. Vérité et mensonge dans *Le Songe d'une nuit d'été.* Trois jours à suer au milieu de centaines d'autres sur les mêmes citations. Trois jours de discussions animées à la sortie des salles, avec les rares candidats que je connais. Nous irons tous déjeuner ou dîner dans une pizzeria proche, nous commanderons un vin rosé qui arrache la gorge, nous digérerons mal, nous tenterons d'oublier les pièges anglo-saxons, nous nous poserons des questions sur nos vies.

Je répondrai oui ou non. Je développerai. Oui, je suis plutôt heureux en ce moment. Non, je n'ai pas de petite amie. Non, ce n'est pas grave. Oui, il y en a eu récemment. Non, je ne focalise pas tout sur le concours, mais quand même, ça me sortirait d'un fort mauvais pas. Professionnel, s'entend. Oui, la mutation dans une autre académie me fait un peu peur, mais non, je ne contournerai pas les décisions administratives, si jamais je suis admis, après tout, soit les liens que j'ai sont assez forts pour ne pas être rompus par la distance, soit ils n'en valaient pas la peine. Oui, je suis fataliste. Non, je ne pense pas que la vie professionnelle doive dicter la vie personnelle. Non, je ne pense pas que le boulot prime sur tout. Non, je ne crois pas non plus que l'amour soit une raison suffisante pour tout envoyer balader. Oui, je ne sais pas très bien où j'en suis en ce moment et ceci explique cela. Je me laisse porter. Je me laisse rouler.

Mais aujourd'hui, c'est dimanche et c'est moi qui conduis. Je conduis quelqu'un qui a l'habitude de mener la barque et qui ne comprend pas pourquoi, avec moi, il rend les armes, qui ne comprend pas pourquoi dès qu'il me voit, ses épaules s'affaissent et même sa démarche s'en trouve altérée. Il devient lent, et souple. Relâché. Je conduis quelqu'un qui ne comprend pas ce qui lui arrive, et auquel je ne peux pas donner de réponse claire. Je n'ai pas d'étiquette qui convienne à la mêlée des sentiments qui se font jour et au creuset des frissons quand sa peau touche la mienne, comme là, maintenant. Le vent a soulevé ma chemise et je sens son pouce contre le bas de mon dos. De la rage, du dégoût, du désir, de la compassion, de l'incompréhension, de la honte et de la fraternité. Oui, ce mot désuet qui sonne IIIe République et appelle le sarcasme, plus encore que la liberté dont chacun a une interprétation personnelle et plus encore que l'égalité devant laquelle chacun hausse les épaules en soupirant. La fraternité, mon cul. Les peuples se tirent dessus, les patrons enculent les employés, les employés enculent les employés, les hommes enculent les femmes, les Blancs enculent les Noirs et vice versa – la fraternité traîne au coin d'une rue, avec un sac en bandoulière en velours rouge, elle est d'un blond fatigué, sa robe moulante la boudine, elle a une marque de coup sur la pommette gauche, sa voix est rauque et gouailleuse, c'est une caricature.

Je n'ai jamais ressenti de la fraternité – mes relations avec ma sœur étaient trop distantes, nous avions trop de différence d'âge et ce mur du sexe entre nous. Au moment où nous aurions pu être le plus proches, une fois dépassées toutes les disputes dues au partage des territoires, il y a eu les règles, les tampons, les chuchotements avec ma mère, les sorties du mercredi après-midi puis du samedi soir, ma mère qui attendait que la porte claque vers 2 heures du matin pour enfin se détendre – et moi, je me réveillais, je me demandais quand viendrait enfin mon tour. Les secrets. Les rires étouffés. Depuis, c'est trop tard. Je la connais, ma sœur. Parfois, elle voudrait bien partager des moments de désarroi, au téléphone. Expliquer les problèmes du quotidien, le plaisir qui se relâche et s'oublie, évaporé dans la lessive et les courses du samedi après-midi – comme compensation, un quarante-cinq tours, un livre facile à lire ou une cassette vidéo achetée en promotion – l'impression de vide qui persiste sur le parking du supermarché. Maintenant elle voudrait bien que je sois son frère, mais on ne revient pas sur les années d'intimité non partagée. J'aurais beau le vouloir aussi, je ne le pourrais pas. Ma sœur est à jamais une demi-étrangère. Une relation particulière. Un mélange d'embarras et de familiarité. Ce pourquoi une sœur ne peut jamais être une amie.

J'ai eu des amis, je crois, mais l'amitié est tout de même un terme vague qui embrasse sans distinction les camaraderies de collège, les connaissances de soirées et les affections d'enfance. Si un ami, c'est quelqu'un avec qui on n'a pas de barrières et avec qui on parle de ce qui nous retourne et nous en fait baver, alors je ne sais pas trop. Christophe, oui. Je me sens bien en compagnie de Christophe. Les soirées que nous passons dans les boîtes de nuit. Ses analyses hallucinantes sur la société. Ses dérives anarchistes. Ses ambitions ratées. Christophe voudrait devenir écrivain. Je soutiens qu'on ne devient pas écrivain. On écrit et puis, un jour, ça débouche sur une histoire, c'est tout. Ce n'est pas quelque chose qui se décrète. Il hausse les épaules et répond que je n'y connais rien. Il y a beaucoup de choses sur lesquelles nous ne sommes pas d'accord, mais nous respectons les opinions de l'autre, et le respect mutuel, c'est la base de l'amitié, non ? Peut-être que non, après tout. Peut-être que la base de tout, c'est ne pas respecter la réserve de l'autre et ses a priori, foncer dans le tas, décider d'avoir une influence, de déteindre. Forcer les barrages. Si c'est le cas, alors je n'ai pas d'ami.

De toute façon, Christophe ne m'a pas téléphoné depuis plus d'un mois. La dernière fois, je lui ai raconté. Mon arrivée avec les iris. L'intrusion de Thomas le lendemain. La nuit sur le canapé. La demande. Il a commencé à rougir, puis à s'énerver. Il a gueulé que c'était n'importe quoi, que je ne devais pas entrer dans ce petit jeu-là, qu'ils n'étaient pas clairs ces deux-là, qu'il leur fallait un psy, il m'a fait promettre de ne pas m'en mêler. Je n'ai rien promis. J'avais omis de lui préciser que j'étais déjà compromis jusqu'au cou. J'étais à côté de lui, sur la banquette du Café de Bacchus, et je le voyais comme avec l'envers d'une lunette astronomique. Il s'éloignait de plus en plus. Il rapetissait à l'infini. Il est sorti de mon existence en quelques minutes, à tel point que j'ai oublié de lui dire au revoir quand je me suis levé et que je suis sorti. Je l'ai planté là sur le skaï noir, minuscule homoncule agacé. Il ne m'a pas contacté depuis. Ou peut-être que si, mais je ne suis presque plus chez moi.

Je sais aussi que Thomas ne sera jamais mon ami. C'est un peu difficile à encaisser quand on vit des moments aussi décalés et aussi étrangement intimes que ceux que nous partageons en ce moment. Mais nous l'acceptons l'un et l'autre, je crois. J'essaie de profiter du temps que nous passons ensemble et du temps que je passe avec Myriam seule, aussi. J'emmagasine les instants, j'en fais des clichés de mémoire, je pressens que j'en aurai besoin à certains tournants de l'avenir, quand je me demanderai ce que j'ai fait de bien dans mon existence. Parce que je suis intimement persuadé que ce que j'accomplis en ce moment, c'est bien.

Je n'arrive pas à le formuler autrement. Les adjectifs sont trop imprécis, ou trop méprisants. Ce n'est ni compassionnel, ni amoureux, ni chaleureux, ni pitoyable, ni élégant, ni misérable, tous les mots qui s'abattent sur moi tombent au-delà ou en-deçà de ce que je ressens. Ce n'est pas une bonne action. C'est une action bonne, ou mieux, une action bien, comme il y a des gens bien, intègres, honnêtes, fidèles à leurs convictions et pourtant ouverts sur le reste du monde. Je ne suis pas quelqu'un de bien, je n'en ai ni la force morale, ni le courage, ni le dynamisme. Je suis quelqu'un de ni bien ni mal qui, à un moment donné, a choisi de faire une action bien. Bien pour eux et bien pour moi aussi. Parce que du bien, ils m'en font, et je ne veux pas trop réfléchir aux implications – je devine que je m'y perdrais.

Le contact des cheveux de Myriam sur mes mains quand elle est allongée la tête sur mes genoux et qu'elle fume une cigarette, c'est bien. Ses doigts dans les miens quand nous partons nous promener, loin du village parfois, c'est bien. La sensation des paumes de Thomas sur le bas de mon dos et le bruit que fait mon pan de chemise qui claque au vent quand nous prenons la moto et que nous laissons défiler les kilomètres, c'est bien. Le voir descendre l'escalier au milieu de la nuit et le regard qu'il jette pour s'assurer de mon sommeil, c'est bien aussi.

Je sais que je suis tout à la fois un amant, un enfant, un membre de la famille, un ami intime, un écart sensuel, un fantasme, une progéniture, un avenir, un passé.

Je m'en fous.

Je sais aussi que je suis un anti-inflammatoire, un point de suture, une béquille, une attelle, un pansement, un onguent, et ça, je ne m'en fous pas.

Je veux être un tue-la-mort, une fois dans ma vie.

La semaine dernière, j'ai déjeuné avec ma mère. Christophe lui avait suggéré de m'appeler. Il trouvait que je ne tournais pas rond. Nous avons mangé ensemble dans la cuisine, sur la table en formica blanc, sous le regard de la pendule en forme de chouette. Ma mère a commencé une collection de chouettes. Elle en est très fière. Elle a allumé une de ses Gitanes filtre et elle m'a demandé de quoi il retournait. J'ai répondu que ce n'était les oignons de personne, et certainement pas ceux de Christophe. J'ai ajouté que tout allait bien, que je me sentais en forme, qu'il se passait dans ma vie des choses intéressantes quoiqu'un peu déstabilisantes mais qu'elle ne s'inquiète pas, je ne me laissais pas troubler, je gardais le cap financier, je savais qu'il était important que j'aie ce concours. Elle a eu un sourire bref et un geste agacé de la main pour chasser la fumée brune. Elle m'a regardé dans les yeux, j'ai trouvé les siens encore plus délavés que d'habitude, et elle a glissé dans un souffle rauque qu'elle avait avorté une fois.

Elle m'a demandé si je me souvenais de la semaine que j'avais passée chez ma grand-mère, près de Lyon. J'ai acquiescé. Dans le carré de jardin, derrière la maison tout en longueur, quatre pièces en enfilade, cuisine, chambre, salle de bains, chambre, j'avais planté un noyau de cerise et des pépins de pomme que j'avais arrosés. Je m'étais aussi fait mordre par un des trois lapins qui semblaient sommeiller dans leurs clapiers mais qui ne supportaient pas qu'on les dérange.

Ma mère a toussé, elle a dit que c'était là, c'était à ce moment-là. Mon père était déjà parti. Ma sœur était chez une amie de ma mère. « Je croyais qu'elle avait l'âge de comprendre, tu vois, j'ai eu envie de la voir, j'ai eu envie qu'elle vienne me rendre visite à l'hôpital, c'était une connerie, c'était une immense connerie, mais je ne m'en rendais pas compte, depuis, ta sœur et moi, c'est comme si... » Elle a laissé tomber la cendre de sa cigarette sur la toile cirée et l'a balayée d'un geste négligent. « C'est comme si on n'avait plus jamais été sur la même longueur d'onde, comme si elle me reprochait tout le temps quelque chose. » Elle a soupiré. « Ta sœur, elle prétend que c'est dans ma tête, mais je suis certaine que non, je me souviens de ses yeux, de la violence dans ses yeux, je suis sûre qu'elle se disait que j'avais tué un bébé alors il fallait que je meure moi aussi. »

Elle a levé les yeux au plafond. Elle a fait semblant de regarder le lustre en fer rouge ébréché sur le devant. Je lui ai pris la main. Je lui ai demandé d'une voix que j'aurais souhaitée plus douce pourquoi elle me parlait de cela aujourd'hui, mais mon timbre s'est éraillé et a rejoint les écailles de l'abat-jour, quelque part sur la table en formica. Elle a continué à contempler le plafond, elle a répondu qu'elle ne savait pas exactement comment me dire ça, parce qu'elle ne savait pas exactement ce qui se passait, mais qu'elle avait l'impression que j'étais en train d'accomplir quelque chose de vraiment bien, elle a tiqué, elle a précisé que « bien » n'était pas le mot juste, mais qu'elle n'en trouvait pas d'autre, et j'ai souri. Elle a aspiré une bouffée brune et, tandis que son regard glissait lentement le long du mur beige, caressait le réfrigérateur et s'installait sur l'émail de l'évier, elle a laissé un sourire un peu amer se caler sur ses lèvres et elle a ajouté « J'aurais bien aimé, moi, avoir quelqu'un sur qui compter, dans ce moment-là, quelqu'un qui ne soit pas directement impliqué, pas le père ou la grand-mère ou... enfin, tu comprends... j'aurais bien aimé avoir quelqu'un pour moi, rien que pour moi ».

Je me suis senti rougir et j'ai fixé mes chaussures. J'ai dit à ma mère que ce qui était un peu bizarre, c'est qu'ils étaient deux. Elle a demandé « Deux à quoi ? ». « Deux à avoir besoin de moi. » Elle a hoché la tête et elle m'a caressé les cheveux. Elle a murmuré qu'elle avait confiance en moi, que je saurais quoi faire, de toute façon. Il y a eu un silence peuplé du jingle du jeu télévisé à l'étage du dessous, et puis elle s'est raclé la gorge et elle a ajouté d'un ton péremptoire « Enfin, en même temps, rappelle-toi qu'il n'y a que la femme qui avorte dans un couple ». Encore une pause et une autre admonestation. « Et que cela ne t'empêche pas de bosser ton concours. » Je suis parti d'un rire franc et elle m'a emboîté le guttural. J'ai toujours beaucoup aimé ma mère. Parfois, elle sait flanquer le drame par terre.

Le corps de Thomas s'approche encore du mien.

Le corps de Thomas s'accroche au mien.

Ses mains sur mon ventre – le tissu de la chemise est une mince protection.

Un jour, il détestera tous les jours que nous passons ensemble. Il ne voudra pas se souvenir des conversations, des sentiments, des impressions, du physique. Il ne voudra pas se rappeler les couleurs, les formes, la géométrie de nos silhouettes lancées sur la nationale. Il vomira mon existence. Je sais tout ça. Je sais aussi que je dormirai tranquille, dans un repli de son cerveau, protégé des atteintes du monde extérieur, et qu'il viendra me chercher de temps à autre, parfois même au milieu de la foule des grands jours, qu'il se penchera vers moi et qu'il me parlera à l'oreille. Il me fera rire. Il sera mon ami le plus intime.

Moi, je ne sais pas où j'en serai à ce moment-là. J'espère seulement que j'aurai des enfants, qu'ils grandiront en se frottant au réel, qu'ils crieront, réclameront et feront face, qu'ils seront plus marqués que leur père, campés sur leurs pieds et sur leurs positions, et qu'ils avanceront d'un pas souple mais ferme.

Nous sommes collés l'un à l'autre aujourd'hui car nous devinons qu'un jour nous ferons semblant de ne plus nous souvenir du prénom de l'autre. Alors que nous nous souviendrons de Myriam. Parce qu'elle aura été la première mère de ses enfants. Et parce que c'est moi qui l'aurai épousée.

La montée du désir m'oblige à ralentir dans la ligne droite – ma vision se brouille et je ne sais plus ce qui me fait bander.

La pression légère de la main droite de Thomas au-dessus de mon nombril.

L'image de Myriam offerte et nue, à l'arrière-plan une traîne en tulle blanc, du bruit dehors, c'est l'été.

Ou le pouvoir, simplement.

Le pouvoir que j'ai sur eux.

Ils me manipulent avec précaution parce qu'ils savent qu'à la moindre maladresse, je me casse et je les brise.

Tous les deux.

Myriam

Je fais semblant.
Je fais mine.
Je dis des choses comme « oui, merci, je veux bien » ou « non, désolée, ce ne sera pas possible ».
Je n'oublie jamais d'ajouter des s'il vous plaît et des pardon, parce que j'ai appris que c'était des mots magiques.

Des mots magiques, mon cul.

Mon cul, ma chatte, enculé, connard, putain, salope.
À l'intérieur, une foule de mots explose et jaillit du magma. J'ai l'air d'un volcan éteint mais méfiez-vous de la lave qui dort.

Je fais mes courses avec un petit panier d'osier. Je m'habille avec une robe légère de couleur sombre – on hésite entre le bleu nuit et le noir d'encre – et j'achète des légumes. L'épicière a un bon sourire, elle connaît l'histoire, elle est avenante avec les plus misérables qu'elle et, tandis qu'elle me rend la monnaie en commentant la météo, les mots me remontent dans la gorge, prêts à être crachés sur la caisse enregistreuse. Putasse, radasse, chienne, saleté, fumier. Je suis obligée de presser le pas pour ne pas me déverser dans le magasin sous les yeux médusés des clients. L'épicière hoche la tête et parfois même se tamponne le coin des yeux. Elle soupire avec une expression toute faite « Si c'est pas malheureux » ou « La pauvre petite ».

La petite, elle t'emmerde, elle te pisse dessus, elle te baise la gueule.

Je me ressaisis.

Je me ressaisis parce que Thomas me tient la main ou parce que Fred me prend par le bras. Ils ne devinent pas le flot d'injures, eux non plus, mais ils sont conscients que je suis au bord du malaise. Ils me donnent de l'eau fraîche. Ils me proposent de m'allonger et ils ajoutent « Tu dois être fatiguée ».

Fatiguée de quoi, pauvres cons ? Je ne fais rien. Je ne suis rien. Je ne porte rien. Je me laisse aller à vos côtés alors que je voudrais être à des milliers de kilomètres d'ici. Dans la jungle. Sur l'Everest. Sous les rouleaux de l'océan.

Je souris. J'emmerde vos petites gueules de pédés, mais je souris. C'est facile. Je tire le côté gauche de mon visage, de façon à ce que les lèvres aillent presque toucher l'oreille. Et après je fais la même chose pour le côté droit. Au début, c'est vrai, ça fait un peu grimace. Mais au bout d'un moment on n'y voit que du feu.

De la crémation.
Feu monsieur, feu madame.

Je fais semblant.
Je fais mine.
Mais il ne faut pas m'en faire accroire.
J'y pense tout le temps.
Je pense à lui tout le temps.
Mon bébé. Mon enfant. Mon remords. Mon nouveau-mort.
Tout le temps.

JUILLET

Fred

Je suis dans la cabine téléphonique rouge, en haut du chemin. Je vois la route qui serpente et le panneau d'entrée du village. *Foyers*. Foyers, quatre cents habitants, peut-être moins. Une poste qui fait également épicerie. Une épicerie qui fait également bar-restaurant. Un pub qui fait office de tout. Notre hôtel est un peu plus loin, en contrebas. Il faut prendre un chemin de pierre, marcher sur les aiguilles de pin, et puis la bâtisse se dévoile peu à peu. Elle est à quelques encablures du Loch Ness, mais les arbres sont trop grands et des chambres on ne voit pas l'eau, on la devine.

C'est juillet, il fait chaud en Écosse.

À la quatrième sonnerie, ma mère décroche. Comme d'habitude, elle semble hors d'haleine. On dirait qu'elle vient de grimper quatre à quatre les escaliers de l'immeuble. Je case dans un coin de mon cerveau qu'il faut que j'insiste pour qu'elle arrête de fumer. Mais l'important n'est pas là aujourd'hui. Elle fait « Ah c'est toi » puis sans me laisser le temps de répliquer elle enchaîne « Tu l'as, tu l'as ». Elle contient l'impatience dans sa voix parce qu'elle ne veut pas paraître idiote à son reflet dans le miroir – une quinquagénaire en jogging gris et informe, en train de hurler – elle a réussi sa vie, son fils a eu le concours, son fils est sauvé des flots, son fils est fonctionnaire, à lui le bonheur, à lui l'oubli.

Je suis assommé. Elle me lit des notes auxquelles je ne comprends rien, elle m'indique un rang, elle ajoute que c'est vraiment formidable mais que, maintenant, tout un tas de paperasses va arriver et que je vais devoir les remplir avant une date-butoir. « Tu rentres quand ? »

Je rentre quand Myriam en aura assez. Je rentre quand elle cessera de passer ses matinées à dormir et ses après-midi à errer dans les forêts environnantes ou sur les routes détrempées. Je rentre quand elle en aura assez de compter les moutons qui traversent. Je rentre quand les finances de Thomas auront dangereusement baissé. Je rentre quand j'aurai fini les livres de poche que j'achète tous les jours à l'épicerie, je lis dans ma nouvelle langue des histoires policières abracadabrantes, des complots fomentés par l'Union soviétique qui rêve de culbuter la culture anglo-saxonne sur une botte de foin radioactive. Je rentre quand, un jour, je prendrai mon sac pour continuer mon chemin. Je rentre quand ils ne voudront plus de moi ou quand je ne voudrai plus d'eux.

Nous sommes partis depuis dix jours maintenant.

Un soir, Thomas est revenu à la maison, voilà, je dis « à la maison » parce que je la vois comme ma maison maintenant, j'ai un appartement et une maison, je suis riche de deux existences plus la mienne, je n'ai jamais été aussi plein, je n'ai jamais été autant en vie que depuis que je me consacre à insuffler de la force dans les moribonds, je ne m'épuise pas, pour l'instant je fais la course en tête.

Il est donc revenu un soir, il s'est laissé tomber dans un des fauteuils en cuir et il a annoncé qu'il était en congé. Lorsque Ledoux est venu lui parler, il a cru un moment qu'il allait être viré, et il a eu un mouvement de rébellion. Il a vociféré. Ledoux lui a appuyé les mains sur les épaules pour le fléchir. L'obliger à se rasseoir. Et à écouter.

Il a commencé son discours comme ça : « Tu n'écoutes plus, Thomas. » Il a pris des exemples précis. Des incidents qui s'étaient déroulés dans les dernières semaines. Des femmes qui demandaient des renseignements et qui n'obtenaient pas de réponses. Des secrétaires qui posaient des questions et qui n'avaient en face d'elle qu'un mur. Des comptables qui exigeaient des chiffres et qui ne parvenaient pas à y avoir accès. « Tu ne t'en rends pas compte, Thomas. Nous savons que tu ne t'en rends pas compte. Tu travailles plus dur que tu ne l'as jamais fait, tu te noies dans le travail, mais tu es devenu sourd. Je ne sais pas ce que tu fais de ta surdité dans ta vie privée et ça ne me regarde pas, mais ici, c'est à moi de prendre les choses en main. Et je décrète que tu as besoin de vacances, là, maintenant. Ce soir, tu pars en congé pour autant de temps que tu veux, minimum trois semaines, maximum deux mois, oui, tu m'as bien entendu, huit semaines, je me suis arrangé avec la direction nationale, tu n'as pas à t'en faire pour l'argent, la paie ou les responsabilités – tu te reposes, un point c'est tout. »

Un coma professionnel.

Thomas était censé remplacer Ledoux en août. Il serait devenu le gérant en titre. Il l'aurait poussé vers la sortie. Ensuite, il aurait emprunté l'escalier mécanique de l'ascension sociale. Une montée sûre et régulière vers les plus hauts sommets.

Il m'en avait parlé à plusieurs reprises. Il avait hâte. J'avais objecté que ce n'était pas très moral et que je trouvais ça limite de virer les vieux pour permettre aux jeunes loups de trouver leur place au soleil. Il m'avait répondu que je n'y connaissais rien. Et il avait ajouté que, de toute façon, le jeune loup venait de se casser les dents.

Alors, il a suggéré l'Écosse.

Il a dit qu'il ne savait pas trop pourquoi. La montée vers le nord au lieu de la traditionnelle descente au sud, la traversée d'une île tout en longueur, des souvenirs de ruines et de traditions. Marie Stuart. Il ne m'a pas regardé en disant qu'en plus je pourrais les guider, ils se reposeraient sur moi, c'était moi, le futur prof. Myriam n'a pas eu de réaction. Elle a simplement murmuré un « Pourquoi pas » qui reflétait depuis quelque temps le maximum de son enthousiasme. Elle m'inquiétait. Elle m'inquiétait davantage à ce moment-là que juste après la mort du bébé. Juste après le décès, elle m'impressionnait. Elle semblait vivre encore, se débattre, prouver qu'on résiste à tout et qu'on survit au pire. Il y avait de la rage dans ses coups d'ongle et de l'acuité dans son regard. Elle avait des mouvements furieux du bras ou de la taille qui disloquaient certains de ses gestes. Et puis, petit à petit, le silence s'est installé, une sorte de démission ou de résignation. L'image de Pierre apparaissait au coin de ses phrases. Le noir faisait tache d'huile. Je n'étais plus un viatique suffisant. Il fallait un déplacement. L'Écosse et ses fantômes étaient les bienvenus. Elle pourrait y chasser les siens. Nous avons loué une voiture. Même marque, même cylindrée que celle que Thomas voulait se payer, avant. Myriam et moi, nous avons fait semblant de ne rien remarquer.

Ma mère répète mon prénom « Fred ? Fred ? ». Elle craint que nous n'ayons été coupés. Elle n'a pas l'habitude des communications à l'étranger. Je grogne. Elle me demande si je suis content, au moins. Je réponds « Bien sûr » et j'ajoute que j'ai juste besoin d'un peu de temps pour digérer l'information, je la rappellerai plus tard.

Je raccroche.

La route qui mène à Foyers est déserte. Je reste dans la cabine téléphonique rouge. Je regarde le monde. Devant moi, une pente herbeuse qui descend doucement vers une plage de galets, en contrebas. Les abords du Loch Ness. Je ne m'attendais pas à ce que l'endroit soit si joli. Je me figurais des hordes de touristes japonais et des peluches roses du monstre vendues dans des baraques à frites. De ce côté-ci du Loch, il n'y a rien de tout cela. Cette nuit sera la quatrième que nous passons ici. Nous avons beaucoup roulé. Oxford, Carlisle, Glasgow, l'île de Skye, Ullapool, Inverness, et puis cette descente silencieuse, Thomas a coupé le moteur, nous sommes arrivés à Foyers avec délicatesse.

Nous y avons loué deux chambres contiguës. Nous avons ouvert la porte de communication. Nous vivons les uns sur les autres.

Viendra bientôt le moment où Myriam pourra de nouveau faire l'amour. Le corps doit encore se reposer quelques semaines et, ensuite, tout est une question d'envie. De mise en confiance. De respect. De tendresse. Le médecin de l'hôpital nous a reçus tous les deux, Thomas et moi. C'était juste avant le départ.

Son regard passait de l'un à l'autre. Il fronçait les sourcils. Il n'a pas demandé qui était qui. Il avait vu Myriam la veille. Il ne voulait pas entrer dans les détails de la relation. Il voulait prévenir. Il voulait que nous soyons conscients. Des rejets potentiels. Des rebuffades. De l'échec. Parfois, a-t-il dit, une femme a besoin d'une longue reconstruction. Parfois, cette reconstruction signifie la destruction du couple. Il a rougi légèrement, balayé des miettes imaginaires sur son bureau et ajouté « ou de quelque structure qui fasse office de couple ». Nous avons hoché la tête en même temps. Il nous a raccompagnés jusqu'à la porte.

Quand nous sommes sortis, Thomas a inspiré un grand coup et il a dit que si son couple venait à mourir comme meurent les enfants, du jour au lendemain, il espérait que Myriam viendrait vivre avec moi. J'ai répondu que je ne pensais pas que ce serait le cas. J'ai ajouté qu'il y aurait soit un troisième homme, soit un retour à la case départ.

J'y crois profondément.

J'imagine l'homme qu'il lui faudrait – un mélange de nous deux. Un médecin humanitaire. Un homme d'affaires philanthrope. Un écrivain de romans optimistes. Elle n'en tombera pas tout de suite amoureuse, alors que lui s'entichera d'elle. Elle le fera languir. Elle n'expliquera rien. Il sera sur le point de sombrer dans la folie et puis, au moment du saut fatidique, elle dira oui. Elle tombera rapidement enceinte. Des jumeaux. Deux au lieu d'un. Deux au lieu de deux.

Il fait chaud dans la cabine téléphonique et, pourtant, je ne parviens pas à me résoudre à en sortir. La voix de ma mère résonne encore dans le pavillon de mon oreille gauche. Le concours, ça veut dire prendre un chemin, une orientation. Tourner le dos à l'indécision. Transformer les pointillés en ligne droite. Le concours, dans l'immédiat, ça signifie surtout le départ. Le déplacement probable dans un autre département – le nôtre est saturé – voire dans une autre académie. Des centaines de kilomètres entre eux et moi. Une rupture de quotidienneté. Un arrachement. Un couper de cordon. Une indépendance.

C'est à nouveau entrer en contact avec le monde. Le prendre pleine face – une vague impossible à négocier. Des élèves, des collègues, des parents, des administratifs, des cris, des chuchotis, des grouillements, des renversements, un concentré d'humanité. Un train en marche.

J'en ai comme un creux à l'estomac.

Une trouille comme la seule et unique fois où j'ai fait du parapente et où mes jambes se sont mises à trembler au moment de l'envol – tous les cris d'encouragement alentour me parvenaient assourdis, je voyais les lèvres bouger mais il n'en sortait aucun son.

Et un désir comme quand je regarde Myriam marcher d'un pas mal assuré. La peau de son cou quand elle baisse la tête – elle cherche une réponse, elle n'en trouve aucune.

Je sais qu'ils me survivront – ils ont survécu à bien pire. J'espère seulement que nous survivrons encore un peu tous les trois, et qu'une fois qu'ils auront atteint la rive, je n'irai pas me noyer.

Thomas

Fred est parti faire un tour. Une promenade. C'est un joli mot, « une promenade ». Un mot désuet, qu'on n'utilise plus beaucoup de nos jours. Soit on se « balade » avec l'apparence de la décontraction, soit on « randonne » avec le short kaki et les chaussures de montagne, mais on ne se « promène » que rarement. Le dimanche, avec un grand-père qui a des difficultés à marcher, peut-être. Ou avec une femme au port altier, qui toise les rares personnes qu'elle croise. Mais seul, jamais. Il n'y a que Fred pour se « promener » seul.

Le souffle de la brise dans les rideaux. Un éclat de voix qui pénètre l'intimité de la chambre. Un frisson. Ma main gauche s'agrippe au bureau en merisier. Elle me baise. Elle me baise et c'est une douleur aussi vive qu'un orgasme.

Je sens sa langue sur ma queue. Ses cheveux dans la paume de ma main droite – je voudrais l'empoigner, je n'oserai pas. Je ne parviens pas à perdre le contrôle.

Elle n'a pas crié gare.

La silhouette de Fred venait de disparaître au coin du chemin. Je l'imaginais en train de gravir le sentier, les pieds qui foulent les aiguilles de pin. Il n'avait aucun autre but que celui de la promenade. Elle est arrivée derrière moi et elle s'est collée à mon dos. J'ai senti son ventre contre mes reins. J'ai senti le vide en elle et sa volonté d'être pleine. J'ai répondu à son étreinte.

Je ne peux pas entrer dans son corps. Je ne peux pas le pénétrer. Il faut attendre encore. Au retour peut-être. Nous irons revoir le médecin. De toute façon, mon corps ne répond pas au toucher aussi promptement qu'avant. Des images viennent le parasiter. Des nuances d'épiderme. Des odeurs que je ne connaissais pas. Le parfum de Fred s'emmêle dans mes pinceaux. J'ai envie de lui, oui. C'est une envie de peau. Une embrassade. Le serrer jusqu'à l'étouffer. Respirer la base de son cou. M'enivrer du tabac dans sa bouche. Et ne pas aller plus loin. Ne pas aller trop loin. Ou peut-être si.

Par moments, je perds tellement pied que je voudrais m'en aller. Rompre un anévrisme. Perdre connaissance et ne jamais revenir.

Je suis en roue libre. Je descends la montagne. Je devine que je n'ai pas de frein.

Je n'ai pas de frein.

Je sens ma queue bander.

Détachée du reste du corps.

Fière et ridicule.

Par moments, les bruits me dérangent. Me déconcentrent. Il faut être concentré pour rester raide. Pour aller jusqu'au bout. Il faut toute une construction mentale. Des images forgées et travaillées. Cette femme dont je ne vois pas le visage, c'est celui de Myriam sans doute mais je n'en suis pas certain. Elle s'approche et elle pose directement la main sur le tissu de l'entrejambe. Ses doigts enserrent. Ils montent et ils descendent. Ils ne relâchent pas la pression. Ou alors, des sensations. Les cheveux de Myriam dans ma paume, son cou à ma portée, sa vie comme une offrande. Les lèvres de son sexe. Leur pourtour. Le mot même. Pourtour. Lèvres. Ouvertes. Offrir.

Je sens les courants qui montent le long des cuisses et qui se rejoignent à la base de la verge. Ils la transforment en un roseau sous le vent. Plier. Soulever. Je sens le désir qui s'installe dans l'aine, là où la jambe s'accroche au reste du corps, et l'envie subite de décoller du sol, de s'arracher.

Mais une image incongrue. Un son grotesque. Et la magie construite s'effondre. Il suffit de peu. Une vision d'ange de pierre au-dessus d'un tombeau, nous sommes dans un cimetière. La bouche qui se détache de la peau et laisse entendre une succion presque nauséabonde. L'odeur de l'hôpital. Fade. Du sang et des glaires.

Les forces me lâchent – je vais rendre les armes, je vais me détacher. Mais elle redouble d'efforts et la culpabilité me vrille. La culpabilité, le dégoût de soi, une haine, une vraie haine. Je finirai ma vie à l'écart de tous et personne ne viendra me déranger. J'habiterai une cabane dans les bois, je tirerai sur tous les animaux qui s'approcheront, j'arracherai les fleurs, il n'y aura que de la terre autour de moi.

Elle s'acharne.

Il y a de la furie dans la façon qu'elle a de faire rouler sa langue. Il n'y a plus aucun plaisir. Juste de la salive qui coule et des chairs trop molles.

Et au moment où nous sommes prêts à nous rendre à l'évidence et à nous tourner le dos, les talons et l'existence, le rideau de la chambre claque dans le vent. Je retrouve au bout de mes doigts la chemise de Fred qui se soulève et laisse la place à quelques centimètres carrés de peau, j'ai les doigts gelés et la gorge sèche tandis que je me colle à lui, je me dis que je pourrais remonter le long du dos, glisser sous les aisselles, apposer les mains sur les seins et les laisser là. Attendre qu'ils durcissent. Que le souffle devienne court. Que la femme sans tête nous surprenne et s'avance vers nous. Une main pour chaque. Je suis la droite, il est la gauche, nous allons venir ensemble, le liquide dans le tissu, nous sommes gluants.

La jouissance m'arrache un cri. Je ne sais pas si c'est de la douleur, du plaisir, de la victoire.

Myriam disparaît rapidement. Je vois passer ses genoux, légèrement rougis. Le contact avec la moquette trop rêche.

Je m'assieds sur le lit. Je devrais me sentir vide et fatigué. En déroute. Pourtant, je suis dans la satisfaction. Dans l'avenir. J'ai retrouvé le chemin des fantasmes. Bientôt je n'aurai plus besoin de Fred. Il pourra s'évaporer. L'inconnu, c'est que je ne devine pas si j'aurai encore besoin de Myriam. L'inconnu, c'est surtout d'ignorer si eux ne m'ont pas déjà rangé dans la boîte à souvenirs.

Myriam

J'ignore quand cela s'est produit. J'en reste hébétée. Je ne comprends pas à quoi c'est dû. Aux paysages dehors. À la langue qui m'est étrangère et dont les sons se déposent dans mes oreilles comme autant d'incitations. Une langue qui me fourrage et me laisse pantoise.

Je dormais. Oui. J'étais en train de dormir et j'empruntais à nouveau tous les chemins de la nuit. Mes rêves depuis deux mois ne sont plus que des jeux électroniques. Je suis devant un immense mur d'écrans et je peux choisir entre dix cauchemars. Je les connais par cœur. Il me font tous aussi peur. Je ne veux pas me décider. Et puis, à un moment ou à un autre, ma main bouge, appuie sur un bouton, et c'est trop tard. Je suis dans une voiture téléguidée. J'entre dans le Train Fantôme ou dans le Manoir Hanté et je sais que je vais revisiter le cauchemar n° 3, ou le n° 8.

Je ne veux même pas les décrire, j'en ai déjà assez de les vivre. Ils sont plus réels que mes moments éveillés.

Et hier, pour la première fois, il n'y a pas eu de squelettes dans le placard, pas d'enfant égorgé le long de la rivière et pas non plus cette lumière étrange, d'un jaune orangé, qui préfigure mon apocalypse. Il n'y a rien eu. Des images incohérentes. Ni plaisantes ni déplaisantes. J'ai reconnu un moulin dans la campagne où j'allais quand j'étais enfant. Une rue dont on me disait qu'elle était à Edimbourg. Ma mère qui étendait du linge. Elle semblait chanter une chanson et il n'y avait pas de menaces. C'est ça, aucune menace. Pas d'avion qui venait s'écraser dans le jardin, le sang des passagers giclant par les hublots défoncés. Pas d'oiseaux en furie qui attaquent en piqué, crèvent les yeux de ma mère, de mon père et je n'ai pas le temps d'aller chercher mon bébé qui joue sous le pommier. Pas de tremblement de terre qui défigure la propriété, la transformant en charnier.

Ma mère chantait en étendant du linge et elle me demandait ce que je voulais pour le goûter.

Et juste après, le plaisir.

La sensation dans le corps – un liquide chaud et sucré qui vient dans la gorge et semble étancher toutes les soifs et toutes les envies.

J'ai rêvé de Fred et de Thomas ensemble.

Cela faisait longtemps.
Pas pour Fred.

Il vient parfois dans mes cauchemars. Il me regarde d'un air désolé, il a même une fois essayé de m'extraire de la voiture téléguidée qui m'emmenait vers la Vallée de la Mort, mais il n'y est pas parvenu. Il a haussé les épaules.

Et puis, bien sûr, aussi dans les moments d'abandon. Quand je retrouve avec les doigts ce corps que je ne dois pas toucher. Ce corps qui se craquelle encore et qui manque de se fendre dans un soupir déchirant. Quand je descends le long de la poitrine, que j'effleure le mamelon et que je plonge doucement vers ma fourrure et vers mes lèvres. Quand je ne fais que les survoler et qu'elles gémissent. Il gémit avec elle. Souvent, il est là, tapi dans l'ombre de mon cerveau. Il me regarde me caresser. Il se touche également. Oui, Fred m'accompagne souvent dans les moments d'oubli. Je le reconstruis, je le bâtis, je le découpe et le raccommode à mon goût, j'en fais l'objet de mon fantasme.

Une fois aussi, il a transgressé.

Une fois, il n'a pas seulement été une silhouette née de mon imagination. Il était bien là, dans la chambre, pétrifié. Une statue. J'étais nue et dans l'ombre. Il savait où mes mains allaient se poser. Il savait qu'il ne pouvait pas venir me rejoindre. Que les rapprochements pouvaient déboucher sur des catastrophes naturelles. Il a juste avancé de quelques pas, lorsque je le lui ai demandé. Je le voulais dans le rai de lumière. Il a lentement fait glisser la ceinture qui retenait la toile de son pantalon. Il a libéré l'espace. Son sexe s'est un peu affaissé, comme légèrement surpris par cette soudaine vague de liberté, puis il s'est raffermi. J'ai fait un rond avec mon pouce et mon index et j'ai bagué. J'ai senti l'animal se débattre et grossir pour faire peur, pour faire l'important, mais je le tenais en laisse, il ne pouvait plus que subir. Et s'amadouer. Il est venu avec lenteur. Le râle montait des profondeurs et même les jambes en ont rougi.

Alors, non, Fred n'était pas une surprise. C'est Thomas qui m'a prise de court.

Je croyais qu'il avait disparu. Je croyais qu'il était parti loin de mes terres et qu'il voguait, un point sur l'horizon, une molécule colorée. Je lui avais même adressé un adieu mental. Ce voyage en Écosse, c'était notre baroud d'honneur. Une visite de ce qui aurait pu être notre lune de miel. De retour en France, j'aurais contacté tous ceux que nous connaissions et je leur aurais appris que nous avions calmement mis fin à notre relation. Personne ne nous aurait posé de questions. Et, secrètement, tout le monde aurait été soulagé. Certains auraient même été jusqu'à dire que, maintenant, nous allions pouvoir repartir chacun du bon pied. Parce que partir du bon pied, quand on danse, c'est important, et la vie, c'est une danse, non ? Une sorte de danse folklorique dépassée et minable, des pas répétitifs et simplets accompagnés par des instruments médiévaux, un ennui interminable.

Et là, tout à coup, il déboule dans les instants où je m'évade. Et il me prend. Il me saisit. Fred fait un pas de côté. Un mouvement de recul. Thomas s'impose. Plus d'intensité. Plus de puissance. Il est comme je l'ai connu au début. Ce curieux mélange d'assurance et de fragilité. L'envie d'atteindre les cimes sans casser les arbres sur son passage. La conviction que c'est possible. Et puis son corps. Oui, son corps surtout. Une évidence. Lorsqu'il est en moi et que je le regarde me pénétrer et sortir à nouveau. Il aime ça. Distiller l'attente. Être à la périphérie. Toucher jusqu'à l'insupportable. Jusqu'à me faire crier. Je ne lui ai jamais demandé avec combien de filles il était allé, avant, pour atteindre une telle dextérité, un tel souci de la montée des partenaires. Je le soupçonne d'avoir été femme dans une vie antérieure.

Le premier contact, c'était sa main sur mon bras et son bras sur ma nuque – il me tenait par l'épaule. Nous étions dans ce bar, pour boire un verre avec nos collègues. Une idée de l'Italien qui travaillait avec nous et dont je ne me rappelle plus le nom – Sebastiano ? Stefano ? –, quelque chose qui commençait par un *S*. Je regardais Thomas et je le trouvais pictural. Nous avons parlé d'un tableau que je voulais faire ou qu'il aurait voulu peindre, je ne me souviens plus exactement. Ce que je me rappelle, en revanche, c'est la lumière. Le brun et l'orangé autour de nous. L'odeur des cigarettes et de l'alcool. Les éclats de voix. Et son visage qui se détache. Thomas sait très bien jouer de ses atouts. Je n'en étais pas encore consciente. Je trouvais à son regard de la candeur et à sa position de l'innocence. Il se vautrait sur le canapé du bar. Les jambes entrouvertes. Les bras décalés. Une invitation au stupre, là où je n'imaginais qu'une fatigue. Une pose étudiée là où je ne voyais qu'un mépris du regard d'autrui.

N'empêche.

Même si elle était travaillée, la posture suggestive m'a frappée. Il s'est relevé doucement en me parlant, il savait qu'il m'avait alpaguée, il ne voulait pas non plus trop en faire. Il s'est relevé et il s'est approché de moi. D'abord les jambes, son genou rencontre le mien, sa cuisse frôle la mienne. Puis les bras. Et le premier vrai contact, son bras autour de mon cou, il prétend m'aider à mettre mon foulard, il s'attarde, il attend de connaître ma réaction, je souris, je suis seulement amusée, il est décontenancé, il ne sait plus où poser ses doigts, c'est moi qui l'empoigne, comme c'est moi qui lui dirai ensuite que oui, nous allons passer la nuit ensemble.

La première de nos nuits est une révélation. Je ne parviens pas à dormir. Je sais que je tiens contre moi l'homme de ma vie. Le père de mes enfants.

La vague d'émotion s'est brisée au coin de mon nez. Je sens la douleur dans les sinus. L'amertume qui creuse un sillon. Je me suis fait avoir par la phrase. Je ne me souvenais pas de l'avoir pensée aussi fort.

La nuit dernière, je l'ai finie trempée. Je suis allée prendre une douche au petit matin. Thomas dormait sur le fauteuil. La porte entre les deux chambres était grande ouverte. J'ai eu envie de la refermer. De faire renaître l'intimité. Je n'ai pas osé. Parce que je ne veux pas briser Fred. Parce que je ne suis pas ingrate. Et parce que je sais aussi que Thomas, curieusement, pourrait bien avoir besoin de Fred plus que moi je n'en ai besoin.

Parce que moi, j'en ai fini du rêve de Fred. En tout cas du rêve de Fred, seul.

Je m'en suis aperçue à midi. Nous déjeunions ensemble dans l'unique restaurant de Foyers, celui qui fait aussi office de poste, d'épicerie, de pub et de marchand de journaux. Les garçons se sont mis à parler de musique et de films. Je n'ai pas suivi leurs développements, je ne m'intéresse pas aux groupes de rock et je me sens souvent extérieure au cinéma. Je ne me retrouve que dans les livres. Mais il y avait cette animation chez Thomas et cette distance chez Fred. Une blancheur, presque une transparence. Je sais que je ne devrais pas dire ça. Je sais que je ne devrais même pas penser de cette façon-là. Mais je ne peux pas m'en empêcher. Je voyais la flamme dans les yeux de mon homme et elle allait mourir dans le regard de mon amant. J'ai su que j'avais tourné une page.

C'est pour ça, l'après-midi.

Fred a dit qu'il allait faire une promenade. Il a utilisé ce terme-là, « une promenade », et j'ai pensé à mon grand-père, à son crâne dégarni et à sa besace en bandoulière, sur les chemins de montagne. Je n'aurais pas échangé la vie de ma grand-mère avec la mienne pour un empire. Et pourtant, elle n'a jamais perdu d'enfant, elle. Il a dit « Je vais faire une promenade » et j'ai senti un agacement courir dans mes veines. Un agacement presque aussitôt suivi d'une sécheresse dans la bouche et du cœur qui bat la chamade. En me rendant compte que c'était maintenant. Cet après-midi. Le tournant. Le viol. Le retour au monde.

Les mots de Fred ont tourné dans la pièce un moment. Il attendait que l'un d'entre nous rebondisse et les empoigne. Rejoigne l'invite. Lance la rime. Mais ses mots sont tombés à plat sur le plancher et ils ne se sont pas relevés. Ils étaient groggy. Thomas était ailleurs. J'étais dans Thomas. Fred n'a pas osé faire machine arrière. Il a baissé la tête et puis il est sorti. Il venait de se gifler violemment.

Dès qu'il a disparu dans le virage du chemin, je me suis approchée de Thomas. Je voulais le surprendre. Je crois que j'ai réussi. L'oral n'est pas une habitude chez moi. Il me faut plutôt de la pénombre et un corps allongé au-dessus ou au-dessous de moi. Cette fois, j'étais agenouillée. À terre. Et en pleine lumière. Mon corps est tendu vers l'avenir comme des points de suspension. Je suis sortie de la parenthèse. Je n'avais jamais voulu y entrer.

Dans la glace de l'armoire de la chambre, je me vois avec le bébé dans les bras. Rien n'a changé, ou presque. Seulement, maintenant, je me regarde, je me détaille, je me fais face. Sans aucune compassion. Je vais me déplacer et mon reflet se brouillera. Ce ne sera pas une avancée. Ni un recul. Ce sera un pas de côté. L'exploration d'une voie que je n'avais pas vue. J'y serai peut-être solitaire mais tout cela n'a plus aucune importance.

J'ai aimé sucer Thomas.
J'ai aimé son cul entre mes mains.
J'ai aimé le cri qu'il a poussé.

Cela suffit à remplir ma journée, désormais.

Demain sera un autre jour. Je ne sais pas si j'aurai envie de le vivre. Mais je sais que je serai là. Rien que ça, c'est une victoire.

AOÛT

Fred

Le soleil de la fin du mois d'août rend la route qui passe devant la maison presque mélancolique. La lumière est de cette teinte dorée qui va bientôt coller aux souvenirs, et qui en deviendra écœurante. J'en ai déjà des haut-le-cœur. Je hais la nostalgie et son parfum sucré. Je me demande si, dans quelques années, je recomposerai la pièce au centre de laquelle je me trouve et si je la parerai de tous les attraits qu'elle n'a pas.

Je ne l'espère pas. Vraiment.
Je déteste cet endroit.

Je ne pourrai jamais vivre à la campagne. Il y a trop de silence et trop d'oreilles qui traînent dans le village. Il y a trop de mots blessants et d'injures ouatées. Il y a surtout trop peu d'âmes qui vivent. Trop de femmes qui traînent leur mal-être en nettoyant d'un air absent les bols du petit déjeuner et en faisant leur ménage pour la quinzième fois. Trop d'hommes qui s'empressent de repartir au travail en dressant des listes de ce à quoi ils se consacreront, une fois qu'ils seront à la retraite. Qui se demandent quelle collection ils pourront commencer. Dans quelle antichambre de la mort ils iront attendre. Trop d'enfants qui font semblant de s'amuser mais qui ne rêvent que de sorties dans les villes, dans les supermarchés ou dans les cafés. Qui ne veulent plus courir dans les champs parce qu'il n'y a plus de champs, que des terres cultivées, de la terre retournée, des étendues betteravières à perte de vue.

Avant, oui.

Avant, je croyais que j'aimerais ça. Je me projetais dans l'image d'un homme solitaire, bourru au cœur tendre, en train de travailler le bois dans la cour pour créer des meubles, un artisanat utile, des produits qui sentent la fabrication main et le fini personnalisé. J'aurais laissé mon empreinte au cul de toutes mes chaises.

Quelques mois ont suffi à me vacciner. Je sens l'impatience dans mes jambes. Je suis dans la position du coureur sur le stade olympique. Les fesses relevées, les pieds dans les starting-blocks, le regard rivé sur le tartan. Je ne vois plus que du rouge brique et une bande blanche – celle qui marquera mon couloir, désormais. Je n'ai plus une pensée pour les adversaires à mes côtés. Je les distancerai. L'important, c'est de finir la course avec un temps record. Un temps qui brise tous les tabous. Un temps à entrer dans l'histoire.

Je me surprends à compter les jours qui me restent sur les doigts de ma main. Si je pouvais, je cocherais des croix sur les murs. Mais je ne veux pas faire de peine à Thomas.

Myriam, c'est différent.

Myriam, je le sens, n'attend qu'une chose : que je mette les voiles. Elle s'impatiente. J'ai remarqué l'infime contraction de ses lèvres quand il me vient une demande. Le raidissement imperceptible du dos lorsqu'elle me devine dans les parages. Elle voudrait que je n'aie jamais existé. Tirer un trait sur le tentateur. Sur celui qui l'a fait jouir, au sortir de l'Écosse. Une jouissance qu'elle aurait voulu retenir et dont elle a eu peur, mais qu'elle a libérée. Ses organes en vibration entre mes phalanges. Les lèvres qui frémissent. Le clitoris qui se tend et semble vouloir s'échapper. Les mots dans la gorge. Et le prénom.

Elle a murmuré un autre prénom que le mien.

Je lui en veux, depuis.

Je ne devrais pas. J'ai accepté les règles du jeu. Je savais que j'allais être instrumentalisé. J'ai mis la main sur le cœur, j'ai courbé la tête et j'ai fait comprendre que j'étais prêt au sacrifice.

J'étais bien niais.

Personne n'est prêt au sacrifice.

Je la voulais, elle. Et lui aussi, peut-être. Je rêvais de cette place dans le monde qui était la leur.

Plus maintenant.

Je n'ai d'yeux que pour ce qui se profile à l'horizon. Je change de région dans quelques jours, cinq pour être précis. Nous sommes mardi et je pars samedi, dans l'après-midi. Christophe vient me chercher à l'appartement avec des amis à lui. Ensemble, nous engouffrerons le peu de meubles qui peuplent mon deux-pièces dans la camionnette que j'ai louée. Ma mère s'occupera du ménage et de l'état des lieux un peu plus tard. Elle est contente. Elle aime avoir l'impression d'être utile. Je n'ai pas voulu que Fred et Myriam assistent au transvasement des objets. Je ne voulais pas de commisération, de plainte ou d'énervement. Je ne voulais surtout pas de questions.

Je passe du côté ouest. Du côté de l'Atlantique. Du côté des débuts de Myriam. Je suis nommé à Chartres. Cinq jours. Je n'aurai que ce court laps de temps pour emménager dans l'appartement que j'ai trouvé la semaine dernière, juste après avoir reçu ma nomination. Un voyage éclair. Un marathon de visites et de rues. Je n'ai de Chartres qu'une vision découpée et parcellaire. Un puzzle de mon avenir. Je suis à reconstruire, et j'aime bien cette idée.

Christophe ne m'a posé aucune question. Je crois que c'est avant tout ce que j'aime chez lui. Curieusement, avec cette période de silence entre nous, il m'est devenu plus cher. Parce que son attachement est droit, et sa démarche également. Il a essayé d'éclaircir ce qu'il ne comprenait pas au début, il a tenté de me faire bifurquer, et puis il a abandonné. Mais il a répondu présent dès que j'ai eu besoin de lui. Ça doit être quelque chose dans ce genre-là, l'amitié – accepter que l'autre s'égare sur des chemins loin de vous et accepter qu'il en revienne, sans rancœur.

Il a rencontré une fille, au début de l'été. Un lien sérieux. Elle s'appelle Dominique. Ils envisagent d'emménager ensemble. C'est curieux tous ces chemins que les gens prennent, en quelques mois. Toutes ces existences qui se dessinent. Dernièrement, j'ai croisé un ami d'enfance qui s'en allait à Bruxelles retrouver la femme de sa vie. Il va être père. Ma vie à moi était une sorte de pointillé scabreux, je suis en train de la remettre d'équerre. Je commence par le boulot.

Ce qui me tue, c'est qu'ils vont me manquer.

Malgré l'épuisement, malgré la déception, je sais que le visage de Myriam quand elle sourit traînera dans ma mémoire, et que j'aurai beau lui cracher à la figure, elle continuera de sourire – ou mieux, d'étirer les bras dans une salle de classe, un jour d'octobre. J'ai parfois l'impression que c'était il y a dix ans.

Et puis lui aussi, bien sûr.

Je le regarde par en dessous. Myriam aussi. Nous le surveillons. Nous nous assurons qu'il va bien. Il aura été, finalement, le plus fragile d'entre nous. J'avais peur que Myriam casse comme du verre mais elle n'a fait que plier sous les assauts. Elle s'est recroquevillée et, maintenant que le vent est tombé, elle peut se relever. Lentement, ses doigts se déplient, elle sent le fourmillement dans les phalanges, elle n'en croit pas ses yeux. Elle pense « si vite, c'est monstrueux », mais rien ne l'en empêchera. Le sang qui coule. Les pulsations du cœur. Elles ne retiendront pas les images douloureuses et elles permettront de se remettre en route. Elle sent la rage dans son ventre. C'est ça, la rage. Ce n'est plus du désir, ni de la sensualité. C'est de la furie. Elle veut cet autre enfant, même si elle n'ose pas le clamer. Elle veut surmonter la fatalité. Et si elle n'y parvient pas, alors elle ira se jeter d'un pont ou du toit d'un immeuble. Mais d'ici là, elle est prête à tout pour incarner la vie. Et pour faire dégager de son existence tous ceux qui peuvent lui rappeler les mois qui viennent de s'écouler. Je suis le premier sur le cahier des charges. Je ne devrais pas m'en plaindre. Et pourtant je me sens humilié.

Et puis il y a lui aussi, évidemment.

Il est l'unique raison pour laquelle Myriam ne m'a pas encore forcé à plier bagage. Elle a remarqué comme il s'accroche à moi. Comme il a besoin, régulièrement, de s'assurer de ma présence. De toucher la peau. Le cou. La main. Le bras. Comme il s'en veut par la suite. Elle s'énerve et puis elle se reprend. Elle se dit qu'elle n'a pas à juger, même si elle en a par moments l'estomac retourné. Elle s'interpose. Elle le ramène à elle. Je devrais être en colère contre elle et pourtant, je lui en sais gré. Elle me soulage. Je ne veux plus être le passeur.

Lorsque j'ai annoncé mon départ, la semaine dernière, il n'a eu aucune réaction. Il a continué à couper les légumes en petits dés. Il n'a même pas hoché la tête. Il n'a fait aucun commentaire. Il a seulement mis une allumette dans sa bouche et il a commencé à peler les oignons.

Je ne sais pas où il en est.

Pendant des semaines, je me suis demandé comment nous sortirions de la situation. Et maintenant, je pense simplement que la situation va nous sortir de là. Tranquillement. Doucement. Un éloignement progressif. Un retour vers nos terres natales. Laisser passer les mois et les années. Voilà. Un jour, se poser et raconter que j'ai quitté ma ville d'enfance en septembre 1986, alors que j'avais presque vingt-trois ans. Et en sourire.

Thomas

Je suis assis dans le bureau. Je pivote sur mon fauteuil à roulettes. C'est important d'avoir un fauteuil à roulettes. C'est la preuve que vous avez réussi socialement. Que vous appartenez à une entreprise innovante et à la pointe du progrès. Qui s'implique dans les ressources humaines et dans la qualité de vie de ses employés. Et puis surtout, tout le monde n'a pas le droit à un fauteuil à roulettes. Il faut avoir atteint un certain rang dans la hiérarchie pour pouvoir prétendre au siège pivotant. La secrétaire de base ou le comptable obscur n'ont droit qu'à la chaise en plastique qui crisse sur le sol et manque se renverser chaque fois que l'utilisateur se recule. Alors que le fauteuil à roulettes permet de se propulser en marche arrière comme un poulpe jetant de l'encre pour troubler ses agresseurs. Elle permet d'avoir l'air dynamique alors même qu'au fond on n'est qu'un mollusque.

Je me suis peut-être trompé sur toute la ligne. J'ai cru pendant longtemps que j'incarnais l'action et le mordant, que j'étais un de ces cadres qui peuplent les affiches publicitaires. Un de ces hommes décontractés en costume léger qui tiennent leur veste sur l'épaule et sourient de leurs quarante-deux dents blanches tout en vantant la performance et la motivation.

En fait, je suis un mollusque

Je me laisse ballotter par les flots. Je me suis accroché à un rocher et je suis le mouvement de l'onde. Flux, reflux. Arrivée, départ. Vie, mort. Et tout m'est égal. Je n'ai pas envie d'aller voir au large ce qui se passe. Je n'ai pas envie de m'échouer sur la plage pour qu'un enfant me récupère et m'observe sous toutes les coutures. Je suis juste là, mon cerveau peu à peu rongé par le sel de la mer et la nuit des temps.

Je suis un trilobite.

Je sens cette carapace en trois parties. Je sens les pattes-tentacules qui effleurent le sable et qui se laissent porter par le courant. J'ai touché le fond de l'océan. Je n'ai pas envie d'évoluer et de grandir. Je suis bien, là. Je n'ai plus aucun sentiment. Je suis prêt à traverser les années.

Fred est parti hier et c'est comme si Pierre était mort une seconde fois. Je ne sais pas comment expliquer ça. Je ne sais pas quoi faire de ces mots. Je me dis que je suis un père indigne et ensuite, je hausse les épaules. Je me dis que je suis vraiment pervers, une pédale refoulée, un infanticide qui ne s'assume pas, et puis je balaie l'air avec la main gauche. Je parle tout seul. Le visage d'Agnès, dans le bureau d'à côté, vient parfois s'encadrer dans l'embrasure de la porte et d'une voix douce mais ferme elle me demande si ça va. Le monologue intérieur s'interrompt brusquement. Je sursaute. Je souris. Hier, une main amicale m'a noté les coordonnées d'un psychiatre. Le nom était souligné de deux traits, je n'ai pas réussi à décider s'ils soulignaient l'efficacité de ce médecin ou l'urgence de mon cas.

Je joue avec cette idée-là. M'allonger sur un divan une ou deux fois par semaine et dévider l'écheveau. Parler de Pierre, de Myriam, de Fred, de mes parents. C'est tentant, et en même temps, cela me paraît à des années-lumière. Parce que, pour aller consulter, il faudrait changer de direction. Prendre un chemin différent. Ne pas emprunter la route qui va de la maison à l'hypermarché. S'enfoncer dans l'inconnu. Et je ne veux pas faire ça. Je veux juste être un trilobite qui se laisse emporter par le courant.

Bien sûr, Fred a promis d'appeler et nous a donné rendez-vous vendredi prochain, il a juré qu'il passerait les week-ends avec nous, mais nous savons tous les trois que, même si c'est le cas, tout est devenu temporaire. Volatil. Éthéré. Les adjectifs ne manquent pas. Ce sont les phrases qui n'ont plus guère de sens.

Je ne comprends pas ce que nous sommes censés faire maintenant. Recommencer comme si rien ne s'était passé ? Oblitérer les décès et les départs et prétendre nous redécouvrir en couple ? Ou bien continuer à marcher sur nos deux jambes blessées en faisant semblant de ne pas voir que la béquille qui nous soutenait a disparu ? Je ne sais pas comment on fait face à cette situation-là. On ne me l'a jamais appris. Et je manque de force pour inventer une réponse. Ce que je voudrais, au fond, c'est que Myriam à son tour m'abandonne et trouve un vrai rocher, pas une pierre ponce, friable et poreuse, une pierre en qui l'on ne peut plus avoir confiance. Et pour moi, enfin, l'ivresse des profondeurs. L'eau salée qui entre par le nez et s'infiltre partout. Le panache dans la noyade. La beauté du transatlantique naufragé.

Je me vois assez bien dans la décadence et le drame – puisque le drame a bien voulu de moi en tant qu'acteur. Un trimestre s'est écoulé depuis le décès de mon enfant, et tout reste irréalité. Je ne comprends pas comment je pourrais passer à autre chose. Je n'ai plus aucune idée de ce que signifie avancer – et je suis conscient que reculer signifie retrouver l'horreur. Je suis en surplace. J'attends qu'on me bouge.

Myriam

Hier matin, je suis allée sur la colline de Montaigu pour la première fois. Fred m'en avait parlé, de temps à autre. Enfant, sa mère l'y emmenait, parfois. Les pieds dans les sacoches du vélomoteur. Je les ai imaginés tandis que je m'y rendais en voiture. J'ai ressenti un élan de tendresse pour Fred. Une vague profonde comme je n'en ai pas eu envers lui depuis des semaines. Je me suis rappelé son intrusion dans la classe, il y a presque un an. Le début de cette absence d'histoire. De ce ratage total. Il ne faut pas croire. Fred est un mec bien. Un des rares hommes honnêtes et tendres qu'il m'ait été donné de rencontrer. Il est plus honnête et plus tendre que Thomas. Mais il n'est pas Thomas. Et c'est avec Thomas que j'ai eu envie de faire un enfant. Et que j'ai envie, plus tard, bientôt, demain peut-être, d'en concevoir un autre. Aussi atroce que cela puisse paraître. J'entends les dénégations et les encouragements chuchotés à mon oreille « Mais non, ce n'est pas atroce, c'est naturel, normal, positif, optimiste, extraordinaire, génial, bravo, félicitations ». Mensonges. Tout au fond d'eux, mes interlocuteurs virtuels me traitent de tous les noms, de catin sans esprit, de mère indigne, de salope, de monstre. Il faut respecter une période de deuil. On ne peut pas enterrer le corps d'un nouveau-né aussi rapidement. On n'a pas le droit de tourner la page aussi vite.

Mais je ne tourne aucune page.

Je n'enterre rien du tout.

Je refuse d'enterrer.

Ils m'ont obligée à regarder le corps sans vie pour que je fixe les traits de l'enfant perdu, mais je n'ai pas été capable de les retenir. Moi, la crayonneuse, la sanguine, la femme peintre, je n'ai pas voulu que le visage s'imprègne. Je le veux vivant comme au premier jour et non figé comme au dernier.

Je suis double, maintenant.

Je pense à Pierre, toutes les minutes de la journée, toutes les secondes de la nuit. Il est dans tous mes rêves, il grandit, il a cinq, dix, douze, vingt ans, il me répond, il est insolent, il joue au foot, il passe ses après-midi devant le flipper, il a l'estomac qui se noue la veille des examens. Je lui choisis des vêtements, du trois mois en rouge sang, du six mois en vert espoir, du huit ans en bleu clair, insupportablement clair. Je fais du lèche-vitrine. Je dresse des listes de jouets potentiels pour Noël. Et tous ces articles de puériculture que nous n'avons pas encore.

J'ai marché sur les sentiers qui sillonnent la colline de Montaigu. Il n'y avait personne en cette fin août, curieusement. Le soleil était peut-être trop haut. La chaleur trop immobile. Sur le bord de la mare, j'ai vu les pieds d'iris séchés, brûlés par le soleil. Ils traînaient dans la vase. L'eau s'était presque entièrement retirée. La colline de Montaigu attend la pluie et l'automne.

Je suis allée me promener avec Pierre, bien sûr. Je lui montrais tout ce qu'il devait retenir pour sa vie future, le parfum des fleurs dans les sous-bois, le coassement paresseux des grenouilles, les différents troncs des arbres et leurs écorces, les traces du passage des animaux, le bruit du vent dans les cimes. Je lui parlais à voix haute. Je voulais que, plus tard, il se souvienne, comme Fred se souvient de ses promenades avec sa mère. Je le tenais par la main. Je sais. Personne ne peut comprendre ça. Pourtant, je le tenais par la main, je sentais sa main dans la mienne et, au fur et à mesure que nous gravissions le sentier, elle grandissait, elle se faisait plus calleuse, une main d'homme que je ne reconnaissais pas toujours, et pourtant la douceur était la même, c'était ma propre main qui changeait, la peau se fripait, les rides s'entrecroisaient dans des figures de plus en plus complexes, les rhumatismes vrillaient les articulations, les os adoptaient des postures étranges, ma main de vieille dame dans celle de mon fils adulte. La sérénité. Le plaisir de se dire « Voilà, j'ai mené à bien ma tâche sur cette terre, maintenant, il peut voguer et me porter, de temps à autre, le dimanche », je suis devenue le but d'une visite bimensuelle un peu pénible, vaguement gênante, la mère, la vieille mère, la grand-mère, celle qu'on aime bien mais qui s'attarde un peu trop ici-bas. Celle à qui on ne souhaiterait pas malheur pour autant.

À un moment, je me suis assise sur un rocher. Devant moi, la colline de Montaigu descendait en pente douce vers les champs cultivés, en contrebas. Le soleil pesait à travers les branches, les aiguilles de pin tournaient au roux. Je me suis sentie fatiguée. J'ai fermé les yeux. Je ne sais pas si je me suis endormie. Lorsque j'ai retrouvé le monde, quelque chose d'imperceptible avait changé. J'ai frissonné. J'ai décidé de redescendre. L'endroit, soudain, ne me disait plus rien qui vaille. Qui sait si les animaux de la forêt n'étaient pas, en fait, des réincarnations d'êtres disparus ? Qui sait si, au détour d'un chemin, je n'allais pas tomber sur un renard, la langue pendante et le regard allumé, un ennemi ancestral ?

J'ai appelé Pierre. Doucement, d'abord. Juste un murmure. Je ne voulais pas l'effrayer. Je voulais simplement qu'il me revienne. Je lui ai pourtant déjà maintes fois répété de ne pas s'éloigner de moi. Je n'ai pas eu de réponse. Il n'y avait même plus un souffle de vent. La colline était devenue irréelle. J'entrais dans le songe et, comme à l'entrée de tous mes songes, je me suis mise à avoir froid. Je me suis levée sans bruit. J'ai crié son nom plus fort. Un appel sec, un jet de sonorités rocailleuses, *Pierre, Pierre, Pierre*. Je me suis rendu compte qu'il n'y avait pas d'écho. Ma voix se heurtait à un mur invisible, un mur spongieux et presque liquide, un mur qui l'absorbait et la rendait inaudible. J'ai senti la peur se frayer un chemin. Les cordes vocales ont déraillé. Les cris sont devenus rauques, ils se sont transformés en feulements. *Pierre. Pierre.*

Et puis soudain, la réponse.

Une voix assurée et enfantine tout à la fois. « Je suis là. » Juste derrière moi. Et l'incongruité de la situation. Entendre ces mots et se rendre compte en même temps que celui qui est censé les avoir prononcés est mort et enterré, un amas de particules dans un petit trou noir. Sentir son sang tout à la fois se glacer et ne faire qu'un tour. La colère et la terreur qui se mêlent dans les membres et les agitent brutalement.

Je me suis retournée. Il y avait un enfant, là, derrière moi. Mais il ne ressemblait pas au mien. Il ne pouvait pas ressembler au mien. Il avait sept ou huit ans, des yeux marron clair, des cheveux noirs, les joues bien pleines et rouges d'avoir couru. Des minuscules gouttes de sueur sur son front. Il a répété « Je suis là », et c'est moi qui me suis mise à courir. À dévaler la colline de Montaigu et à la croire ensorcelée. À glisser sur les pommes de pin et à me rattraper aux racines, à refuser de me retourner pour ne pas voir la cohorte d'esprits et d'êtres fantasmagoriques qui me poursuivait. J'ai débouché dans la clairière aux iris. J'ai continué à courir jusqu'à la voiture. J'ai démarré en trombe. Ce n'est qu'arrivée sur la place du village le plus proche que je me suis arrêtée. J'ai regardé mes mains sur le volant. Elles tremblaient. Je me suis dit « C'est ça, être folle ».

Sur la place du village, hier, j'ai nettement vu se dessiner la fourche. Les deux chemins qui s'offraient à moi. Les couleurs fascinantes de la démence, ses formes sensuelles et rondes, sa douceur et sa tendresse. De l'autre côté, l'aridité hivernale de la santé mentale, les traversées du désert, les étangs noirs de la solitude, les flaques de lumière pâle. Je ne pouvais pas choisir. J'en étais physiquement incapable. Je savais qu'il fallait que je me fasse aider. Par un spécialiste des maux de la tête et du corps. Je savais aussi qu'en attendant, il me fallait parler à quelqu'un.

Je suis entrée dans la cabine téléphonique qui trônait sur la place du village, symbole facile et illusoire de l'ouverture au monde. J'ai composé le numéro de Fred mais au bout de trois sonneries, j'ai raccroché. Je ne voulais pas la facilité.

Pas cette fois. J'ai composé le numéro de Thomas, au travail. Il était là. Il était attentif. Je lui ai tout raconté. J'en ai été la première surprise. Thomas était devenu au fil des semaines la personne à laquelle je ne me serais confiée sous aucun prétexte. Pourtant, au début, nous passions des heures à parler. Avant la nudité. Pendant la nudité. Dans les draps. La lumière du jour dans les interstices des volets et sa voix dans la pièce. Elle était moins grave qu'il ne l'aurait voulu. Il aurait souhaité une voix de basse, un organe qui fasse vibrer les ventres et les cuisses. Ce n'était qu'une voix d'homme jeune. Des sonorités cuivrées que le temps allait arrondir. C'est ce que je me disais, au début. Et maintenant, le temps l'a échancrée. Le timbre s'est fêlé et émoussé.

En trois mois, il a perdu de son tranchant et de son assurance. Il laisse dériver les mots vers des abîmes inconnus, les cordes vocales s'épuisent dans les bémols et semblent toujours au bord de la rupture. Dans la cabine téléphonique, sur la place du village, je suis tombée amoureuse de sa voix. Pour la première fois.

De sa réponse aussi. Il a inspiré longuement et puis il m'a dit qu'à son avis le garçon que j'avais vu sur la colline n'existait pas. Il s'est repris, il s'est raclé la gorge et il a enchaîné « pas encore ». J'avais beau deviner ce qu'il voulait dire et j'avais beau être déterminée à ne pas vouloir l'entendre, je l'ai prié de continuer. Prié. Comme une prière. Il y avait cette urgence-là dans le ton de ma voix. Continue. Continue. Continue comme notre histoire qui continue, comme la vie qui continue, comme la ligne continue qui remplit les pointillés, continue comme une pluie continue sur mon existence, continue comme conte et nuit, conte et nue, continue comme une aube timide.

L'enfant que nous aurons ensemble. Il a prononcé ces mots et j'ai regardé les nuages poussés par le vent au-dessus de la place du village. Ils iraient bientôt survoler la colline de Montaigu. Le ciel se reflétait sur les parois de verre de la cabine téléphonique. J'aurais juré que le soleil avait écorché les nuages et insistait pour apparaître, ne serait-ce que par intermittence.

Le timbre de la voix de Thomas s'est subitement dégradé. Sa respiration s'est faite plus rapide. Il était à l'autre bout du fil. Il pleurait. Je pouvais entendre les muscles craquer de soulagement. Les jointures retrouver leur élasticité. L'assouplissement général. Je murmurais des mots d'amour. Je ne sais pas d'où ils venaient. Des replis de la mémoire qui s'ouvrait. Des cachettes de la chair où ils s'étaient mis en repos et attendaient leur heure. Ils s'ébrouaient et se défroissaient le visage. Ils prenaient un air étonné en découvrant le combiné téléphonique et la cabine esseulée sur la place du village. Ils s'étaient attendus à plus d'intimité, à la courbe d'une épaule, à la douceur d'une chute de reins. Ils ne cachaient pas leur déception, mais elle n'était que passagère. Soudain, ils se souvenaient de leur but et ils s'infiltraient dans le plastique noir de l'appareil. Ils voyageaient à deux, puis à dix, à vingt. Ils se donnaient la main le long des fils, sur le bord de la route. Vingt-deux kilomètres de mots d'amour. Nous avions du temps à rattraper.

Nous avons deux jours encore avant que Fred ne rentre, et qu'avec son air bravache et son ennui en bandoulière il ne vienne rompre notre idylle. Deux jours pour construire une alliance. Deux jours pour l'imbrication de nos corps. Deux jours pour le défilé des mots. Je sais que tu es encore sur un caillou plat, au milicu dc la rivière, Thomas. Mais je viens te chercher, tu sais. Je viens te chercher.

OCTOBRE

Thomas

Nous regardons la télé. Il y a des enquêtes et des contre-enquêtes sur le terrorisme et ses réseaux. Des images des vitrines qui ont volé en éclats dans la capitale, le mois dernier.

Le 17 septembre, j'étais à Paris. Une réunion au quartier général de la boîte. C'est là qu'allait être entériné le remplacement de Ledoux. C'est là que je prenais la direction des opérations et qu'il repartait, la queue basse et l'œil brumeux, vers la fin de sa vie. Des années à me traiter de salaud et à noyer la trahison dans le rhum et le whisky, comme il sied aux anciens chefs d'entreprise.

Nous avions rendez-vous en haut de la rue de Rennes. Je suis passé devant le magasin Tati en pressant le pas, je n'étais pas en avance. Soudain, la déflagration dans mon dos, comme un souffle brûlant. J'ai tout de suite compris que c'était une bombe. Dans le métro, tout à l'heure, tout le monde était sur le qui-vive. Je me suis forcé à courir. Dix mètres, vingt mètres, cent mètres. Je pensais aux débris qui allaient peut-être retomber et me trancher la carotide ou m'écraser. Dans mes oreilles, il n'y avait que du bruit. Du bruit et de la poussière. Mais la poussière, je l'ai sans doute imaginée. Parce que, quand je me suis retourné, la scène était presque irréelle. La circulation en quinconce. Les vêtements gisant sur le sol. Le trou au milieu des bâtiments. Et les cris. Les sirènes.

Je suis resté paralysé.

Hypnotisé par le va-et-vient.

Et puis, lentement, tandis que le bourdonnement s'estompait dans mes oreilles, laissant les sons reprendre vie, je suis revenu sur mes pas. Vers le théâtre des opérations. Comme aimanté. Comme un automate. Une fascination. Je voulais voir ceux qui n'avaient pas eu ma chance. Je voulais voir des morts, des corps, du sang.

Plus tard j'ai raconté que je voulais aider, porter secours, mais je sais au fond de moi qu'il n'en était rien. Je ne voulais qu'être présent au milieu de l'horreur et contempler ce à quoi j'avais échappé. Ce qui allait devenir ma raison de survivre.

Une femme est passée, couverte de poussière et de sang. Elle hurlait. Elle s'est cramponnée à moi. Je lui ai crié des ordres. Des expressions toutes faites. « C'est fini. C'est fini maintenant. Respirez à fond. Tout va bien. Tout va bien. »

Sans cesser de me demander si tout allait réellement bien. Si elle n'avait pas laissé derrière elle un mari, un frère, une fille. Un fils. J'ai mis longtemps avant de comprendre que la femme ne m'entendait pas. Que l'explosion l'avait rendue temporairement sourde. Temporairement ou définitivement, je n'en sais rien, je ne l'ai jamais revue, je ne connais pas son nom, une fois lavée et nettoyée, je ne saurais pas la reconnaître.

Je l'ai emmenée jusqu'au camion de pompiers qui venait d'arriver. Une civière était prête. Ils l'ont emmenée. Et moi, je suis resté là, les bras ballants. Immobile au milieu de l'effervescence.

Quand je me suis enfin remis en mouvement, je suis entré dans la première cabine téléphonique libre que j'ai trouvée, sur le boulevard Raspail. Tandis que les sonneries retentissaient à l'autre bout du fil, je voyais des gens courir dans tous les sens, j'entendais les sirènes des ambulances et de la police, et puis des éclats de voix autour de moi. Le bilan le plus lourd depuis le début de la série. Des blessés, des morts. Myriam a décroché. Je sentais derrière elle le soleil encore haut. Je devinais le ronronnement de la machine à laver et puis la fenêtre ouverte. Les ondulations des blés dans les champs. J'ai dit « C'est moi, il y a eu un attentat, je n'ai rien, tout va bien, oui, je veux que nous ayons un autre enfant, et même si ce n'est pas tout de suite, ce soir, même s'il faut attendre, je veux quand même un autre enfant, je veux un autre enfant dans ce monde de carnage et de mort, je veux une autre victime potentielle, je m'en fous, je veux un autre enfant de toi et de moi et on ne l'appellera pas " l'autre enfant ", et puis ce ne sera que le premier d'une longue série, j'en veux trois ou quatre, pas parce que le nombre efface la perte, non, juste parce que tous ces enfants-là, je les veux avec toi, et avec toi seule ». J'ai entendu son souffle se couper. Ses doigts qui s'agrippaient au combiné. L'approchaient plus près encore de son oreille. Qu'elle entende cette minute, la plus belle minute de sa vie, les mots comme des cascades et, derrière, les gens qui passent en courant et les secours qui s'organisent. Elle a seulement répondu qu'elle m'aimait. À cent cinquante kilomètres de ma ville, j'étais revenu chez moi.

Je suis allé à la réunion, mais elle avait été annulée en raison des « événements ». J'ai retrouvé Ledoux au siège social, il parlait avec animation à des cadres nationaux. Il m'a accueilli à bras ouverts. Il s'est même précipité sur moi. Il s'était fait un sang d'encre. Il tournait en rond depuis presque une heure. Il avait deviné que j'étais venu en métro et à pied et que j'étais passé devant le magasin Tati. Il répétait « C'est l'horreur, c'est l'horreur ». Il m'a présenté aux trois dirigeants qui l'accompagnaient et que j'avais rencontrés quelques mois auparavant en catimini, pour peaufiner les détails du futur remplacement de mon chef. Nous avons échangé des sourires un peu gênés. Ils se sont éclipsés en ajoutant qu'ils nous préciseraient quand et où se tiendrait la réunion de remplacement. Peut-être en province, après tout. C'est bien aussi, la province. C'est calme.

Ledoux a voulu m'inviter à boire une bière. Il voulait continuer à parler des « événements ». Il voulait comprendre comment on peut en arriver à faire sauter un magasin de fringues bon marché destiné à une clientèle populaire. C'était trop anti-commercial pour lui. L'opinion publique allait être révoltée. C'était suicidaire. Je lui ai fait remarquer que le but du terrorisme, c'était bel et bien le suicide. L'individuel en kamikaze ou le collectif en fin du monde. Je lui ai raconté le bruit de l'explosion, la femme qui hurlait, les décombres. Et puis je ne sais pas pourquoi, peut-être parce que je n'en avais plus rien à faire de rien maintenant que Myriam m'aimait de nouveau, je lui ai dévoilé le plan.

Les réunions préparatoires. L'envoi de la torpille humaine destinée à couler le calife et à prendre sa place. Les notes que je penais régulièrement sur un carnet rouge à couverture matelassée et que je devrais transmettre un jour à la hiérarchie. Toutes les humiliations qu'il avait fait subir, Ledoux. Toutes les remarques déplacées. Toutes les glissades racistes. Toutes les bonnes blagues. Les irrégularités financières. Les soirées au restaurant en famille sur le dos de la boîte.

Il était là, en face de moi, arrêté dans son geste, la petite cuillère en suspension, une statue de sel. J'ai cru qu'il allait exploser, lui aussi, et m'envoyer valser de l'autre côté du café. Qu'il allait utiliser ses dernières forces de quinquagénaire bien nourri à me gifler avec ses mains potelées, à me boxer avec ses poings grassouillets. Mais non. Il s'est lézardé comme un mur. Et puis il s'est affaissé. Quelques pellicules sont tombées dans la mousse de sa bière. Il était décomposé. Il répétait « Je n'y crois pas, je n'y crois pas », mais il savait à quel point tout cela était vrai.

Il a relevé la tête et il m'a demandé d'une voix qu'il voulait assurée mais qui n'était qu'inconsistante pourquoi je lui faisais ces révélations-là.

« Parce que. »

C'est tout ce que j'ai pu répondre, d'abord. J'avais du mal à juguler les raisons qui se bousculaient dans ma gorge et qui menaçaient de m'étrangler. Parce que je quitte ce monde-là. Parce que j'ai failli crever. Parce que je n'en ai rien à péter de ton environnement de merde. Parce que ta boîte me fait gerber. Parce que je ne serai jamais comme toi. Parce que je vais démissionner. Parce que toi, tu devrais t'accrocher et les enculer jusqu'à l'os. Parce qu'il est encore temps pour toi de t'amender. De demander pardon. De convoquer ceux que tu as humiliés et d'avouer que tu t'es comporté comme une merde, parce que tout le monde dans cette entreprise se comporte comme une merde et que plus tu te comportes comme une merde, mieux tu es vu. Parce que je veux que tu arrêtes le paternalisme maintenant, tu n'es pas mon père, tu ne l'as jamais été, tu ne le seras jamais. Parce que moi je vais devenir père à nouveau et que je veux transmettre de l'espoir et pas du cynisme, même si c'est de l'eau de rose, l'eau de rose parfois, c'est de l'eau de vie. Parce que mon fils est mort. Parce que ma femme a failli en mourir. Parce que mon couple a pris la tangente. Parce que j'ai aimé l'homme qui m'a fait tenir debout. Parce que tout est si complexe qu'on n'a pas besoin de coups tordus. Parce que je veux être un homme neuf, même si ça sonne ridicule. Parce que je m'en vais, voilà. Parce que je m'en vais.

C'est ce que j'ai fini par dire, bien sûr. « Parce que je m'en vais. »

Il n'a rien répondu pendant une minute ou deux. J'entendais le cliquetis de sa cuillère contre la porcelaine de la tasse, je regardais son visage sur lequel les nuages alternaient, il passait de la colère à la déception, de la paix à la rage, en un clin d'œil. Quand il a repris la parole, sa voix était étrangement calme et ses mots mesurés. Ils respiraient surtout une très grande lassitude. Il a expliqué que ce n'était pas à proprement parler une surprise et qu'il se doutait de quelque chose. Cela faisait plusieurs années qu'il trouvait bizarre qu'on le laisse voguer ainsi jusqu'à la fin de sa carrière, sans le muter, sans le promouvoir ni le dégrader. C'était peut-être ça, d'ailleurs, le plus humiliant. L'indifférence feinte. L'absence de réaction. Les réponses évasives. Il avait vite compris que pas de promotion, c'était déjà un désaveu. Qu'il ne devait plus correspondre aux normes en vigueur. Qu'il était périmé. Simplement, il attendait qu'on le lui annonce franchement. Qu'il y ait une explication à visage découvert, quitte à ce qu'elle soit blessante comme pouvaient être blessants les entretiens qu'il menait, lui. Il en était conscient mais au moins les postulants ne repartaient pas dans une sorte d'expectative molle et sucrée dans laquelle ils s'engluaient pendant des semaines. Des semaines à se dire qu'au fond, cet entretien, ça avait plutôt bien marché. Des semaines d'espoir et puis la réponse sèche et impersonnelle dans la boîte aux lettres. Et l'incompréhension. Pourtant, on m'a assuré que. Je croyais que. J'étais persuadé que.

J'ai rétorqué. Je ne voulais pas de Ledoux comme allié. Je l'avais trop vu à l'œuvre. Je lui ai parlé des dossiers contre lui. Les brimades. Le droit de cuissage. Les notes de frais. Il a baissé la tête. Il a répondu doucement qu'il avait grimpé dans l'entreprise à un moment où tout cela était monnaie courante. Et d'ailleurs, cela n'avait pas tellement changé, au fond. C'était toujours la même chose, mais c'était fait de façon plus hypocrite. Le dégueulasse s'habillait de couleurs chatoyantes. On n'allait pas faire du gringue à la nouvelle stagiaire ; en revanche, on allait lui donner tellement de responsabilités et d'encouragements qu'elle en ressentirait de la gratitude et qu'elle craquerait, sexuellement, à un moment ou à un autre. Et si elle ne craquait pas, si elle ne se sentait pas l'obligation morale de céder, alors, oh dommage, on lui trouverait une remplaçante, le contrat était à durée déterminée, non ? Quant aux notes de frais, c'était du pipi de chat par rapport à ce que les nationaux pouvaient se mettre dans les poches.

J'ai soupiré. J'ai répondu que je savais qu'il avait raison, mais que je ne voulais quand même pas cautionner son attitude. Il représentait tout ce que je détestais dans l'existence. Les abus de pouvoir. L'étroitesse d'esprit. La certitude d'avoir raison. Il a encaissé. Il s'est levé et est allé acheter un paquet de cigarettes au comptoir. Il souriait en coin. Quand il s'est rassis, il m'a tendu une clope. J'ai refusé. Il a dit qu'il avait arrêté de fumer cinq ans auparavant, pour être plus dynamique, pour avoir plus la pêche ou la banane. Il m'a demandé si j'avais remarqué à quel point les fruits avaient la cote dans les expressions des jeunes cadres montants. Et puis, tout à trac, ses yeux se sont plissés dans une expression de haine. Il m'a toisé. Il a lancé « Les abus de pouvoir, mon cul – et toi, le mec qui baise ta femme et qui t'encule, il n'en commet pas, des abus de pouvoir ? »

Le coup est parti tout seul. Ledoux s'est étalé au milieu des tables du café. Il ne l'avait pas senti venir. Il s'est massé la tête. Il y avait des débris de verre. Je l'ai regardé une dernière fois. Je voulais lui cracher dessus, mais quand j'ai croisé son regard, j'ai remarqué dans son œil comme une lumière. Il était presque content. Oui, presque content. Il voulait de l'action. De la réaction. Il n'a eu que ce qu'il méritait. Et puis il était sûr désormais que j'allais démissionner. La direction générale ne laisserait jamais passer ça.

Je suis sorti du café sous les invectives du patron qui confondait les terroristes et les bagarreurs dans une harangue généralisée. Dehors, l'après-midi déclinait. Les sirènes des voitures de pompiers et des ambulances se succédaient. Les passants s'épiaient, lançaient des regards suspects vers les sacs en plastique, les voitures en stationnement, les poubelles. Rien n'était plus anodin.

Je suis retourné à pied à la gare. Trois quarts d'heure de trajet. J'étais groggy. J'avais abandonné une peau dans le café et la mue s'était effectuée un peu trop rapidement. La tête me tournait. L'horloge, sur le frontispice de la gare, indiquait 18 heures passées de quelques minutes. Nous étions le 17 septembre.

C'était il y a tout juste un mois.

Nous nous sommes arrangés à l'amiable, Ledoux et moi. Nous avons fonctionné grâce à des messages rapidement griffonnés, que nous nous laissions l'un et l'autre sur nos bureaux respectifs. Je n'ai pas présenté ma démission. Il m'a licencié. Incompatibilité d'humeur. La direction nationale n'a pas réagi. Ledoux était retourné au siège juste après notre altercation dans le café. Il avait négocié son départ et, dans sa grande magnanimité, le mien également. Les deux têtes de l'hypermarché étaient tombées. À Paris, on se frottait les mains. C'était du bon boulot.

Je n'ai plus que quatre semaines de préavis. Je pourrais d'ailleurs ne pas les effectuer. Désormais, j'agis comme je veux au sein de l'hypermarché. Les autres cadres me regardent avec perplexité ou envie, selon l'humeur et selon l'heure de la journée. Les employés mâles ne comprennent pas. Ils flairent que toute cette histoire sent le roussi et qu'il y a coup fourré. Les caissières, elles, ont la larme à l'œil. Elles pensent au bébé mort, à l'attentat, au temps qu'elles aimeraient passer avec leurs enfants, au temps qu'elles aimeraient que leurs maris passent avec elles.

Elles m'invitent parfois à déjeuner, le midi. Elles ont leurs habitudes dans une cafétéria du centre-ville, un endroit tout de vert et de rose avec des tables en bois verni. Elles y mangent la nourriture qui passe sur leurs tapis de caisse, mais elles n'en ont cure. Manger, elles en sont presque dégoûtées. Elles voient toute la journée défiler la charcuterie, la viande, les conserves, les légumes pâlots, les bouteilles d'eau et de vin, les friandises, elles en sont gavées. Elles disent souvent « Nous sommes des oies », à la manière d'Amélie et Amélia Jacasse dans *Les Aristochats*, et elles se mettent à glousser de concert. Je me sens bien avec elles.

Myriam se joint à nous quelquefois. Elle a une vraie cote de popularité depuis qu'elle a dessiné un château avec des chevaliers, des donjons, des douves et des meurtrières pour le fils de l'une des caissières. Le dessin était à couper le souffle. Une autre caissière, Ariane, a demandé si elle savait dessiner les portraits. Myriam a légèrement rougi et elle a répondu que c'était ce qu'elle préférait.

Depuis, elles se retrouvent le dimanche après-midi, toutes ensemble, chez Laurence Buteau, qui est fraîchement divorcée et dont les fins de semaine sont solitaires. Elles prennent la pose et la femme de ma vie les immortalise. Elles voulaient garder leur blouse de travail, mais Myriam a refusé. Elle a dit « Sur ce tableau, vous êtes ensemble parce que vous aimez bien être ensemble, pas parce que vous avez la même blouse ». Aucune des femmes ne parle jamais des dimanches après-midi en dehors des dimanches après-midi. J'ignore comment elles justifient leur absence à leurs maris et à leurs enfants. Elles ne les justifient peut-être pas, après tout.

Parfois, le midi, elles me cherchent un emploi. Elles épluchent le journal gratuit des petites annonces et elles lisent les propositions à haute voix. Homme à tout faire. Concierge. Cariste. Manutentionnaire. Secrétaire trilingue. Agent immobilier. Elles m'imaginent un instant, puis l'une d'elles fait « ttt... ttt... » avec la langue et elles rient en se replongeant dans la lecture.

Je me suis inscrit à quelques concours de l'administration. J'ai cru que ça allait me rendre malade, la continuité familiale, mais au fond, je n'en ai rien à faire. Simplement, je n'en ai pas informé mes parents. Pour l'instant. Je vais bientôt me soumettre aux épreuves pour devenir douanier, employé de préfecture et même instituteur et prof. Myriam murmure parfois « tu imagines, si nous travaillions tous les deux dans le même lycée », et elle plisse les yeux. Je ne parviens pas à savoir si ce serait pour elle une épreuve ou un bonheur.

Elle a changé d'environnement. Elle a repris le travail dans un établissement du centre-ville. Un collège en pierre relativement paisible. Il y a une grande cour en bitume entourée de troènes. Elle a été bien accueillie. Une de ses collègues nous a même déjà invités à dîner, mais comme elle a deux enfants en bas âge, nous n'avons pas retourné l'invitation. Nous n'avons pas expliqué non plus. Il n'y a pas d'explication qui tienne.

Fred est venu habiter chez nous les deux premiers week-ends. Le troisième, il avait trop de travail, il n'est pas revenu ici. Le quatrième, il n'est venu que le dimanche, il avait passé son samedi soir en boîte de nuit avec son copain Christophe. J'ai ressenti comme une brûlure vive et brève dans la poitrine. Les affections mettent du temps à se déprendre. Notre dimanche ensemble était nul et non avenu. Nous sommes allés nous promener sous la pluie. Il a parlé un peu de ses élèves. Myriam a parlé un peu des siens. Je n'ai pas évoqué l'attentat, Ledoux, la démission. Je ne sais pas pourquoi. Je crois que je ne voulais pas susciter l'intérêt. Si je l'intéresse vraiment, alors qu'il me le fasse savoir. Comme il n'envoie aucun signe, je mets une croix dessus. Je n'aime pas sentir la hargne dans mes pensées et dans les phrases que je formule mentalement, quand il est là. J'espère que la rage passera. Qu'elle fera place à quelque chose de plus doux. De tendre. Une fraternité. Une gratitude.

Le premier week-end d'octobre, sa mère est allée le voir à Chartres. J'ai regardé des photos de la ville dans un guide touristique l'autre jour, ça a l'air plus joli qu'ici.

Le deuxième week-end d'octobre, c'est nous qui n'étions pas là. Nous nous sommes rendus à l'anniversaire du père de Myriam. Le troisième week-end d'octobre, il a téléphoné pour savoir comment nous allions et si nous voulions prendre un verre au centre-ville, il n'avait guère envie de venir à la campagne. Le temps ne s'y prêtait pas. Le quatrième week-end d'octobre, c'est aujourd'hui, et nous n'avons pas eu de signe de vie de sa part. Je n'en reviens pas de voir à quelle vitesse les relations peuvent se distendre. Quelques semaines dans la vie d'un autre et puis plus rien. Je crois que c'est cette soudaineté qui me fait souffrir. Je préférerais mourir d'une longue maladie qu'être emporté par un accident de voiture. J'aurais au moins le temps de faire mes adieux.

Nous sommes dimanche soir. Nous regardons une émission sur les attentats du mois de septembre. Je me souviens du souffle de l'explosion dans mon dos. Je me souviens aussi de son souffle dans mon cou. Je me demande quel était l'attentat. Je me demande s'il a baisé ma femme. Je me demande si je veux connaître la réponse.

Myriam

Tout a changé. Tout a tellement changé. Tout a changé si vite. Je n'avais jamais entendu parler de ces accélérations qu'a la vie, parfois. Prendre une situation donnée et puis la retourner comme un gant, ou comme une boule à neige et, d'un seul coup, le monde est à l'envers.

Mon monde est à l'envers.

Je travaille dans un collège du centre-ville. Il y a quelques classes difficiles, mais cela n'a rien à voir avec l'établissement où j'officiais avant. Les élèves rentrent dans la classe en disant bonjour et ils repartent en souhaitant bonne journée. Entre-temps, il ne s'est pas passé grand-chose. J'ai donné des consignes, elles ont été appliquées sans avoir été remises en cause. Le travail est fait. Le calme règne en général. C'est reposant. Je suis reposée. Mais la vie me manque.

Le soir, je rentre à la maison. Enfin, celle qui est notre maison pour à peine quelques semaines encore. Nous avons décidé de déménager. La campagne nous pèse trop. Nous allons rejoindre le centre-ville et ses quartiers bruyants. Nous avons envie de la pulsation des veines urbaines et des conversations surprises à l'improviste, la fenêtre ouverte. Du mouvement. Des corps. Des couleurs bigarrées. Car la vie nous manque.

Je fais des cartons en vue du déménagement. Je me rends compte que, pour la première fois de ma vie, je jette énormément. Je remplis davantage de sacs poubelles gris que de malles. J'ai retrouvé les lettres de mes anciens amants, leurs photographies d'identité aussi. Cela m'a fait sourire. Je me suis imaginé les rencontrant dans un café, et le silence gêné qui s'ensuivrait, parce que, qu'avons-nous à nous dire aujourd'hui ? Je pense à Fred. J'ai du mal à l'avouer, mais il me manque, oui, parfois. J'espère simplement que nous ne le croiserons pas trop souvent, au centre-ville, et qu'il s'installera définitivement à Chartres, ou ailleurs.

Le plus béant de tous les manques, je n'en parlerai pas. J'en parle assez, maintenant. Je m'assieds toutes les semaines chez un médecin spécialisé. Je n'ai pas voulu m'allonger. Je ne suis pas en détente. Je suis recroquevillée sur le fauteuil. Et peu à peu, je m'ouvre. Thomas est curieux de ce que je peux ressentir, ou confier, dans cette pièce austère, à cet homme beaucoup moins silencieux que je ne le craignais. Je lui réponds qu'il n'a qu'à suivre le même chemin que moi, il verra bien.

Je ne sais pas ce qu'il en sortira. On m'a dit que parfois, les couples n'y résistaient pas. Mais ils ne sont pas non plus censés résister à la mort des enfants, ni à l'arrivée d'une tierce personne, or nous avons tout absorbé, épongé et vidé dans le seau. Et j'ai envie que nous continuions. Simplement, l'eau est un peu trouble. Je la voudrais montagnarde et fraîche. Une bénédiction pour les jours d'été.

Il y a un an, j'écoutais de la musique dans une salle de classe.

Je m'étirais comme un chat.

Je m'en souviens.

La voix faisait *« any moment maybe you, maybe even you »*.

Je me vois comme si je ne m'appartenais plus.

J'avais confiance en l'avenir.

Je crois que tout a commencé là. Pourtant j'étais déjà enceinte. L'irréparable datait d'avant. Mais je reste convaincue que tout a commencé là. Tout quoi, je suis incapable de le dire. Mais il y a comme un nœud du temps à cet endroit-là.

Au moment où Martha Davis a commencé à gémir sa chanson, *« les rêves sont trop doux, le toucher des amants est un plaisir pur »*.

Par moments, j'entends sa voix comme une mélopée dans la pénombre. Il m'en vient les larmes aux yeux.

Je ne pourrai plus jamais écouter cette chanson-là.

Le trouble quand Fred est entré. Cette envie et cette frayeur. Cette intrusion.

Elles sont dans mon corps désormais. Elles font partie de ce que certains appellent l'expérience, d'autres, la mémoire. Ce que j'appelle simplement ma vie.

Je suis allée arpenter les nouvelles allées de mon existence hier. Nous avons les clés de l'appartement de la rue du Palais-de-Justice depuis trois jours. C'est un quatre-pièces lumineux qui donne sur un quartier piéton. J'ai ouvert les fenêtres en grand malgré la fraîcheur. Je me suis assise au centre de ce qui deviendra le salon et j'ai écouté les pas des gens, dehors, et les interjections. Je me suis demandé ce qui se nouerait ici. La direction que nous prendrions. Tout dépendra de la réponse de nos corps à l'enfantement. Nous vivrons ouverts ou fermés, nous vivrons dans le tumulte ou dans la réclusion. Je suis incapable de deviner ce que je serai dans un an. C'est la première fois que cela m'arrive. J'ai toujours été prévoyante. Une fourmi qui engrange du grain pour l'hiver tout en se faisant passer pour une cigale dessinatrice.

J'ai rangé dans un carton mes croquis des mois derniers. Les sanguines de leurs corps nus. Les lignes de leurs cuisses et de leurs torses. Leur expression égarée, comme surprise. Le détour du labyrinthe. J'ai collé les deux bords du carton avec du scotch solide et j'ai écrit au feutre noir « personnel Myriam ».

Personnel Myriam.

Le personnel de Myriam.

Myriam et sa personne.

Les mots dansent encore dans ma tête par moments. Ils explosent encore parfois pour former des guirlandes dorées qui n'ont aucun sens et qui me fatiguent. Mais c'est rare, désormais. Les pilules colorées du médecin de l'hôpital ont remis de l'ordre. Celles du médecin de l'esprit devant lequel je vais m'asseoir ont pris le relais. Je mène ma barque et je rame à vitesse normale.

Le dessin me délaisse.

Ce n'est pas la première fois. Régulièrement, dans les dernières années, j'ai ressenti la vacuité des tentatives picturales. Je regardais ce qui s'offrait à mes yeux et je sentais mes bras en tomber et mes épaules s'affaisser. Je serais incapable de rendre cet ordonnancement, cette luminosité, ces plis, la chaleur de ces teintes. Même en les schématisant. Même en les cubifiant.

Mais cette fois-ci, c'est différent. Ce n'est pas que je me sente inapte et inepte. Cette fois, je trouve que le tableau n'est pas le moyen qui convient. Je ne parviens pas à exprimer ce qui me traverse en foncés ou en clairs. Ce qu'il me faudrait, ce sont des pleins et des déliés, du blanc et du noir. Des mots.

Je voudrais savoir écrire. Savoir raconter d'où je viens et comment j'en ressors. Les tunnels que j'ai traversés, les égouts qui traînent encore dans mes membres, les ordures qui se sont amoncelées dans mes souvenirs et qui font de ma mémoire une décharge municipale. Le dépotoir de mes désirs. Je voudrais pouvoir décrire plutôt que dépeindre. Détailler la silhouette de Thomas quand il fronce les sourcils devant la fenêtre et qu'il se demande, lui aussi, où le vent va l'emporter. Si loin d'où il pensait accoster. Si loin du monde qu'il a connu auparavant. Je n'ose pas lui avouer à quel point je le trouve courageux. Il a dégoupillé la grenade professionnelle, il a ordonné à tous de quitter les lieux et maintenant il se tient seul, les yeux grands ouverts – il attend que vienne l'éparpillement.

Détailler aussi le regard de Fred qui s'attardait parfois sur moi comme l'empreinte de ses mains s'imprimait de temps à autre dans les paumes de Thomas.

Détailler le visage sérieux, si sérieux, de mon enfant aux yeux fermés. Mon enfant dont je veux oublier le prénom. Pierre n'est plus un nom propre. Pierre est un nom commun. Pierre n'est plus masculin. Pierre est féminin. Une pierre. Une pierre qui reste précieuse. Ma pierre si précieuse.

Je me vois dans le miroir de la salle de bains. Je suis une belle fille. J'ai bientôt vingt-neuf ans. Il y a peut-être encore devant moi de nombreuses histoires d'amour, des tonnes de déception, des centaines de baisers et des dizaines de silhouettes se déshabillant dans l'ombre, des aventures en devenir ou en pointillés. Et pourtant, je sens intimement qu'il est déjà trop tard. Dans l'année qui vient de s'écouler, deux corps ont laissé sur le mien une empreinte indélébile alors qu'ils m'ont parfois à peine touchée. Un corps à l'intérieur du mien a façonné un creux dans lequel d'autres peuvent s'étendre mais qu'aucun ne pourra jamais prétendre combler.

Nous n'avons pas fait de photos en Écosse. Nous n'avons pas fait de photos du bébé, nous n'en avons pas eu le temps. Nous n'avons pas de souvenirs, et c'est bien. Je ne veux plus avoir de souvenirs. Je veux avoir du temps devant moi.

Fred

Je ne pensais pas être fait pour ce métier-là. Pendant les années de pionnicat, je regardais les profs se débattre avec leur métier et leur vie personnelle, et je me disais que ce n'était pas pour moi. M'occuper des élèves et, en rentrant chez moi, devoir encore m'occuper de mes propres enfants, avec un seuil de patience de plus en plus bas et un énervement certain dans tous les membres, des fourmis dans les doigts et la voix cassée. Ou pire encore, rentrer chez moi le soir et m'apercevoir que rien ne m'y attend, que je vais me noyer dans le travail de préparation et la correction de copies pour surtout oublier que ma vie est abolie, qu'elle s'est perdue dans un repli du temps, un malentendu antérieur, une complication de l'existence.

Je ne pourrai pas ne pas avoir d'enfants.

Je ne l'envisage même pas. Pourtant, j'ai traversé un couple acculé devant l'évidence, le couteau sous la gorge du fait accompli. Une femme assaillie par les questions et les doutes, une mère qui se demande pourquoi et qui craint que chaque accouchement ne débouche sur un décès. Un homme qui continue sur sa lancée et qui ne comprend pas, puis qui chute brusquement en se rendant compte à quel point sa course est sans objet.

Ils sont à l'intérieur de moi. Je les garde jalousement, dans la petite caverne qui est la leur. Ils se réchauffent au feu de mes entrailles. Ils sont ma petite vénération. Ma crèche écaillée avec le bébé mort. Ils sont ma chaleur intérieure, je les vois luire dans les soirs de solitude.

Je me distends.

Petit à petit, je tire sur l'élastique qui nous tenait empaquetés. Je vais de plus en plus loin, en cercles concentriques. À un moment donné du mois de septembre, en pleine activation des plans antiterroristes, j'ai entendu le son sec de l'élastique qui rompt. Mais j'ai fait la sourde oreille. J'ai continué le mouvement. Je suis conscient que nos liens sont cassés mais il me faut encore du temps pour imiter le départ et il leur faut encore du temps pour s'apercevoir que je leur manque. Alors mes apparitions se font épisodiques. J'ai des absences. Bientôt, je ne reviendrai plus du tout dans la ville de mon enfance. Christophe s'en ronge les sangs. Je lui réponds qu'il n'a qu'à venir ici. Trouver un travail à Chartres. Nous serons deux transplantés. Mais je sais qu'il ne me suivra pas. Il se tisse une vie qui inclut la fille qu'il a rencontrée cet été, et cette fille n'est pas amovible.

Ce n'est pas grave.

Je peux très bien continuer ma vie à Chartres, et même la commencer.

Je ne pensais pas être fait pour ce métier-là, mais maintenant, après seulement huit semaines de pratique, je ne pourrais plus m'en passer. J'ai l'impression de revivre. Je me nourris du sang des élèves. Un liquide qui coule d'un rouge jeune et violent. Toute cette énergie qui se dégage d'eux et qu'il faut canaliser. Je dirige les faisceaux vers moi et je les concentre dans mes mains. Je laisse agir. Ils entrent doucement dans la peau. Ils me régénèrent. Plus les jours passent et plus je prends de la hauteur. De la longueur. De la largeur. De l'ascendant.

J'avais oublié ce dynamisme en moi.

Hier soir, j'ai téléphoné à ma mère, et elle en a été surprise. Nous avons des rituels bien réglés. Elle ne veut pas empiéter sur ma liberté pour ne pas que j'empiète sur la sienne. Elle sort avec cet homme qui s'appelle Jean-Pierre et qui vend des salons en cuir, elle partage à nouveau une intimité, elle a besoin de temps pour réfléchir à tout ce qui lui arrive. Elle s'est inquiétée. « Qu'est-ce qui se passe ? » – « Je voulais savoir comment j'étais, gamin. » – « Tu es toujours gamin. » – « Arrête, ça m'agace. » – « Gamin comment ? Neuf ans, dix ans ? » – « Et avant. Petit, tout petit. » – « Une vraie pile électrique. » – « C'est vrai ? » – « Oui. Je me demandais même comment on arriverait à te calmer. Je ne sais pas comment nous avons fait, ton père et moi, mais nous y sommes arrivés. Pourquoi tu me demandes ça ? » – « Laisse tomber. » – « Tu es amoureux ? » – « Ça va venir. Et toi ? » – « C'est déjà venu. » Nous ricanons au téléphone. Je retrouve une enfance tandis que ma mère se refait une adolescence. Nous avons beaucoup rajeuni.

Il me vient des images. Des équilibres sur les bancs de pierre. Des postures debout face au vent de la mer. Des courses effrénées dans les champs. Des descentes de collines enneigées sur des sacs en plastique. Je ne comprends pas quand tout cela m'a lâché. Quand je suis devenu ce mollusque élégant, accroché au canapé. Cette mollesse sur les bancs de l'école.

Chaque matin, j'arrive incertain, presque timoré. Je m'installe dans la salle des professeurs. Je prends un café au distributeur automatique. Je souris timidement aux quelques collègues déjà présents et qui affichent leur assurance comme un passeport pour l'enseignement. Je relis mes notes. Je parle du bout des lèvres.

La sonnerie. Le premier cours qui commence, quelques hésitations qui disparaissent rapidement. Une affirmation progressive. Heure après heure. Brique après brique. À midi, je me tiens droit dans la file qui court vers la cantine. À quatre heures, je suis partout à la fois. Devant les élèves, derrière, à côté, penché, à genoux, sautillant – ils me regardent, éberlués, ils ont du mal à me suivre, ils ne comprennent pas comment je peux ne pas être fatigué après une journée dans le collège. Ils n'ont même pas le temps de dévier, de se laisser aller. Je suis un électrochoc. Ils se demandent si je vais tenir le coup.

Bien sûr, je vais tenir le coup. De mieux en mieux. De plus en plus haut. Je suis déjà invité six fois dans les deux semaines à venir. Des soirées de stagiaires. Des soirées d'assistants. Des copains de connaissances. Et aussi des dîners au restaurant avec de jeunes profs récemment mutées dans cette région au nord de la Loire. Des jeunes femmes qui s'ennuient et qui n'attendent pour fondre que des paroles de réconfort et des phrases qui les rassurent. Elles ont besoin d'entendre que leurs fiancés les aiment et leur reviendront pour se laisser embrasser et dénuder. Je suis l'amant de passage. Elles peuvent invoquer la trop grande solitude, la torpeur de la province en automne. Mes qualités serpentines. L'hypnose. Elles iront même parfois jusqu'à prétendre à leurs amants officiels qu'en faisant l'amour avec moi, elles ont fait l'amour avec eux. Que je n'étais qu'un vecteur.

J'aime le mot « vecteur ».

Il indique une flèche pointée dans une direction. Une flèche qui s'éloigne du point de départ, de plus en plus vite, pour atteindre un but qui n'est jamais fixé et qui restera à jamais ignoré. Plus l'infini. Absence de limites. Ma fonction s'est égarée. Je nage dans le ciel mathématique.

Le vecteur porte.

Le vecteur transporte avec lui une ligne et ses propriétés. Son bagage.

Le vecteur traverse les espaces, coupe la page en deux d'un trait rectiligne.

Le vecteur s'additionne, se multiplie, s'accompagne.

Les mots tournent dans ma tête. Je laisse les phrases s'empiler sans aucun ordre. Elles trouveront une organisation plus tard. Ou pas. Cela n'a pas beaucoup d'importance. À minuit, je m'écroule sur le lit dans un sommeil d'où les rêves se sont absentés. De temps à autre, une silhouette qui traverse le vide, en silence.

Bien sûr, il m'arrive de rêver de Myriam.

Bien sûr, son visage m'apparaît régulièrement.

Bien sûr, je l'écarte d'un mouvement du bras.

Bien sûr, je sais aussi que si elle se fait moins présente, c'est son absence qui s'imprimera – en creux, le creux de ses reins, le creux de son ventre, le creux de sa nuque, je dévalerai encore longtemps ses collines.

Il aurait peut-être mieux valu que nous soyons collègues, après tout. Nous aurions appris à nous mépriser. Elle a cette crainte des élèves. Cette attitude en retrait. Cette interrogation perpétuelle. « Qu'est-ce que je fais là ? Je ne suis pas sûre du rôle qui m'a été confié. »

Elle m'aurait agacé.

Thomas – je ne sais pas.

Thomas – je ne vois pas comment en parler.

J'ai parfois l'impression qu'il n'existe pas vraiment. Qu'il n'est qu'une extension de moi. Un morceau de mon adolescence qui vieillirait de son côté et qui m'adresserait des signes.

Mais en même temps, je sais que tout ça, c'est des conneries. Et je n'ai plus de temps pour les conneries. Je n'ai plus de temps pour les hésitations et les atermoiements, j'ai tellement attendu que je refuse de m'engluer dans les souvenirs ou dans les doutes. Je n'ai plus envie que de prendre mon envol. En essayant d'enlever le mazout sur les plumes des oiseaux goudronnés par la marée noire, je me suis moi-même nettoyé et je m'avance maintenant, sur la piste de décollage. Je n'ai plus besoin de rien. Je ne regarde pas en arrière.

Je me détache. Au revoir – et je l'espère – adieu.

Mai 2006

C'est son anniversaire, alors je suis venu.

Je suis allé à Montaigu. J'ai garé la voiture sur le petit parking qui a été aménagé maintenant. Il y avait deux ou trois familles qui commençaient à arpenter les sentiers. J'entendais les cris des enfants qui se perdaient dans les pins et les chênes. J'ai attendu que la clairière soit déserte. Je me suis approché de la mare. Elle n'a pas bougé, en vingt ans. Même murmure du ruisseau qui descend de la colline. Même eau trouble et stagnante en contrebas. Mêmes pierres qui permettent de la traverser sans se mouiller. Même passage de gué. Mêmes iris.

J'ai cueilli des iris.

Leurs tiges résistaient. Elles voulaient rester entre la rive et la mare, dans cette bourbe dont on ne sait si elle appartient à l'eau ou à la terre, mais j'étais déterminé. À un moment, il faut choisir. Ils ne peuvent pas rester éternellement là, coincés entre le liquide et le solide, dans une valse d'hésitations mauves.

Il faut qu'ils prennent l'air. Qu'ils aillent fleurir des vies fragiles.

J'aurais voulu tenir la main de ma mère, mais je savais que j'étais seul dans ce pèlerinage. En cet après-midi lumineux de mai, Ugo riait avec ses copains de lycée en terrasse d'un café du centre-ville et Violette s'abandonnait dans les bras de son amoureux printanier. Lucie, sur le balcon de l'appartement de Chartres, regardait vers l'est et, mentalement, elle me parlait. J'entendais les murmures de sa voix.

J'ai couché les iris.

Délicatement.

Leur visage violet et jaune, leurs pieds arrachés, leurs bras qui s'abandonnent. Je les ai déposés avec précaution sur le plastique. Lorsque j'ai levé leurs corps, j'ai entendu le crissement. J'ai serré les dents. J'ai marché lentement vers la voiture. J'étais à la tête de mon convoi funéraire.

Je les ai posés sur la banquette arrière de la voiture.

Dans le rétroviseur, je revoyais Ugo en train de dormir sur la route des vacances et Violette, toujours aux aguets, traquant la nuit, tentant de la faire reculer par des incantations magiques. Violette a peur du noir. C'est pour ça qu'elle aime s'en parer.

Je n'ai pas remarqué la circulation sur la nationale, je n'ai pas entendu le bruit des camions. Mon pilote était automatique. Je me suis arrêté dans l'impasse qui mène au cimetière.

Je n'y étais jamais allé.

Je n'en ai jamais eu le temps, et le temps est le piètre paravent de l'absence de courage. Je pensais aussi que là n'était pas ma place. Ce n'est pas mon enfant. Ce n'est pas mon nom de famille. Pourtant, c'est aussi mon histoire.

Alors, aujourd'hui, je viens avec des iris, tu vois.

Je ne te connais pas, je n'ai même pas eu le temps de te voir, mais tu fais partie de moi. Tu fais partie de moi, comme tes parents, tu comprends ? J'ai encore sur la peau la peau de ton père, j'ai encore dans les yeux les yeux de ta mère. Quand nous sommes repartis des magasins d'usine, il y a quatre mois, je savais que je ne les reverrais jamais. Je savais aussi que je leur permettais de clore une histoire. Maintenant, je clos la mienne. Avec toi. Et avec les iris. Tu entends le froissement du papier plastique dont je les ai entourés ? Tu vois comme ils sont beaux, comme ils sont fragiles ? Tu vois comme je les dépose, là, devant ta maison, pas dessus, non, juste à côté, comme un parent éloigné, comme un parrain virtuel, voilà, c'est mon offrande, des fleurs pour Pierre, je sais que tu souris, je sais que l'eau passe sous les ponts et que, sous la terre, il n'y a plus que poussière, pourtant je vois tes lèvres, et tu souris, oui, tu souris, je m'en vais maintenant, tu sais, je suis de l'autre côté de la rive, voilà, tu me vois là, tu me vois te faire signe, n'est-ce pas, dis que tu me vois te faire signe, allez, dis-le.

Cet ouvrage a été composé et imprimé par

FIRMIN DIDOT

GROUPE CPI

Mesnil-sur-l'Estrée

pour le compte des Éditions Robert Laffont
24, avenue Marceau, 75008 Paris
en juin 2006

Dépôt légal : août 2006
N° d'édition : 47184/01 – N° d'impression : 79318
Imprimé en France